Amélie DIVIL

Three Sisters

« Le gardien des lochs I »

Victoria.

Copyright © 2020 Amélie DIVIL
Tous droits réservés.
ISNB – 13: 9798678700353
Dépôt légal : Septembre 2020

Trois copines virtuelles, à force de rêver, décident de s'amuser à écrire une histoire. Juste pour sortir du quotidien. Mais très vite, elles réalisent que leurs personnages demandent à exister, à grandir, à vivre leurs propres aventures. Ils deviennent réels, ont des prénoms, des vies bien à eux. Dès lors, nous nous sommes lancées, Laëtitia et moi dans une sorte de co-écriture, donnant corps à tous les protagonistes qui venaient toquer à notre porte pour nous confier leurs péripéties.

Pour vous permettre d'y voir clair, voici la chronologie de l'épopée de nos héroïnes : « Three sisters » :

**Tome 1 « Le gardien des lochs I »
de Amélie Divil.**

Tome 2 « Sur la route des légendes »
de Laëtitia Mariller.

Tome 3 « Le gardien des lochs II »
de Amélie Divil.

Tome 4 « Sur la route du passé »
de Laëtitia Mariller.

Tome 5 « Le gardien des lochs III »
de Amélie Divil.

Table des matières

Prologue. 13

Chapitre 1 19

Chapitre 2 31

Chapitre 3 53

Chapitre 4 65

Chapitre 5 77

Chapitre 6 111

Chapitre 7 137

Chapitre 8 161

Chapitre 9 183

Chapitre 10.	209
Chapitre 11.	227
Chapitre 12.	247
Chapitre 13.	271
Chapitre 14.	287
Chapitre 15.	303
Chapitre 16.	315
Chapitre 17.	337
Chapitre 18.	353
Épilogue.	363
Remerciements.	371

Le gardien des lochs I

Aux rêves –

Le gardien des lochs I

Prologue.

Saverne en Alsace, octobre 2017.

Je rentrai tout juste d'un voyage incroyable en Écosse. Enfin, c'était il y a quelques mois déjà. La lande violette, les paysages à couper le souffle, les lochs, les brumes fantasmagoriques, les châteaux… Dix jours de road-trip dans cette étendue merveilleuse de verdure et de moutons, coupée du monde, de ma vie trépidante d'animatrice-soigneuse dans un parc animalier de Lorraine.

Ce voyage j'en avais rêvé depuis des années. Je ne savais même pas ce qui avait réellement déclenché cette passion pour ce pays. C'était un tout. Mes lectures de romans historiques que j'affectionnais tout particulièrement, les films retraçant le destin de valeureux guerriers écossais, mes vacances dans notre maison de campagne quand j'étais petite, à m'imprégner de la nature. J'ai toujours aimé ça, moi : la nature, les grands espaces, les animaux… Je n'ai pas décidé de faire des études en agriculture pour rien !

Du haut de mon mètre soixante-dix fluet, de mes yeux vert-noisette et de ma chevelure châtain, limite brune, j'étais tout de même Technicienne Supérieure en Productions Animales. Titre pompeux pour finalement dire que j'étais un genre de fermière. J'avais vingt-cinq ans depuis trois ans, et je m'occupais de faire découvrir la vie des animaux de la ferme à de petits groupes d'enfants qui venaient visiter ce magnifique parc animalier où je travaillais. Ça me plaisait bien, c'était tranquille, et mes collègues Jonathan et Nicolas étaient extraordinaires. J'avais tout de même le projet d'évoluer et comptais m'inscrire à une formation d'aide vétérinaire afin d'épauler celui du parc.

Mais je me perds. Revenons à l'Écosse. Enfin ! Enfin, je m'étais lancée ! Après avoir économisé des mois durant, je m'étais offert le voyage de mes rêves, accompagnée de Manu, mon mec du moment. J'avais vécu dix jours absolument merveilleux. En Écosse régnait une atmosphère particulière que l'on ne trouvait nulle part ailleurs. Ok, je n'avais pas beaucoup bougé dans ma vie, mais je le savais, c'était LE pays où je me sentais complètement moi-même, pas besoin d'aller voir ailleurs, et je ne songeais qu'à une chose ; c'était d'y retourner.

Pour éviter de trop déprimer en attendant le jour béni où j'arriverai de nouveau à mettre suffisamment d'argent de côté

– soyons objectifs, j'en avais pour une vie entière avec le salaire de misère que je me faisais, et je devais avant tout m'acheter une nouvelle voiture –, je m'étais inscrite sur une page Facebook qui parlait de voyages en terre d'Alba[1], c'était son nom d'ailleurs : « Terre d'Alba ». Les membres y discutaient de tout, de rien, et partageaient des photos de leur périple. On se repaissait tous de notre terre sauvage favorite. J'adorais ce groupe, j'avais même des « E-copines » ! Vous voyez ? Ce sont des personnes que l'on côtoie sur le net, sur des forums ou des réseaux sociaux, mais que vous n'avez jamais rencontrées et qui deviennent par la force des choses de véritables copines.

Moi j'en avais deux : « *Sassenach1989* » et « *Anna Corsica* ». Qu'est-ce qu'on se marrait toutes les trois ! Au départ, on commentait pas mal nos photos respectives, on se suggérait des bons plans, et puis, petit à petit, le temps passant, les points communs s'accumulant, on en était venues à papoter via la messagerie du site. De l'Écosse, au début, puis de choses plus privées ; j'appris donc que *Sassenach1989* travaillait dans le tourisme et *Anna Corsica* dans une librairie. Et puis, on s'était découvert une passion commune pour les romans et les lectures en tous genres, qu'on avait fini par s'échanger. J'aimais trop ces filles. Nos conversations étaient spontanées et désintéressées, pas d'obligations, pas de faux-semblants, on était « nous ».

---

[1] Alba est le nom gaélique, gallois, cornique et breton de l'Écosse.

Du reste, il y a quelques jours, nous avions décidé que nous devions nous rencontrer et enfin concrétiser cette amitié virtuelle. J'étais complètement surexcitée ! … et anxieuse aussi… Bon sang, qui me disait que ce n'était pas plutôt « *Jean-Jacques* » cinquante-quatre ans, la bedaine bien portante et « *Kevin* » dix-sept ans, le cerveau dans le caleçon, qui voulaient faire ma connaissance ? Nan, allez ! Je n'y croyais pas. Et puis je préviendrai mon meilleur ami Sébastien, grand blond aux yeux bleus, et surtout gendarme de profession. On s'adorait, et on se connaissait depuis la maternelle. Je lui donnerai l'adresse où je retrouverai les filles, et je conviendrai de lui envoyer un message toutes les heures ; après ce délai, sans signe de vie de ma part, il viendrait à ma rescousse. C'était bien ça comme plan non ? C'était prudent. Pfff… tu parles, il va me rire au nez oui.

Quoiqu'il en soit, le rendez-vous était pris pour dans quinze jours à *Paris*, gare du Nord. Bien entendu, comme nous n'étions pas nées de la dernière pluie, on s'était également fixé un rendez-vous vidéo. Merci la technologie ! Je n'étais pas spécialement à l'aise pour parler à un écran, mais Seb m'avait dit que c'était un bon début pour éviter les emmerdes. Ce n'était pas bête… « Sassenach1989 » de son vrai prénom : Shannon s'avérait être une charmante femme rousse aux yeux verts, drôle et pétillante. Cette fille avait une aura autour d'elle, presque mystique. Elle ressemblait en tout point aux photos qu'elle nous avait envoyées sur nos messages privés. Ouf, donc ! Pas de Jean-Jacques ventripotent en vue. « Anna Corsica » la petite blonde, alias Anna, était un vrai boute-en-train avec une spontanéité et une répartie à vous scotcher sur place. J'avais vraiment hâte de les rencontrer toutes les deux, surtout que nous avions un projet bien plus dingue en tête. Nous en avions rapidement parlé, mais je crois que l'idée couvait depuis un moment pour chacune de nous.

Le gardien des lochs I

Chapitre 1.

Paris, gare du Nord, novembre 2017

Hiiiiiii !

Et voilà comment résumer nos retrouvailles sur un quai de gare bondé. C'est Shannon qui était arrivée la première et qui m'avait aperçue dans le flot de voyageurs.

— Vic ?! VIIIIIC ! Youhou !

— Ah ! Shannon ! Hiiii ! lui répondis-je en lui faisant de grands signes de la main, réduisant l'espace qui nous séparait en deux coups de coude.

Sa tignasse flamboyante était inratable et je me jetai dans ses bras (bah quoi ? Cela fait tout de même des mois qu'on se connaît maintenant).

— Je suis si contente de te voir !

Je la gardai emprisonnée par les épaules et la scrutai de la tête aux pieds.

— Tu es comme je le pensais, tu sais ! Les photos, les vidéos, c'est bien, mais en vrai c'est tellement mieux !

— Tu n'es pas si mal non plus ! plaisanta-t-elle.

Et nous rîmes de plus belle. Je crois que notre spontanéité et notre enthousiasme débordant étaient une évidence pour tout le monde. Je trouvais vraiment formidable de pouvoir concrétiser cette amitié fictive et d'en profiter pour fermer le clapet de tous ces rabat-joies qui ne faisaient que me ressasser que les rencontres internet n'étaient que du vent. Bien sûr, on en était qu'aux balbutiements de notre histoire, mais j'étais fière d'être ici, avec elle, aujourd'hui. Ne manquait plus que notre petite Corse.

— À quelle heure arrive le train d'Anna ? me demanda Shannon.

— Dans une heure ! On a le temps de boire un verre si ça te dit.

— Ok avec plaisir !

Nous partîmes, bras dessus bras dessous, vers la première brasserie que l'on trouverait dans la gare. Nous commandâmes une simple eau pétillante citronnée et papotâmes un peu :

— Je n'en reviens pas d'être ici avec toi, m'avoua Shannon.

— J'admets que j'ai dû mal à réaliser aussi. Fomenter des projets c'est facile, mais les concrétiser c'est vraiment autre chose.

— C'est ça… Je n'en ai pas dormi de la nuit d'ailleurs.

— Haha ! Tout comme moi ! ajoutai-je. Mais maintenant ça me paraît ridicule, il n'y a pas de quoi stresser, nous avons fait les choses dans l'ordre et intelligemment non ?

— C'est pas faux ! En tout cas, je suis fière de notre amitié à toutes les trois ! Et encore plus qu'elle aboutisse, et… au fait ?

— Oui ?

Shannon me regarda d'un air un peu gêné :

— Tu as pu t'arranger pour le financement de la partie de ton excursion ? Ça m'ennuie, tu sais. Je te le propose encore une fois, je peux prendre en charge une nuitée en plus.

— Oh ! Shannon ! la grondai-je.

Je posai mes doigts sur sa main en un geste rassurant et repris :

— Non ne t'inquiète pas pour ça. Ma voiture peut encore servir un moment et j'ai quelques économies. Je préfère dix fois être ici avec toi et Anna, que coincée chez moi avec un nouveau véhicule. Et puis… je crois que psychologiquement, je ne suis pas prête à la mettre à la casse. Ça m'arrange en quelque sorte, lui affirmai-je dans un sourire pour terminer de la convaincre.

Nous finîmes tranquillement notre rafraîchissement, puis nous filâmes toutes les deux sur le quai où devait arriver le train de notre amie.

— La voilà ! s'écria Shannon.

Anna nous rejoignit en trottinant, son énorme valise à roulettes derrière elle. Elle était belle dans son jean slim et sa parka bordeaux cintrée, qui mettait en valeur sa taille fine et ses merveilleux cheveux blonds qui retombaient sur ses épaules.

— Hiiiiii ! Salut les sisters !

— Hiiiiii ! s'écria également Shannon en embrassant chaleureusement Anna.

— Tu as fait un agréable voyage ? la questionnai-je en m'approchant aussi.

— Oui, parfait ! Quelle aventure hein ? Je suis surexcitée ! On y est les filles ! On s'est enfin retrouvées.

Anna piétinait tant elle était en ébullition.

— Bon, c'est quoi le programme ? nous demanda-t-elle. On a le temps de faire une petite promenade ?

Shannon jeta un coup d'œil à sa montre et annonça :

— Oui ! Et je suggère que l'on aille faire un tour à *Montmartre,* voir la basilique du *Sacré-Cœur,* ça vous va ? Ce n'est pas très loin. On prend le métro, et on y est !

— Avec nos valises ?! m'écriai-je, sachant que pour atteindre l'édifice, il y avait un escalier ahurissant à grimper.

— On peut les laisser dans une consigne de la gare ! proposa Shannon, et il n'y a que deux cent soixante-dix marches ! Ce n'est pas la mer à boire !

Je crus remarquer Anna blêmir et j'éclatai de rire.

— Allez courage Anna, l'exhortai-je. Vois ça comme un entraînement pour la suite de nos aventures !

Elle pointa son menton vers moi et plissa ses yeux en une moue qui me signifiait clairement que je ne perdais rien pour attendre, ce qui eut l'effet de décupler mon hilarité.

Ni une ni deux, nous déposâmes nos affaires en lieu sûr et partîmes à l'assaut de la capitale. Après avoir emprunté le métro, nous prîmes le temps de flâner dans les petites rues de la belle *Montmartre* avant d'entamer la monstrueuse volée de marches.

Nous leur faisions face toutes les trois, les poings sur les hanches, en pleine réflexion. Il ne faisait aucun doute que nous allions en baver. Enfin… pour ma part j'en étais certaine. Je tournai la tête afin d'observer mes deux comparses, quand mes yeux accrochèrent un panneau non loin de là.

— Oh ! Mais il y a un funiculaire pour monter jusqu'à la basilique ! m'extasiai-je.

Elles suivirent aussitôt mon regard.

— Non non non ! Hors de question les filles ! nous serina Shannon. Nous allons mériter la vue qu'il y a là-haut ! On prend les escaliers !

Anna et moi poussâmes un énorme soupir de protestation, mais nos visages rieurs contredisaient notre état d'esprit. C'est ainsi que nous attaquâmes l'ascension de la butte, nous arrêtant de temps à autre pour reposer nos mollets mis à rude épreuve. Un soleil timide nous réchauffait et le ciel était clair. Un moment après, nous arrivâmes au pied de l'édifice. Le panorama que nous avions depuis le parvis était à couper le souffle.

— C'est splendide, m'enchantai-je.

— Oui ! Je n'avais jamais découvert cette ville sous cet angle-là, ajouta Anna. Vous étiez déjà allées à Paris vous deux ? Moi une seule fois, mais j'étais trop jeune pour m'en rappeler.

— Oui, plusieurs pour ma part, lui répondit Shannon.

— Moi, une fois quand j'étais petite, dis-je. On était venu avec ma mère. Je me souviens du bateau-mouche et d'être montée sur la *Tour Eiffel.* Qu'est-ce que j'ai eu peur ce jour-là ! Et pourtant nous n'étions qu'au premier étage. J'avais l'impression qu'elle oscillait avec le vent.

— C'est beau la ville vue comme ça, mais je préfère les grands espaces et la nature, pas vous ? s'enquit Anna.

— C'est une évidence ! La bruyère et les lochs sauvages aussi ! continuai-je.

— Et la brume, la pluie, le whisky, et les bergers en kilt ! fanfaronna Shannon à son tour.

Nous rîmes toutes de bon cœur. On était vraiment un peu folles.

— Bon ! Il est temps de rentrer à la gare les filles ! Il ne faudrait pas rater notre prochain train ! leur annonçai-je avec un sourire entendu.

Oui « prochain train », car notre « folie » nous avait amenés à modifier nos plans. Nous devions prendre celui de quatorze heures qui nous conduisait à l'aéroport *Charles de Gaulle*, parce que sur un coup de tête, nous avions décidé de retourner en Écosse pour nous découvrir toutes les trois dans le pays cher à notre cœur. Que ce soit à *Paris* où là-bas, franchement, qu'est-ce que ça changeait ?

Seb m'avait ri au nez quand je le lui avais annoncé. Clairement, je l'avais littéralement saoulé pour qu'il assure ma protection (oui c'est l'effet « grande ville » quoi, ça m'a fait peur) et me voilà à m'embarquer dans un voyage rocambolesque sans presque aucune organisation, avec deux quasi inconnues. Allez soyons fous ! Sortons de notre zone de confort et vidons notre compte en banque ! Mmmmh, bon j'avais dû taper dans mon petit pécule que je me réservais pour les coups durs, mais tant pis, je préférais nettement faire tourner l'économie écossaise que parisienne.

Je vous fais le résumé du projet ; on avait décidé que chacune de nous ferait découvrir aux autres un endroit qui nous tenait à cœur. Quelques jours pas plus. Nous étions début novembre, nous n'avions pas eu de difficultés à trouver des logements et il ne restait plus qu'à prier pour que le temps ne soit pas trop mauvais, et les routes praticables. Moi, je venais d'une région où l'on apprenait à conduire sous la neige et sur le verglas, alors ça ne devrait pas poser de problème. Du coup, je m'étais proposée pour être le chauffeur de la voiture que nous allions louer à l'aéroport d'*Édimbourg*.

C'est ainsi que quelque temps plus tard, nous voilà confortablement installées dans l'avion pour une petite heure de vol. Nous n'arrêtions pas de glousser, un tantinet nerveuses, commençant à comprendre que notre coup de tête était bien en train de se concrétiser.

— Victoria ? m'interpella Anna. Tu as bien tous les papiers de location ?

— Mais Anna ! Ne t'inquiète pas, regarde !

Je lui tendis tous les documents que j'avais rangés dans une pochette plastique. L'avion avait eu du retard et mon amie craignait que l'on ne puisse plus récupérer notre véhicule. En conséquence, j'avais soigneusement gardé les coupons à portée de main pour pouvoir gagner du temps.

Arrivées en terre d'Alba, nous sortîmes toutes les trois de l'appareil en nous jetant des regards satisfaits. Immédiatement, l'atmosphère si particulière de ce pays nous enveloppa : un vent frais et vif, presque iodé, ainsi qu'une légère pression dans l'air, comme si une présence éthérée s'invitait à notre trio. En tout cas, de quoi nous mettre dans l'ambiance. Ça y est... On y était ! L'aventure pouvait débuter... Nous filâmes chercher notre voiture : une petite Corsa Vauxhall rouge, trois portes, micro coffre, mais on s'en fichait pas mal. Direction le *Loch Lomond*, puis la vallée de *Glencoe* où j'avais réservé des chambres pour trois jours dans une auberge.

— Bon les filles, pas de temps à perdre, les prévins-je, on a plus de deux heures et demie de route et il fait presque nuit.

— Heureusement que tu as déjà roulé dans le coin cet été, ça me fiche tout de même un peu la trouille avec cette brume, s'angoissa Anna qui s'était installée sur le siège passager.

Shannon s'était assise à l'arrière.

— Oui, je suis d'accord avec toi, mais on va y aller tranquillement, et en plus il ne pleut pas, ajoutai-je sans grande conviction.

— C'est parti les filles ! s'enjoua Shannon toujours aussi dynamique. Je vous préviens, il est hors de question que je conduise de nuit. Tu as toute ma confiance Vic, et ma gratitude également !

Je ricanai, puis démarrai la voiture.

Malgré la météo maussade, je pris vite mes aises et roulai à une allure modérée. Je choisis d'emprunter la M9, direction *Stirling,* et de là, je bifurquai vers *Alexandria* au sud du *Loch Lomond*, car l'A85 vers *Glenogle* était fermée temporairement ; du moins, c'était ce qu'annonçait notre GPS. Nous remonterions ensuite le long du loch par l'A82. Cela rallongeait légèrement le trajet, mais de toute façon nous n'avions pas d'autre solution.

Nous échangeâmes joyeusement et rîmes beaucoup tandis que Shannon nous expliquait la crainte qu'elle avait à la gare, de voir débarquer des mecs tordus à la place des deux filles qu'elle espérait rencontrer. Anna avait eu les mêmes appréhensions et s'était acheté une bombe de poivre qu'elle avait cachée dans la poche de sa veste. Nous rîmes de plus belle quand je leur racontai ce que j'avais mis en place avec Séb. Aussi, je lui avais envoyé un message un peu plus tôt pour le rassurer en lui promettant de l'appeler régulièrement.

La radio tournait en fond dans l'habitacle de la voiture, lorsque soudain, les premières notes entraînantes de « *Shape of you* » d'*Ed Sheeran* retentirent. Immédiatement, j'augmentai le volume à fond, accompagné par les cris joyeux de mes deux amies. Ce morceau avait le don de me transcender et encore plus tandis que je conduisais. C'est alors qu'une voix d'une puissance et d'une justesse incroyable s'éleva de l'arrière du véhicule. Anna et moi, nous jetâmes aussitôt un regard surpris. Shannon, cette cachottière, était en train d'interpréter à la perfection un des plus gros tubes du moment… Stupéfiant. Le temps de nous remettre de cette découverte, nous poussâmes toutes les deux des notes plus ou moins bonnes, pour nous joindre à notre Shannon, bras en l'air, index pointés vers le plafond. Quelle rigolade ! J'en avais mal au ventre, vraiment !

Déjà une heure et demie que nous roulions. Il ne pleuvait toujours pas, mais la brume, notre très chère brume écossaise que nous chérissions toutes les trois, surtout sur nos photos pour son petit côté mystique, ne nous abandonnait pas d'une semelle. J'en avais des crampes dans les bras et mes amies avaient fini par être moins bavardes, gagnées elles aussi par l'appréhension.

— Ah ! J'en peux plus les filles, ça craint ce temps quand même ! lâchai-je d'un coup. Je commence à fatiguer, on ne distingue rien à plus d'un mètre.

Ce n'était pas dans mes habitudes de me laisser aller ainsi, mais je n'avais jamais été si tendue. Conduire dans ces conditions était loin d'être évident, surtout quand on avait la responsabilité de deux personnes. Il faisait nuit, on n'y voyait rien et il fallait rouler à gauche de surcroît ! Le plaisir de rencontrer enfin mes E-copines s'était envolé depuis un moment, laissant s'installer des contractures lancinantes dans mes bras et mon cou.

— Écoute, proposa Anna, arrêtons-nous cinq minutes et je prendrai ta place si tu veux.

Mais subitement, la voiture fit un écart.

Elle glissa sur le bitume et je perdis le volant des mains. Privée de conducteur, la Corsa dévala le côté de la route sans que je puisse réagir. Les filles criaient sans discontinuer dans l'habitacle. Au bout de quelques secondes, je réussis tant bien que mal à reprendre le contrôle du véhicule et le stoppai en travers de la voie. Nous nous regardâmes en silence pendant un long moment, avant que Shannon ne prenne la parole d'une voix tenue :

— Merde… tout le monde va bien ? Que s'est-il passé Vic ?

— Oui, oui, ça va… je suis désolée les filles, je ne comprends pas. Je suis crevée, mais je n'ai pas lâché la route des yeux, c'est comme si on m'avait arraché le volant des mains… vraiment c'est étrange. On a dû rouler dans un nid-de-poule… Anna, ça va toi ?

— Ça va oui, je suis légèrement secouée, mais rien de cassé. Vic… j'ai cru voir quelque chose sur le bas-côté quand tu as perdu le contrôle, vous n'avez rien vu ?

— Non rien… un mouton peut-être ? Ici il y en a partout en liberté, lui répondis-je, perplexe.

À l'extérieur régnait une atmosphère froide, presque collante, que seuls les feux de route éclairaient de leurs faisceaux pâles dans la nuit noire. Le moteur ronronnait tranquillement. Nous étions toutes un peu choquées.

— Je vais quand même jeter un œil pour vérifier que l'on n'a pas crev…

Soudain, un bruit de tôle que l'on frappe au-dessus de nos têtes nous fit bondir sur nos sièges.

Dans un cri d'effroi, nous vîmes apparaître à la fenêtre de ma porte, une silhouette fantomatique, dissimulée dans une veste fermée jusqu'au col, la capuche masquant le haut de son visage.

Chapitre 2.

Quelque part sur une petite route du Loch Lomond, 19h30.

— Ça va là-dedans ? Tout va bien ? Vous avez fait une belle embardée dites donc !

Nous nous interrogeâmes silencieusement toutes les trois du regard, à moitié tétanisées par cette apparition venue de nulle part.

— Bordel de merde ! chuchota Anna, d'où il sort lui ?

— Ok les filles, gardez votre calme, je vais ouvrir la fenêtre.

On n'était quand même pas dans un thriller que je sache ! Je fis descendre ma vitre électrique de quelques centimètres, juste de quoi pouvoir parler à l'individu distinctement, mais laissai tourner le moteur au cas où il faudrait déguerpir rapidement (merci, Seb, pour tes précieux conseils).

— Euh, oui, oui, merci nous allons bien ! J'ai dû rouler dans un trou et j'ai perdu le contrôle. Nous allons repartir maintenant, lui dis-je d'une petite voix, n'osant pas le regarder plus que ça.

— Attendez un instant ! Je vais faire le tour de la voiture. Si vous avez crevé, vous n'irez pas loin et je peux peut-être vous aider.

— Ah merci ! C'est gentil à vous.

Je refermai hâtivement la vitre pendant que le mystérieux individu disparaissait dans la brume. Shannon, qui s'était rapprochée entre nos deux sièges à l'avant, me demanda tout bas :

— Tu as vu sa tête ?

— Non, on n'y voit rien…

— …. C'est bon ! nous cria l'inconnu à travers le pare-brise. Je ne repère rien de problématique, seulement, il faudra tout de même jeter un œil plus approfondi !

Il se posta à nouveau à ma fenêtre et fit mine d'inspecter l'intérieur de la voiture. Je descendis encore une fois poliment la vitre pour pouvoir le remercier, quand ce dernier abaissa sa capuche.

J'en perdis mes mots. Je le dévisageai bêtement, subjuguée par la vision des traits gracieux de son visage quasi parfait. L'homme riva sur moi un regard doux, mais inquisiteur. Cachés derrière de longs cils noirs, ses yeux avaient l'air d'être clairs, seulement la faible lumière du plafonnier m'empêchait de les distinguer correctement. Il devait avoir dans la petite trentaine. Son nez était droit et fin, idéalement modelé, ses pommettes délicatement ciselées, et la carrure de sa mâchoire ainsi que ses lèvres pleines m'invitaient à le détailler un peu plus longtemps que je ne l'aurais dû. Une légère barbe de quelques jours ombrait son menton et le dessus de sa bouche, lui donnant un air mystérieux. J'eus envie de déglutir, pourtant, je me retins au dernier instant, de peur de trahir mon trouble. Il souleva un sourcil, surpris.

— Qu'est-ce que trois jeunes femmes font seules sur ces routes un soir de novembre ? C'est une voiture de location, donc je suppose que vous êtes des touristes ?

Il avait une voix virile et pénétrante, de celles qui vous font vibrer. Shannon me devança, voyant bien que j'avais du mal à me remettre de mes émotions.

— Oui, nous avons loué des chambres à l'auberge « *Clachaig Inn* » au bord de la rivière *Coe* sur l'A82 et…

— Je vois où ça se trouve, la coupa-t-il abruptement, en revanche vous en êtes encore assez loin et il est tard. Suivez-moi ! Ma voiture est garée qu'à cent mètres par là-bas. Je vais vous conduire jusqu'au « *Drovers Inn* » qui n'est qu'à quelques minutes d'ici. Vous pourrez y manger et vous y réchauffer le temps que je jette un œil sur votre véhicule.

Le ton qu'il avait employé ne laissait rien à redire. Déjà, il ajustait sa capuche sur sa tête et partait d'un pas ample, droit devant nous, englouti par la nuit.

— Merde… murmura Anna… J'ai eu une hallucination ou pas les filles ? C'est qui ce mec ? Et vous avez vu ? La brume s'est levée…

— Vic ! m'interpella Shannon, youhou Vic ! Pense à cligner des yeux hein ! T'as l'air d'une chouette qui aurait croisé le soleil !

Je me retournai vers elle, amusée par sa comparaison.

— Je ne sais pas quoi dire les amies… qu'est-ce qu'on fait maintenant ?

— On le suit évidemment ! Pas le choix non ? déclara Anna assise de travers sur son siège, ses bras serrés autour d'elle, pas aussi rassurée que le laissait penser le ton faussement joyeux de sa voix.

— Ok, allons-y alors… Anna ?

— Oui ?

— Tu as raison, dis-je en regardant autour de moi… la brume a disparu…

Je manœuvrai doucement la voiture pour reprendre la route vers l'endroit où nous avions vu pour la dernière fois notre étrange apparition. Et effectivement, à quelques mètres de là, nous aperçûmes les phares rouges de l'arrière d'un 4x4 Defender. Le conducteur déboîta devant nous et nous le suivîmes en silence.

Il ne se passa pas dix minutes avant que la Land Rover ne se gare devant une imposante bâtisse en pierres grises au bord de la voie. De la lumière filtrait par les nombreuses fenêtres à guillotine de l'énorme maison austère. On avait l'impression qu'elle avait toujours été là, dans son jus. Je me garai également à côté de notre guide. Anna nous lança un regard inquiet.

— Wow, c'est un remake de film d'horreur là, non ? Cette maison est terrifiante. En tout cas, il y a l'air d'avoir du monde, le parking est presque plein.

— On dirait un genre de vieil hôtel ou quelque chose comme ça, répondit Shannon bien plus confiante que nous.

— Allons-y, dis-je.

Je coupai enfin le moteur, puis nous sortîmes toutes les trois de la Corsa. Un crachin nous cueillit alors que nous suivions « monsieur mystère » qui se hâtait vers l'entrée de l'inquiétante maison.

L'homme ouvrit la porte et s'engouffra dans un petit hall sombre. Nous le talonnions de près, quand il se retourna et s'exclama tout en retirant sa veste :

— Au fait moi c'est Scott, bienvenue au *Drovers Inn* ! C'est une vieille auberge de 1705. Elle est très, comment dire… Pittoresque !

— Merci, nous devança Shannon qui avait plus de sang-froid que nous trois réunies. Voici Anna et Victoria, et moi c'est Shannon ! lui dit-elle accompagné d'un sourire poli.

Il prit son temps pour nous dévisager une à une. Il était encore plus beau que je ne le pensais. Dans un style sobre et soigné, il se tenait droit, ses larges épaules mises en valeur

dans un pull en laine noire qui moulait parfaitement son buste athlétique. Un jean ajusté sur des boots à lacets complétait l'ensemble. Il avait les cheveux fournis, courts, et très légèrement ondulés (l'humidité sans doute), mais justes à la bonne longueur pour y glisser mes doigts... (Comment se faisait-il que mes pensées prennent cette tournure...) à la tête que faisaient mes compagnes, je me doutais qu'elles étaient autant fascinées que moi.

Ne surtout pas déglutir, cligne des yeux Vic !

— Très bien, entrez mesdemoiselles, vous pouvez vous installer près du feu dans la pièce qui se situe sur votre gauche. Je viendrai vous servir une boisson dans un instant.

Il partit aussi vite que l'on s'était engouffrées à l'intérieur, disparaissant dans un long couloir filant dans l'antre de l'auberge. Le vestibule où nous nous trouvions avait des airs de cabinet de curiosités. Des animaux empaillés trônaient sur les rebords des fenêtres, les murs et dans les angles. D'autres, protégés dans des cadres en verre. Certains, comme un ours brun dressé sur ses pattes arrière, debout au milieu de l'antichambre, toutes griffes dehors. Des lagopèdes, des lièvres, des renards, des canards, des oiseaux en tout genre... Toute la faune écossaise se retrouvait figée dans le temps et la paille dans ces dix mètres carrés... un chouia flippant...

Après avoir poussé une porte en bois vitrée incontestablement aussi vieille que la maison au son qu'elle produisit, nous entrâmes dans la salle que Scott nous avait indiquée. Il nous avait dit que l'endroit était pittoresque et c'était parfaitement le mot.

— Ooooh mince les filles ! s'écria Anna. C'est dingue ici !

— Incroyable ! surenchérit Shannon, les yeux grands ouverts sur la déco qui n'avait rien à envier à celle de l'entrée.

J'embrassai la grande pièce du regard et pris le temps d'en observer les moindres recoins. Les murs étaient jaunis et n'avaient probablement jamais été repeints. En tout cas, pas depuis plusieurs dizaines d'années j'en jurerai ! Par endroit, la peinture s'était écaillée et laissait apparaître la pierre du mur d'origine. Ces derniers arboraient des tableaux abîmés de portraits photographiques et de toiles anciennes. Le sol en parquet n'était pas de première jeunesse, mais récent. Au fond se tenait un énorme poêle en fonte où le feu ronronnait tranquillement, et au-dessus était accrochée une épée accompagnée de son bouclier en métal. Un piano poussiéreux était poussé contre le mur de gauche. Dessus, traînaient de vieilles partitions surveillées par une martre empaillée elle aussi, la gueule ouverte sur une dentition acérée (charmant !). Enfin à droite, un bar en zinc occupait le fond de la salle près du poêle. Le reste du mobilier était en bois. Des tables éclairées à la chandelle, des chaises, des bancs à l'assise recouverte de Tweed[2] complétaient le tableau. Pittoresque donc, c'était le mot. Il faisait sombre, mais cela faisait partie de l'ambiance

---

[2] Le tweed est un tissu en laine cardée, flexible, ressemblant à un tissu filé main. Son nom vient de tweel en scots, qui signifie « sergé » en français.

extraordinaire du lieu. Quelques personnes buvaient accoudées au bar, d'autres mangeaient à table. Une légère musique de fond rendait le tout chaleureux.

Comme nous l'avait conseillé Scott, nous nous assîmes autour du feu et nous soupirâmes toutes d'aise, la tension des dernières heures retombant enfin.

— Quel endroit étrange, déclarai-je. Je suis contente de me reposer un peu ! Ce Scott a l'air sympathique finalement, dis-je convaincue que le mot « sympathique » ne suffisait pas à qualifier le charme que dégageait cet homme.

Il était véritablement beau. D'une beauté virile, teintée de force et de douceur. Il rayonnait d'assurance et son regard aurait pu sonder n'importe quelle âme. C'était carrément perturbant. Je suis quelqu'un d'assez pragmatique, et je ne me laissais pas aisément enjôler, cependant ce type me troublait.

— Dis donc toi ?! Il t'a tapé dans l'œil hein ? me tourmenta Anna. J'avoue qu'il est tout à fait séduisant, en tout cas, à la façon dont il t'a détaillé dans la voiture et tout à l'heure quand nous sommes arrivées, je crois bien que tu n'es pas passée inaperçue non plus.

— Remarque, renchérit Shannon qui était à présent hilare, vue comme Vic l'a scrupuleusement bouffé du regard ça ne m'étonne pas !

— Mouhahaha c'est clair ! s'esclaffa Anna.

— Sérieusement les filles ! glapis-je, gênée par leur franc-parler. Oui, il est pas mal, sauf que je n'ai rien fait, et lui non plus d'ailleurs ! Vous lisez trop de romance, et je vous ferai dire qu'il nous a toutes observées !

— Tu es célibataire non ? en rajouta une couche Anna. Profite de la vie, Vic !

— Eh ! la coupai-je aussi vite, vous également je vous signale ! Arrêtons avec ça. Moi je suis contente d'être ici avec vous. Notre projet était fou, mais il en valait la peine. Je sens qu'on va bien s'amuser.

Voilà comment on détournait l'attention sur un sujet gênant. Ouf !... Tu parles ouf ! Cela n'aura duré que cinq minutes tout au plus. Scott se rappela à notre bon souvenir en se faufilant de derrière le bar d'un pas leste et assuré jusqu'à nous. Il avait passé un kilt en tartan vert (on n'échappait pas aux clichés) et arborait de très charmantes chaussettes hautes en laine sous ses boots montantes. Il était littéralement à tomber. J'en restai bouche bée et je dus me donner une claque mentale pour essayer d'avoir un comportement normal. Mes amies, quant à elles, étaient à deux doigts de la crise d'hystérie. Je crois que nous étions vraiment fatiguées là, tout de suite.

Ses iris, dont je ne distinguai toujours pas la couleur à cause de la lumière ambiante bien trop sombre, ressortaient extraordinairement clairs sur son visage encadré de sa barbe naissante et de ses cheveux foncés. Il était hypnotique. Loin d'être gêné par notre examen détaillé, il nous gratifia d'un sourire railleur, pas dupe de l'effet qu'il nous faisait.

Quelle arrogance !

Tout en se penchant vers nous pour se faire entendre, il nous demanda :

— Mesdemoiselles ! Que puis-je vous offrir à boire ? Nous avons du très bon cidre pression écossais, ainsi que de la bière. Une boisson chaude peut-être ? Ou quelque chose de plus corsé ?

— Oh, tu travailles ici alors ! s'extasia Anna manifestement remise de l'accident. Une bière sans hésiter pour moi, et une écossaise assurément !

— Cidre pression pour moi merci, commanda Shannon.

— Et pour toi Victoria ? me questionna Scott de sa voix suave.

Oui suave, c'est comme ça que je la perçus à cet instant précis. Halala, je devais souffrir d'un surplus d'hormones sans aucun doute. Je me repris malgré tout rapidement :

— Je vais commencer par une bière, Scott, merci (et voilà que je l'appelai par son prénom maintenant).

Il s'attarda encore un instant, silencieux, puis se redressa en nous envoyant le plus charmant des clins d'œil :

— Je vous amène ça tout de suite.

Complètement hypnotisées, nous le regardâmes passer derrière le bar. Mes deux amies se tournèrent de concert vers moi, les yeux rieurs et le sourire qui disait « on te l'avait bien dit », plaqué sur leur visage. Grrrmmph ! Je les détestai (adorai) !

— Anna ? Je crois que nous avons définitivement perdu Victoria.

Et mes deux comparses éclatèrent d'un rire sonore. Je levai les yeux au plafond et ris de bon cœur avec elles. Il revint quelques minutes plus tard avec nos rafraîchissements, mais il ne s'attarda pas cette fois-ci, car il y avait du monde, et sa collègue, habillée elle aussi en kilt – l'uniforme de l'enseigne donc –, l'appelait avec un autre plateau prêt à être servi. Nous avions vraiment besoin de nous poser un peu, alors nous bûmes avec un plaisir incommensurable.

Le pub continuait de se remplir, l'ambiance montait d'un cran, devenant de plus en plus bruyante. La jolie rousse qui travaillait avec Scott nous aborda tout de même au bout d'un moment. Elle était jeune, belle et gracieuse, et ses longs cheveux lâchés sur ses épaules lui descendaient en cascade jusque sur ses reins.

— Bonsoir, moi c'est Ivy ! se présenta-t-elle, Scott m'a demandé de vous dire qu'il n'a pas encore eu le temps d'aller voir votre voiture. Il vous conseille de manger ici ce soir et passera dès que possible vous tenir au courant.

Nous nous regardâmes toutes les trois et j'acquiesçai auprès de Ivy :

— Très bien, bonne idée ! lui répondis-je avec un sourire courtois.

— Suivez-moi dans ce cas, il vous a déjà réservé une table.

Bien installées, nous commandâmes dans la foulée une deuxième tournée, ainsi que le premier *Haggis* de notre séjour. C'est le plat traditionnel en Écosse. Fait de tripes de moutons hachés, mélangées avec des épices et de l'avoine, le tout cuisait pendant des heures dans un estomac de vache au bain-marie. Nous « les bouffeurs d'escargots » n'avions même pas peur ! Ivy nous remercia et fit virevolter sa jupe en tartan, s'en retournant vers les cuisines…

Nous étions affamées et nous dévorâmes notre assiette religieusement, avec moult soupirs de contentements. C'est fou comme l'aventure ça pouvait creuser. De temps à autre, je guettai Scott que l'on apercevait quasiment plus tellement il y avait de monde, si bien que je me disais qu'il n'aurait jamais le temps de jeter un œil à la Corsa. À vrai dire, je l'espérai… On passait un si bon moment que je n'avais pas envie de partir. Tout à coup, des cris de joie éclatèrent, des gens se levèrent, sifflant et tapant dans leurs mains.

— Que se passe-t-il ? demanda Anna.

Nous nous redressâmes pour essayer d'y voir mieux. Il me semblait voir du mouvement dans l'entrée. J'aperçus Scott dans les bras d'un autre homme, lui donnant une accolade amicale. Il s'agissait d'un petit groupe de musiciens. Shannon et Anna tapèrent dans leurs mains, excitées par ce qui s'annonçait.

— Oh fantastique ! On va trop s'éclater ! Tu penses que c'est de la musique traditionnelle ? me cria Shannon dans le brouhaha de la salle.

— Je l'espère ! Oui, regarde, quelqu'un a même une harpe !

C'est à ce moment que je vis Scott se faufiler entre les gens et se diriger droit vers nous. Il était bien plus grand que moi, plutôt mince, mais d'une carrure imposante tout de même, impossible de le louper. En m'abordant, il posa sa main sur mon épaule et frôla mon oreille de ses lèvres. Mon estomac se contracta immédiatement, réagissant à ce contact rapproché :

— Écoute, je suis désolé, mais je ne pourrai pas vous aider ce soir. Le mieux que vous puissiez faire c'est de dormir ici. Nous avons des chambres à l'étage, je vais demander à Ivy de vous donner les clés, ça te va ?

— … ok oui faisons ça… Les filles, appelai-je en me tournant vers elles. Scott nous propose de coucher ici, ça ira pour vous ?

— Bien sûr que ça nous va, pas vrai Shannon ?

— Carrément ! Et en plus avec la soirée qui s'annonce c'est une bonne nouvelle !

— Génial ! Alors Mesdemoiselles, je vous amène une nouvelle tournée, et elle est pour moi celle-là.

Le voilà qui repartait, happé par la foule… Il avait enlevé son pull et portait un tee-shirt blanc moulant. Il pouvait se le permettre, il était si renversant que c'en était indécent. Je ne pus m'empêcher de voir d'autres filles le regarder et glousser quand il passait près d'elles. Ça me bouffait de le dire, mais j'en étais terriblement agacée. Sentiment tout à fait incongru quand on savait que je ne connaissais cet homme que depuis quelques heures à peine. On croirait les premiers émois d'une adolescente.

N'importe quoi Vic !

Heureusement mes amies me détournèrent bien vite de mes états d'âme et nous continuâmes de bavarder.

Le groupe de musiciens s'installa devant le poêle, à l'endroit où nous étions plus tôt, et entama une première mélodie entraînante. Tout le monde tapait dans les mains, l'ambiance était juste géniale et la chaleur monta d'un cran. Parfait pour des touristes comme nous. Ivy nous apporta notre tournée offerte par Scott et en profita pour nous donner les clés de notre chambre, criant pour se faire entendre.

— Elle est au premier étage au fond du couloir à votre droite. C'est la « *Kelpie*[3] » à côté de « *Nessie* » le monstre du *Loch Ness*. Toutes les chambres ici ont un nom de créatures légendaires d'Écosse. Par contre j'ai dû installer un lit d'appoint, car nous n'avons plus de couchage de libre pour ce soir, désolée !

— Pas de problème, merci encore, lui répondit Anna en s'emparant des clés.

---

[3] Le kelpie est une créature métamorphe chevaline, aquatique et humanoïde à la fois, qui s'attaquait à aux hommes pour les noyer.

La soirée continuait de plus belle et les musiciens enchaînaient les gigues celtiques sans faire de pause.

— Allez les filles, allons danser ! s'enthousiasma Shannon. Anna, Vic ! Allez on y va !

Nous n'avions pas eu le loisir de répondre que Shannon nous embarquait avec elle devant l'orchestre avec les autres personnes qui dansaient déjà. Nous riions, sautions et nous déhanchions, nos boissons nous ayant fortement désinhibées. J'étais en sueur et hilare quand tout à coup, je me sentis attrapée fermement et plaquée contre un torse d'homme. Wow ! Je ne savais pas qui c'était, mais il ne me laissa pas le temps de réagir, m'entraînant dans ses bras dans une ronde folle. Quand la musique se finit dans un concert de sifflements et d'applaudissements, je me permis enfin de jauger mon kidnappeur. Que le ciel me tombe sur la tête ! Lui aussi était carrément beau dans son genre. Grand, fort, la quarantaine, brun, les yeux rieurs ; l'Écosse ne serait-elle pourvue que de beaux spécimens comme sur les couvertures de romans à l'eau de rose ? Cependant, il y avait quelque chose qui m'était familier dans les traits de son visage, il me rappelait quelqu'un, sauf que je ne savais plus qui. Il me sourit et me dit :

— Merci pour ce moment belle demoiselle.

— Oh ! Mais euh... de rien, bredouillai-je bien malgré moi.

— Vous êtes française n'est-ce pas ?

— Oui, oui...

Il me tenait toujours dans ses bras et continua :

— Vous êtes ici en vacances ou pour le travail ?

— Je... nous... enfin avec mes amies, nous sommes venues passer quelques jours de vacances oui.

— Ah très bien alors ! Je vous souhaite qu'elles soient douces et agréables dans ce cas.

Il me relâcha sans attendre une quelconque réaction de ma part, puis disparut dans la foule. Ok... Je restai plantée là quelques secondes, lorsqu'une autre chanson démarra, coupant court ma perplexité et m'entraînant dans une nouvelle danse.

Il était une heure du matin quand une cloche retentit afin d'annoncer la clôture de la soirée. Tant mieux, car nous étions HS. Nous sortîmes, guillerettes, chercher nos affaires dans la voiture et remontâmes nous installer dans notre chambre. J'avais peur de ce que nous allions trouver, mais nous fûmes agréablement surprises par la modernité et le confort de notre refuge pour la nuit. Pas d'animaux empaillés en vue, ni même une once de poussière. Il y avait également une petite salle de bain attenante privative. Parfait ! Anna et Shannon se jetèrent sur le lit jumeau.

— Ok, je prends le lit d'appoint, dis-je en me dirigeant vers ma couche qui me tendait les bras, quand tout à coup, mon téléphone se mit à sonner. Je me précipitai pour décrocher :

— Oh ! c'est Seb ! Merde ! J'ai oublié de l'appeler ! Allô ? Seb ?

— Vic ?! qu'est -- que tu fous ? Tu devais --ppeler en arriv---? Tout va bien ? J'ai essa--- de te joindr-- --- tu ---- n --- …

— … Seb ? Seb ? Attend un instant je ne t'entends pas bien ? Allô ? Attends ! Je vais dehors.

Je filai dans les couloirs, descendis l'escalier et me dépêchai de sortir sous le petit porche de l'entrée. Il faisait noir, carrément froid et je n'avais que mon pull, mais je ne pensai pas en avoir pour longtemps de toute façon :

— Seb ? Allô ? Tu m'entends ?

— Allô ? Oui, oui, je t'entends ! Alors qu'est-ce que tu fous ?

Oups, il était un chouia énervé.

— Oui, nan, désolée, je sais, j'ai oublié… On a eu un petit accident su…

— … quoi ? Un accident ? Tout va bien ? Tu vas bien ?

— Oui, oui, tout va bien. On s'est arrêtées dans une auberge juste à côté. On va y dormir cette nuit. Demain, on fera vérifier la voiture et nous repartirons.

— Vic, merde ! Tu m'as fait chier parce que tu avais la trouille pour une simple rencontre, finalement, tu t'embarques dans un voyage sans même me tenir plus au courant que ça, et maintenant tu m'annonces que tu as eu un accident ?! T'es sérieuse ?

— Je sais Seb, je suis vraiment désolée. Écoute, je t'appelle demain si tu veux bien, je t'expliquerai tout. Je suis dehors là et il fait super froid. Je te laisse dormir Ok ? À demain ?

— Ouais à demain, t'as pas intérêt à oublier. Bonne nuit ma puce.

— Bonne nuit.

Je raccrochai en soupirant. Quelle idiote quand même, je n'assurais pas ! Tant pis, je le rappellerai sans faute.

— C'est ton petit ami ?

— Quoi ?!

Je sursautai et me retournai.

C'est pas vrai ! Il y avait quelqu'un sous le porche où je m'étais réfugiée, mais dans le noir je ne l'avais même pas vu. C'était Scott.

— C'est à ton petit ami que tu téléphonais ?

Il était adossé au mur, un verre à la main m'observant nonchalamment. J'étais prise de court et bafouillai :

— Seb ? Mon petit ami ? Euh, mais non, non, ça ne te regarde pas en fait ! Je…

— … Tu as froid.

Il ne me laissa pas le temps de répondre, et de toute façon, ce n'était même pas une question. Il posa son verre sur une jardinière à côté de lui, retira sa veste et m'en drapa les épaules en parfait gentleman. Je lui murmurai un merci troublé. Il me regardait fixement, me sondant de la tête aux pieds. Mais qu'est-ce qui lui prenait tout à coup ?

Il attrapa sa boisson et en but lentement une gorgée – certainement du whisky à l'effluve qui arrivait jusqu'à moi :

— La soirée t'a plu ?

— Oui, dis-je. C'était fantastique, vous en faites souvent ?

Je me sentis bête avec ma question banale à mourir.

Vic ressaisis-toi, trouve un truc intéressant à dire !

De toute façon il ne prit même pas la peine de me répondre le salaud ! Bonjour l'embarras… J'amorçai un pas en avant pour rentrer quand il reprit :

— Vous faites quoi par ici avec tes amies ?

J'osai à peine lever les yeux vers lui tant il me regardait intensément. Tout de même soulagée d'avoir quelque chose à lui raconter, je lui expliquai dans les grandes lignes mon lien avec Shannon et Anna, ainsi que notre amour pour l'Écosse. Il ne m'interrompit pas et finit de déguster son whisky.

— Ce n'est pas habituel comme histoire, risqué même, non ?

J'eus un petit rire nerveux.

— Pas plus que de suivre un inconnu dans le noir sur une route perdue au milieu de nulle part.

Un sourire en coin se dessina sur ses lèvres, il n'en dit pas plus.

Quelle frustration !

Il ouvrit finalement la porte qui était toute proche, et attendit en me faisant signe de la main d'entrer. Je passai près de lui en retenant mon souffle, perturbée par son silence. J'eus cependant la présence d'esprit de vouloir lui rendre sa veste.

— Garde-la, tu me la donneras demain matin. Bonne nuit Victoria.

C'est tout ce qu'il avait à dire ? Et il s'en alla dans la salle du pub. À travers la vitre, j'aperçus Ivy s'approcher de lui, se pencher sur son oreille et lui chuchoter quelque chose, un sourire éblouissant collé sur son minois. Ils se dirigeaient tous les deux, l'air complice, vers la cuisine. Mais à quoi jouait-il ? Ce mec me déboussolait, je n'avais même pas pu entretenir une conversation de plus de deux minutes avec lui. C'est dans la plus complète expectative que je retrouvai mes comparses dans notre chambre.

— Vic ? t'en as mis du temps ! Elle est à qui cette veste ? demanda Anna.

Je leur racontai succinctement mon interlude avec Scott.

— Moi je crois que c'est surtout lui qui est si déstabilisé par notre Vic, qu'il n'a pas su trouver ses mots, lança Shannon à Anna.

— C'est ça, et cette Ivy est certainement sa sœur ! En tout cas dans les livres c'est toujours la sœur !

— Mmmh… répliquai-je un peu embarrassée d'avoir avoué mon trouble à mes amies. Allons dormir, il n'y a rien à tirer de tout ça, et de toute façon, on s'en va demain.

Elles n'insistèrent pas et je leur en étais reconnaissante. Anna éteignit la lumière pendant que je me préparai dans la salle de bain.

J'avais posé la veste de Scott sur le dossier de la chaise à côté de mon lit et m'apprêtai à me coucher, quand son odeur vint me chatouiller les narines. Entêtant, son parfum était un mélange de fumée et d'un petit quelque chose d'épicé et iodé. C'est pas vrai… je n'arriverai pas à passer à autre chose avec ça sous le nez ! Je me retournai en enfouissant ma tête sous la couverture. La nuit allait être longue.

Le gardien des lochs I

Chapitre 3.

Je me réveillai vers dix heures, alors qu'Anna et Shannon sommeillaient encore paisiblement. Au travers de fins rideaux filtrait une pâle lumière, sans doute obscurcie par un temps maussade. Ok, l'idée de partir en Écosse en novembre sur un coup de tête n'était pas forcément la meilleure. Je m'étirai. Cette nuit, j'avais finalement bien dormi. La veste de Scott, toujours posée sur la chaise, me fit remonter tous les souvenirs de la veille. Cet homme était vraiment séduisant et fascinant à la fois, mais son comportement me déstabilisait et quelque chose m'échappait sans pouvoir mettre le doigt dessus. Je n'étais pas une pro en la matière, cependant, je n'étais pas ingénue non plus. Il m'envoyait des signaux clairs et se contredisait ensuite. Même mes amies étaient de mon avis quant à ses intentions. Est-ce que je devais écouter Anna et me laisser aller à une idylle sans lendemain ? ... J'avoue que c'était tentant, toutefois j'étais ici pour passer du temps avec elles et pas dans les bras musclés de Scott... Raaaa... ce visage si parfait, cette allure, cette assurance, je devrai plutôt fuir, malgré tout, je ne pouvais pas m'empêcher de trouver chez lui une aura terriblement attirante. Il était la définition du mec qui savait qu'il était beau et qu'il pouvait avoir n'importe qui à ses pieds ! Je n'étais pas ce genre-là moi ! Non ! Et puis sérieusement ! Je ne le connaissais que depuis hier soir, on partirait au plus tard en fin de matinée, donc il n'y avait pas à tergiverser.

Sur ces bonnes résolutions, je me levai et allai faire mes ablutions dans la petite salle d'eau de la chambre. Shannon fut la première à émerger après moi, suivie de près par Anna, la tête des lendemains de fête.

— Ahah ! Anna, tu devrais te voir, me moquai-je. Tu ne supportes pas la bière ?

— Mmmh… fit l'intéressée, se traînant tant bien que mal en nuisette sexy jusqu'aux toilettes.

Rien de comparable avec mon pyjama en flanelle.

J'enfilai rapidement un jean et un col roulé bien chaud, quand Shannon me demanda :

— Quel est le programme ce matin Vic ? Il t'a dit quoi Scott ?

— Je ne sais pas trop à vrai dire. Nous allons descendre essayer de manger un bout et de le trouver, lui ou Ivy.

— Ça t'emmerde hein ?

— Quoi ?! m'exclamai-je en me retournant vers elle, une chaussette à la main, limite choquée par son langage.

— Elle est très jolie cette Ivy ! Et même si Anna dit que c'est sa sœur, elle ne l'est peut-être pas ! Imagine…

— … C'EST SA SŒUR ! N'EN DOUTE PAS VIC ! cria aussitôt Anna du haut de son trône.

Shannon et moi éclatâmes de rire. Cette grande gueule d'Anna dans ce joli petit corps nous faisait l'effet d'un antidépresseur.

Une petite heure plus tard, nous voilà enfin prêtes, en quête d'un petit déjeuner. Les odeurs de nourriture nous guidèrent droit dans le pub, et c'est Ivy qui nous accueillit. Je la vis jeter un œil sur la veste de Scott que j'avais posée sur mon bras, pliée contre mon ventre.

— Bonjour ! Vous n'êtes pas très matinale ! s'exclama-t-elle le sourire aux lèvres tout en servant un client. Scott est en train de vérifier votre voiture, il passera dans un moment. Asseyez-vous, je vais prendre votre commande.

Bon, très bien, si Ivy le disait… Nous nous installâmes donc à la table que nous occupions la veille au soir. Malgré l'heure avancée, il faisait toujours aussi sombre dans la salle et les bougies allumées n'étaient pas de trop. Nous choisîmes chacune un petit déjeuner typiquement écossais, c'est-à-dire un repas pantagruélique à base d'œufs brouillés, de saucisses, de haricots à la sauce tomate, de black pudding – une sorte de boudin épicé –, de champignons et de bacon fumé. Le truc bien avec ce genre de festin, c'est que vous ne mangiez plus rien jusqu'au soir. Plutôt économique dans un sens. Je finissais de nettoyer mon assiette avec un champignon – oui en Écosse le pain n'existe pas, ou enfin si, une espèce d'ersatz de pain, doté d'une mie aussi consistante qu'une éponge de mer, le top du top –, quand Scott entra dans la salle. Il s'ébouriffait les cheveux d'une main.

Donc à priori il pleuvait…

La vache ! Même mouillé, il était magnifique. Encore un geste de sa part et je m'étouffai avec mon reste de sauce c'est dire !

— Mesdemoiselles, bonjour, dit-il avec un air aussi pincé que les lèvres de mon patron lorsque je lui demandais un jour de congés en plus, et qui n'annonçait rien de bon. J'ai une mauvaise nouvelle (bah voilà !). Vous avez endommagé un triangle de suspension et j'ai bien peur qu'il ne faille changer la jante de la roue avant gauche. Vous n'y êtes pas allées de main morte sur cette route, c'est inconscient, surtout de nuit et dans la brume. Vous avez eu de la chance que ce ne soit pas plus grave.

Merci sergent Scott pour cette analyse pertinente.

Devait-on s'apprêter à être envoyé au trou, comme à l'armée ?

Nous le regardions, dépitées, et il enchaîna :

— J'ai déjà contacté un ami garagiste, il va passer remorquer votre voiture et s'occuper des réparations. Par contre nous sommes dimanche, et il ne pourra venir que demain. En attendant, je vous propose de rester ici le temps qu'il faudra. On vous offre la chambre pour le désagrément.

Merde… ça s'annonçait carrément mal.

— Scott, commençai-je, merci pour la voiture et le garagiste, merci pour la chambre également. Nous allons faire comme tu dis alors, mais n'est-il pas possible de louer une autre voiture ou d'en emprunter une ? tentai-je tout de même accompagné d'un sourire contrit.

Il me regardait, les mains dans les poches, nonchalant, et d'un ton aussi froid que l'eau d'un loch, il me répondit :

— Victoria, nous sommes hors saison touristique, ici tout tourne au ralenti les mois d'automne et d'hiver. Nous avons les pièces, par contre il va falloir patienter.

— Très bien, j'ai compris le message, dis-je un peu vexée par son humeur et sa condescendance. Je vais appeler pour annuler notre séjour à l'auberge.

Sérieusement, qu'est-ce qui lui prenait tout à coup ?

Anna posa sa main sur mon avant-bras et me dit doucement :

— Vic t'inquiète pas, il y a plein de trucs à faire aussi ici, j'en suis certaine. On ira randonner dès que le temps nous le permettra. Et vois le bon côté des choses, nous avons de quoi loger ! N'est-ce pas Scott ? Tu dois en connaître toi, des balades dans le coin, tu pourras nous conseiller !

Oh ! la traîtresse ! Elle était ravie de la tournure que prenaient les événements. Je l'adorais, elle et son enthousiasme. J'oubliai ma contrariété et collai mon plus beau sourire sur mon visage en regardant Scott :

— Tu as raison Anna, faisons ça ! Scott, nous attendons tes recommandations.

Il se caressa la nuque d'un geste ô combien sexy, réfléchit un instant, et répondit :

— Il y a bien l'ascension du *Beinn*[4] *Chabhain* à faire, seulement c'est une excursion d'une journée. Écoutez, je ne travaille pas demain, si le temps s'y prête je peux être votre guide, proposa-t-il.

Nous nous regardâmes tour à tour et c'est Shannon qui acquiesça pour nous :

— Quelle bonne idée ! On est partantes !

— Très bien, je vous préparerai le matériel nécessaire dans ce cas, et nous décollerons à l'aube.

Nous nous levâmes toutes les trois. J'en profitai pour rendre sa veste à Scott avant qu'il ne s'en aille.

— Merci, dis-je. Ces vacances auraient pu tourner au désastre, mais encore une fois la gentillesse légendaire des Écossais surpasse tout.

Il me retira son vêtement des mains, grommela dans sa barbe ce que je pris pour un remerciement (toujours voir le verre à moitié plein) et partit.

Ok… De rien…

---

[4] Montagne

Je rattrapai mes amies dans les escaliers menant aux chambres de l'étage.

— Je suis désolée les filles, ça craint tout de même, dis-je. J'espère que nous allons pouvoir rapidement nous en aller d'ici.

Shannon qui me devançait sur les marches se retourna :

— Stop Vic, comme l'a évoqué Anna, l'essentiel c'est que nous soyons toutes les trois, et il y a de quoi faire aussi dans les environs. D'ailleurs je propose que nous allions chercher nos cartes pour nous programmer une sortie dès cet après-midi. J'ai vu la météo, ça devrait se lever.

— Merci Shannon, Anna… vous êtes des anges.

***

Il fut décidé que nous explorerions les alentours. Les chutes de *Falloch* n'étaient qu'à quarante-cinq minutes à pied du *Drovers,* ce qui constituait une balade idéale sur le temps d'un après-midi. Comme l'avait annoncé Shannon, la météo était plutôt clémente et un timide soleil perçait les nuages. Nous enfilâmes nos chaussures de marche et partîmes le cœur léger sur le chemin de la *West Highland way*[5], parlant de tout et de rien, de nos ex, de nos vies, de nos rêves.

---

[5] Le West Highland Way, est un chemin de randonnée en Écosse d'une distance d'environ 154 kilomètres.

— Anna ? Pourquoi ça n'a pas fonctionné avec ton ex ? Un Italien, ça doit être pas mal au lit non ? demandai-je, amusée. Ok, c'est très cliché, mais les statistiques sont avec moi !

— Ah oui ! Pour être pas mal, il l'était ! Si bien qu'il a cru bon de dispenser son talent à plusieurs élèves à la fois ! Pas de regrets, nous n'avions pas la même façon de vivre. Je suis quelqu'un de posé, j'aime ma librairie et le calme. Lui, il voulait bouger tout le temps, sortir toute la nuit, faire la fête. J'aime ça aussi, sauf que je n'ai plus dix-huit ans et j'aspire à autre chose. Il n'était pas très discret. J'ai rapidement découvert qu'il allait voir ailleurs. Ça fiche un coup à l'ego, mais on passe vite à autre chose. Et en plus il n'aimait pas du tout l'Écosse. Quand je lui en parlais, il dénigrait systématiquement tout ce que je disais.

— Je comprends, lui répondis-je compatissante, et toi Shannon ? Qu'est-ce qui a fait que ça n'a pas marché entre vous ?

— Mmppf... je n'attire que des hommes déjà casés hélas... J'ai toujours refusé de sortir avec l'un d'eux et puis Maxime est arrivé dans ma vie. En fait, j'ai découvert qu'il était marié bien plus tard. Ça m'a vraiment mise en colère, pourtant il me disait que ça n'allait pas avec sa femme depuis bien longtemps de toute façon. On va dire que je n'ai pas cherché plus loin. Il passait chez moi en semaine et parfois le week-end quand sa conjointe était en déplacement. L'été dernier, elle devait s'en aller quinze jours pour le boulot. Nous avions convenu que nous partirions ensemble. J'espérais l'Écosse, mais il n'a jamais voulu en entendre parler. Trop au nord, trop froid… trop quoi. J'ai mis de l'eau dans mon vin et proposé qu'on aille une semaine dans le sud et une semaine en Écosse. Il n'a jamais lâché l'affaire. Alors je l'ai renvoyé chez lui et je me suis barrée. On ne s'est plus jamais parlé depuis. Et toi Victoria ?

— Moi ? Mon histoire ressemble à la tienne. Le déclic, ça a été pendant notre séjour ici cet été. J'ai vite compris qu'il faisait ce voyage pour agrémenter son compte *Insta* de nouvelles photos. À aucun moment il n'a apprécié le paysage, ni de découvrir une autre culture. Il passait son temps à dire que la bouffe était immonde, qu'il faisait trop froid, qu'il aurait quand même préféré aller au bord de la méditerranée et que l'année prochaine, il prendrait l'organisation des vacances en main. La seule chose qu'il attendait, c'est qu'on soit enfin dans notre chambre le soir pour me sauter dessus. J'ai été sacrément déçue… Même, en colère contre moi. J'aurais dû voir venir. Bah… au fond, je savais que ce n'était pas l'homme de ma vie.

— C'est toi qui l'as largué du coup ? me demanda Anna.

— Oui ! Le jour de notre retour. Je lui ai dit ce que j'avais sur le cœur et que j'espérai autre chose pour l'avenir. Nous n'étions pas compatibles. Il l'a assez bien pris, et le soir même, il avait récupéré les quelques affaires qu'il avait laissées chez moi et c'était fini.

— Pas de regret les filles, lança Anna. Aujourd'hui nous sommes ici toutes les trois et on vit de formidables moments. On emmerde les mecs !

J'éclatai de rire et surenchéris avec elle avec un grand oui !

— Ah non ! s'écria Shannon. Je ne suis pas d'accord ! On ne peut pas tous les emmerder ! Scott est bien trop sexy, et il fait trop les yeux doux à Victoria pour qu'on ne lui laisse pas le champ libre, minauda-t-elle à mon intention. Et puis… il y a Sébastien aussi !

— Comment ça Sébastien ? couinai-je. Il n'a rien à voir là-dedans ?!

— Mmmmh, crois-moi je sens ces choses-là ! Je suis presque certaine que Scott l'a senti également et que c'est pour ça qu'il se donne autant de mal à se faire remarquer.

Anna rit de plus belle en s'empressant d'acquiescer.

— HAAannnn nan nan ! Vous n'allez pas remettre ça sur le tapis ! Ok, il flirte un peu, mais c'est tout. Il doit faire cet effet-là à beaucoup d'entre nous non ? Et encore, franchement, j'ai du mal à le cerner. Je ne vais pas vous mentir, je le trouve attirant, mais encore une fois, je ne suis pas ici avec vous pour aller me vautrer dans les bras d'un homme, et Seb est mon ami d'enfance, rien d'autre, ajoutai-je précipitamment.

— Comme tu veux, me signifia Shannon.

— Regardez ! Voilà les chutes d'eau ! s'exclama Anna.

Ha ! Merci ! Elles tombaient à pic celles-là !

L'après-midi passa rapidement et il faisait presque nuit quand nous rentrâmes. Il faut dire qu'en Écosse, à cette saison, le soleil se couchait un peu avant dix-sept heures. Nous avions pris du retard en partie à cause de moi et de ma passion pour la photographie. Et oui, je ne l'avais pas dit, mais j'étais l'heureuse propriétaire un appareil photo hybride *Nikon* et de ses objectifs interchangeables. Je n'étais pas une « pro », loin de là, cependant cela me plaisait de prendre le temps de voir les choses sous un autre angle et de capturer ces instants uniques dans mon boîtier. Les filles n'avaient pas râlé, et au contraire, elles avaient joué le jeu. Nous avions de quoi nous occuper ce soir à regarder et trier les photos.

Nous étions en train d'entrer dans le vestibule quand nous surprîmes une conversation étouffée par les murs, venant d'une pièce desservie par le long couloir qui menait aux chambres. Cela nous sembla être une altercation entre deux personnes. Nous en perçûmes quelques bribes.

Le gardien des lochs I

Chapitre 4.

Drovers Inn en Écosse, dimanche 17h40

— … trop de temps ! Qu'est-ce qu'il te prend ?
— Liam, calme-toi, ça va être vite fait, laisse-moi juste encore un jour ou deux. Je ne peux pas tout faire non plus avec le boulot qu'il y a ici ! répondit la voix. Tu sais bien que l'on doit être discret et pour ça, il faut faire les choses proprement et…
— … Je veux que ce soit fait à mon retour tu entends ?! Dernier carat ! coupa l'autre voix masculine manifestement en colère. Ou sinon c'est moi qui m'en occupe ! Et je peux t'assurer que ce sera fait à MA manière !
—Liam ?! Je t'en prie…

Des bruits de pas, une porte claqua, un homme traversa le couloir. Il se dirigeait vers l'arrière de la maison, rageur. Mais cette silhouette…

— Je connais cet homme, chuchotai-je à mes amies qui comme moi regardaient le corridor, médusées. C'est avec lui que j'ai dansé hier soir !

— Ah ! oui je me souviens, me répondit Anna. Il bosse ici alors vous croyez ?

— Ça m'en a tout l'air, dis-je ne sachant pas quoi penser de ce que nous avions entendu. En même temps cela ne nous regardait pas.

Nous écoutâmes s'éloigner l'autre personne qui était avec lui. Puis, il n'y eut plus aucun bruit à part une légère musique s'élevant de la salle du pub. Des gens arrivèrent derrière nous. En Écosse, on déjeunait tôt, surtout après une journée de labeur dans les conditions climatiques particulièrement dures de la région.

— Venez les filles, allons-nous rafraîchir et nous changer, nous descendrons manger après, proposai-je.

Nous fûmes de retour une heure plus tard et nous nous installâmes dans notre coin favori. Scott vint vers nous, portant son uniforme comme la veille. Il n'arborait pas son attitude charmeuse habituelle et un tic nerveux barrait ses joues. Il avait l'air… contrarié.

— Bonsoir, mesdemoiselles, j'espère que votre journée a été agréable.

— Oh oui ! lui répondit Anna. Nous sommes allées admirer les chutes de *Falloch*. C'était magnifique ! Les couleurs d'automne et cette énorme cascade étaient enchanteresses.

— À cette époque de l'année, les torrents sont alimentés par les nombreuses pluies. Vous la verriez en août, il ne reste plus qu'un filet d'eau, nous apprit-il sans desserrer les dents (encore un peu et nous allions les entendre grincer comme la prothèse de genou de mon voisin quinquagénaire en *Alsace*).

— Victoria a fait de fabuleuses photos d'ailleurs ! J'ai hâte de les regarder ! se sentit obligée d'ajouter Shannon.

— Ah oui ? répondit Scott en se tournant vers moi, levant un sourcil, vraiment ? J'aimerais les voir également à l'occasion.

Voilà, Scott le charmeur était de retour, merci Shannon ! Je ne me laissai pas démonter et lui répliquai sur le même ton affable :

— Bien sûr Scott, avec plaisir, à l'occasion donc. Mmmh sinon, qu'est-ce que tu nous proposes à manger pour le souper ? – et hop ! le changement de sujet : Vic 1 – mes comparses 0.

Nous dînâmes léger. Ce soir-là, il y eut peu de monde, à part sans doute les gens du coin, et ceux qui séjournaient à l'auberge. Ivy était venue nous servir un peu plus tôt et nous avait mis à disposition une autre chambre qui s'était libérée. Cependant nous refusâmes, car finalement notre cohabitation ne nous ennuyait pas. En plus la nuitée nous était offerte, nous n'allions pas leur donner plus de travail.

— Bon, les filles ! annonça Shannon, je vais me coucher, la nuit dernière a été courte et la journée bien remplie. Je suis ko.

— Je monte aussi, lui répondit Anna tout en réprimant un bâillement. Je suis dans le même état que toi. Et toi Vic ?

— Je n'ai pas encore sommeil, mais je vous accompagne récupérer mon ordinateur portable et je redescends ici pour trier mes photos.

Plus tard, comme prévu, je m'installai dans un recoin du pub, dans une niche attenante à une fenêtre. Les bougies sur les tables donnaient à l'atmosphère une ambiance paisible et intime. Il restait quelques personnes qui buvaient au bar et qui bavardaient tranquillement. Je commençais à apprécier cet étrange endroit ainsi que sa décoration singulière.

Je connectai mon Nikon et exportai les photos faites aujourd'hui sur mon ordinateur. J'aimais faire du post traitement. C'était un moment où j'étais concentrée, dans ma bulle. J'essayais de redonner aux clichés ce que mon œil avait réellement vu. Quelques retouches dans la balance des blancs, les contrastes, et parfois les couleurs, toutefois jamais trop pour rester au plus près de la vérité dans un rendu parfaitement naturel. J'avais également fait plein de photos de mes deux amies. Shannon avait une chevelure flamboyante. Avec la lumière rasante et le rayon de soleil que nous avions eu en fin d'après-midi, on croirait une sorcière ténébreuse. Je l'avais fait poser au bord de la cascade, assise sur un rocher, le regard perdu au loin. Elle était magnifique. Il faudrait que je pense à lui faire développer pour lui offrir. J'avais réussi à shooter Anna, mais elle avait été mal à l'aise alors je m'étais contentée de la prendre sur le vif.

— Pas mal !

Oh bon sang !

Je ne l'avais ni entendu ni vu venir. Scott était penché sur mon épaule, occupé à regarder l'écran de mon ordinateur. Je sentis immédiatement la chaleur de son corps réchauffer le mien là où son torse effleurait mon bras. Je crois même que je sentis son expiration contre ma joue, mais l'instant ne dura que le temps d'un battement de cil. C'est fou comme on pouvait être réceptif parfois.

— Merci, balbutiai-je dans un souffle, n'osant bouger.

Il resta là un petit moment, se délectant j'en suis certaine, de ma gêne grandissante. Puis il se glissa sur le banc en face de moi, un sourire séducteur accroché aux lèvres, et posa sur la table un verre rempli d'un breuvage ambré.

— Tu aimes le whisky ? me demanda-t-il.

— Oh ! m'exclamai-je, surprise. Oui merci.

Ah ! S'il espérait me faire passer une sorte de test, il allait être servi ! Et c'est confiante que j'attrapai le verre qu'il me tendait. Je le fis tourner sur lui-même, puis inspectai l'aspect du liquide sur la paroi à la lumière de la bougie. Je recommençai ensuite mon petit manège, mais cette fois j'approchai le rebord vers mon nez, et en respirai longuement les effluves. Scott ne me quittait pas des yeux, les traits de son visage ne trahissant aucun sentiment. Après avoir humé le whisky, j'en bus une minuscule gorgée que je laissai couler sur ma langue pour en apprécier toutes les saveurs. J'attendis avant d'en reprendre une autre, un peu plus conséquente, maintenant que mon palais était habitué à la brûlure de l'alcool. Au bout d'un moment, je reposai mon verre sur la table et déclarai :

— Mmmmh… pas mal non plus ! Tu ne te moques pas de moi. Je dirai que j'ai à faire à un *single malt*[6], sans aucun doute. Il a une sacrée longueur en bouche, il est très gourmand et fruité. C'est un Highland à coup sûr et un vieux ! J'ai bon ?

Scott, qui me regardait toujours aussi intensément, posa ses coudes sur la table, les avant-bras étendus devant lui. Il se pencha légèrement en avant et déclara :

— *Dalmore King Alexander* III… Bravo, je suis épaté Victoria ! Tu aimes donc le whisky. Ce n'est pas banal pour une femme.

Je jubilai intérieurement et lui envoyai avec une moue faussement choquée :

---

[6] Le Single Malt est un whisky issu d'une unique (single) distillerie. Il est distillé exclusivement à partir de la fermentation d'orge maltée, par distillation discontinue simple.

— Quelle remarque sexiste ! C'est en France que l'on en consomme le plus !

— Oui du vulgaire *Blend*[7] en boîte de nuit, mais pas des breuvages comme celui-là.

— À vrai dire, j'en avais déjà dégusté, lui dis-je d'un air ingénu, très contente d'avoir l'avantage sur cette conversation. Je participe à des soirées découvertes dans une épicerie fine de ma ville.

— Eh bien ! Je suis impressionné, tu es pleine de surprises…

— Arrête… tu ne me connais même pas, lui lançai-je emportée par ma confiance grandissante.

— C'est vrai, tu as raison je ne te connais pas. Parle-moi de toi Vic, me demanda-t-il d'un ton badin.

Oh ! Je ne l'avais pas vu venir celle-là – note pour plus tard, Scott menait la danse, pas Victoria.

— Que veux-tu savoir au juste ? lui répondis-je, prise de court.

— D'où tu viens, ce que tu fais de ta vie, tes passions… mis à part le whisky, la photo, et moi évidemment.

— Mais bien sûr ! méfie-toi, tu es à deux doigts de t'étouffer dans ta modestie, lui assenai-je.

---

[7] Un blend ou blended whisky est un whisky issu de l'assemblage de whiskies d'une ou de plusieurs distilleries. Il peut contenir des whiskies de différentes années, de différentes origines (single malt, bourbons, ryes) mélangés à du whisky de grain voire de l'alcool neutre.

Il sourit.

— Allez ma petite mangeuse de grenouilles ! dis-m'en plus !

S'il me donnait un petit nom maintenant…

Je ne pus m'empêcher de lui rendre son sourire en détournant les yeux. Merde ! Ce mec faisait ce qu'il voulait de moi, c'en était presque vexant pour mon estime.

— Très bien… je suis née il y a vingt-huit ans, je ne sais pas trop où, car j'ai été abandonnée à ma naissance (sortez les violons, balancez la musique mélodramatique). C'est Suzelle, une femme merveilleuse, qui m'a recueilli et élevé dans sa maison à côté de *Saverne*, une ville dans le nord-est de la France. Mon accent m'a trahi, je suppose. Je mange effectivement des cuisses de grenouilles et même des escargots à l'occasion. J'aime énormément tout ce qui touche à l'environnement, la flore, la faune… bref, la nature en général. J'ai donc fait une école agricole. Ensuite, fraîchement diplômée, j'ai trouvé un poste en tant que soigneuse dans un grand parc animalier. J'adore ce que je fais, et plus encore de travailler en extérieur. Alors oui, je ne bosse pas pour une grosse multinationale à *Paris* et je ne gagne pas grand-chose, mais c'est mon choix, ma vie, et je l'apprécie comme elle est.

— Oh, mais je ne te reproche rien ! s'exclama Scott en levant les mains devant lui. C'est intéressant au contraire, de ne pas être comme tout le monde. La simplicité se perd.

— Bah! lâchai-je dépitée. La plupart des gens autour de moi critiquent mon manque d'ambition. À mon âge je devrai être casée, avoir des enfants, etc., etc. J'ai tout le temps l'impression de devoir me justifier. Je veux une vie de famille bien entendu, mais je n'ai tout bonnement pas rencontré l'… Enfin, voilà, élucidai-je en agitant ma main devant moi… j'aime cette vie et justement, je trouve que dans ton pays l'humilité des habitants et leur affabilité sont très rafraîchissantes. Comme le climat d'ailleurs!

C'est pas vrai, tu parles d'une fille mystérieuse! J'étais déjà en train de me livrer. Cette discussion m'échappait complètement et dans deux minutes il serait au courant de la fréquence à laquelle je me brossais les dents. Je me repris donc rapidement, demandant à mon tour:

— Et toi Scott? qu'as-tu à m'apprendre, à part la totale fascination que tu as pour moi et les cuisses de batracien?

Et voilà! Bien envoyé Vic!

Et il rit…

Moment de grâce… Scott le prétentieux, l'arrogant, le dragueur a ri! Oh! Un rire discret, je n'avais pas vu le fond de ses chaussettes non plus, mais un petit rire spontané, sincère, vrai. Ça n'avait duré qu'une seconde, toutefois son visage s'était illuminé, et mon traître d'estomac s'était contracté instantanément.

— Eh bien, je m'appelle Scott Maclean et je suis né sur l'île de *Mull* dans les *Hébrides* intérieures il y a trente ans de cela.

Ma famille travaille pour le conte de *Duart* depuis toujours. Je n'ai pas pris la même voix qu'eux et je suis parti de l'île pour suivre des études de commerce à *Londres*. J'ai choisi de voyager un peu partout dans le monde...

— ... pour finalement tenir une auberge en Écosse ? le coupai-je, incrédule.

— Oui. Tu vois, comme toi, j'en ai eu assez de la vie surfaite, des faux semblants. Je voulais retrouver une existence simple avec des gens simples.

— Excuse-moi, c'est moi qui te juge à présent. Tu as raison, lui déclarai-je confuse.

Je fermai l'écran de mon ordinateur et le poussai sur le côté. Nous nous étions tus un moment alors j'en profitai pour déguster à nouveau mon whisky, pensive.

— C'est toi le patron de cet établissement ? m'intéressai-je.

— Non, je suis co-gérant. C'est Liam le grand patron ici. D'ailleurs tu as déjà fait sa connaissance hier soir, me répondit-il en me rappelant subitement l'altercation que nous avions surprise en rentrant tout à l'heure de notre balade.

Au ton qu'il avait employé, cela n'avait pas l'air de l'enchanter. J'essayai de changer de sujet :

— Et pas de petite amie ? osai-je lui demander avec un aplomb feint.

Mais qu'est-ce qu'il me prenait ?

Ceci dit, j'en aurai le cœur net au moins. Allait-il nommer la belle Ivy ? Ma requête eut l'effet escompté, car Scott parut surpris, voir agréablement surprit...

Bordel de bordel !

— Tu as des vues sur moi petite mangeuse de grenouilles ?

— Aaah ! Ne répond pas avec une autre question, tu veux ! le suppliai-je mortifiée.

Il avait son sourire canaille tout à fait charmant.

Re-rire sexy de Scott...

Dans quelques secondes, ça allait devenir embarrassant pour moi. Je sentis mon visage s'enflammer. Je m'empressai de me cacher derrière mon minuscule verre de dégustation et en bus la plus longue gorgée qu'il m'était possible – tant pis pour les convenances. J'avalai péniblement le merveilleux breuvage, tout de même fort alcoolisé. Bon sang ! Quel réflexe pourri ! En plus d'être rouge pivoine, je devais maintenant lutter pour ne pas lui tousser au visage les quinze livres sterling (au moins !) du précieux whisky que je venais de gober cul sec.

Cela ne parut pas le dramatiser plus que ça, car son regard me transperçait si intensément que j'avais l'impression qu'il lisait dans mes pensées. Des images de lui et de moi apparurent très nettement dans mon esprit troublé, et nous ne faisions pas que discuter. Je suffoquai presque, incapable de le lâcher des yeux. Je ne voyais plus que ses iris clairs, ses pupilles dilatées, sa bouche gourmande, son front habillé de quelques mèches indisciplinées, tout le reste était flou. Au bout de ce qu'il me parut une éternité, il reprit enfin la parole, mais pas pour m'apporter la réponse que j'attendais :

— Ça te gêne que je te regarde ainsi ?

Je mis le temps d'un battement de cœur à interpréter le sens de sa question. Me raclant bruyamment la gorge, je lui donnai finalement ma pensée la plus sincère et spontanée qui me vint :

— Ce qui me gêne pour le moment Scott, c'est la table qu'il y a entre nous...

J'ai... vraiment... dit... ça...

Une lueur de surprise traversa ses yeux, aussitôt supplantée par un éclat de désir brûlant. Il me voulait, là, maintenant, c'était une certitude, en tout cas c'était la mienne.

Chapitre 5.

Pub du Drovers Inn, dimanche 20h30.

… BrrrBrrr… BrrrBrrr… BrrrBrrr

Brisant instantanément le charme de notre échange silencieux, mon téléphone s'éclaira et fredonna la chanson « *Familiar* » d'Agnes Obel :

« …. *For our love is a ghost that the others can't see, It's a danger, Every shade of us you fade down to keep, them in the dark on who we are…..* » (« … un fantôme hante notre amour, que les autres ne peuvent pas voir, c'est un danger, tu dépéris à force de tenter de maintenir nos ombres… »)

Sur l'écran était écrit en grand : « Sébastien ».

Je retins de justesse un cri de frustration désespéré et me précipitai dessus en m'empressant d'appuyer sur le combiné rouge afin de faire cesser la sonnerie. Mais la magie était rompue et quelques instants plus tard, mon téléphone retentit derechef. J'avais une fois de plus oublié d'appeler Sébastien. Franchement, je m'en serais collé des baffes. Il devait être sacrément furax, et je n'avais plus le choix que de prendre le coup de fil. C'est ennuyé par la situation que je décrochai.

— Allô, Seb ?...

— … Victoria ?! J'en ai ma claque de toi, tu le sais ?

Voilà, en plus d'interrompre ce moment si affriolant, j'allai passer un mauvais quart d'heure.

Génial… Karma de m… en carton oui !

Si j'avais eu cinq ans, j'en aurais tapé du pied par terre.

— Seb, une minute, je vais sortir pour mieux t'entendre, le prévins-je, gênée que Scott puisse écouter ma conversation et par le souvenir de ce qu'avait affirmé Shannon un peu plus tôt sur ma relation avec mon ami d'enfance.

J'osai lever les yeux vers celui qui, une fraction de seconde plus tôt, me regardait avec convoitise et qui n'avait pas bougé d'un pouce. Il paraissait contrarié, du moins c'est l'impression qu'il me donnait. Je m'excusai à voix basse et m'éclipsai rapidement vers l'entrée.

Lorsque j'ouvris la porte, des bourrasques s'engouffrèrent à l'intérieur. Mince, ça allait être compliqué de rester dehors. Je n'avais même pas fini de me faire la remarque que la pluie se mit à tomber violemment. Faisant immédiatement machine arrière, je me réfugiai dans le vestibule. Tant pis pour la discrétion, je ferai avec.

— Allô Seb ? Vas-y, tu peux parler... Oh ! Seb attend, je suis vraiment, vraiment, vraiment désolée. La nuit a été courte et la journée bien remplie, ça m'est complètement sorti de la tête...

— Ça va, ça va... Vic, arrête c'est bon. Je suis quand même en colère, mais maintenant que je t'ai enfin au bout du fil, tu vas me raconter comment ça se passe.

Moi qui pensai me prendre une soufflante, je le trouvai bien magnanime tout d'un coup.

— La voiture sera prise en charge demain, on espère partir d'ici après dem...

Soudain, la lumière aveuglante d'un éclair embrasa le hall d'entrée, suivi d'un grondement de tonnerre tonitruant. Les vitres de la fenêtre à côté de moi vibrèrent, et le courant se coupa...

Bip... bip... bip... bip...

Merde ! Même le portable ne fonctionnait plus. Cet éclair avait dû tomber juste à côté. J'en avais la chair de poule, surtout que je me retrouvai dans le noir absolu, entre un ours et une multitude de bestioles empaillées. Je cherchai désespérément l'application « lampe de poche » sur mon téléphone, quand le courant revint. Je retournai alors dans le pub. Personne n'avait l'air affolé par l'énorme orage qui s'abattait sur nous. Il faut dire que l'épaisseur des murs centenaires de la bâtisse nous protégeait bien des éléments extérieurs. Hélas, Scott n'était plus là, néanmoins un petit bout de papier était coincé sous mon verre vide de whisky. C'est le cœur battant que je lus : « RDV demain matin, 6h au bar ». Je soupirai, un peu déçue... Normal, après lui avoir faussé compagnie de cette façon, je ne pouvais pas lui en tenir rigueur. Je regardai l'écran de mon smartphone et constatai que je n'avais toujours pas récupéré de réseau. La foudre avait dû tomber sur l'antenne du coin. Remballant mon appareil photo ainsi que mon ordinateur, je partis rejoindre mes comparses dans notre chambre.

J'eus un mal fou à fermer les yeux, ressassant encore et encore, la discussion que Scott et moi avions eue. Je crois qu'au fond, ce qui me questionnait le plus était de savoir pourquoi il se comportait comme ça avec moi. Je n'avais rien de plus que mes deux amies, j'avais un physique banal sans passer inaperçue non plus. Je n'avais pas fait ou dit quoique ce soit qui puisse attirer son attention, et on ne peut pas dire que nos échanges avaient été très riches. Alors pourquoi moi ? Cherchait-il de la distraction dans cet endroit paumé ? Sérieusement, avec le charme qu'il avait, il n'avait pas grand-chose à faire pour se trouver un peu de divertissement. En tout cas, le coup de fil de Seb avait vraisemblablement avorté quelque chose de torride. Que se serait-il passé si je n'avais pas décroché ? Houla ! Si mon imagination partait dans cette direction, c'est sûr je ne dormirai pas de la nuit ! Il ne me restait que quelques heures de sommeil avant de passer une journée entière avec lui, alors je réglai le réveil de mon téléphone à cinq heures trente. Ça allait vraiment être dur demain…

***

Une douce mélopée jouée par le portable me tira de mon lourd sommeil. Je respirai un grand coup, papillonnai des yeux avant de me redresser lentement dans mon lit d'appoint, puis posai mes pieds nus sur le tapis ancien qui habillait le sol de notre chambre, tout en me frottant le visage énergiquement pour me réveiller. Allez courage !

— Annaaaaaaa, Shanooooonnn ?! On se lève !

Anna se retourna en grognant et Shannon ne bougea même pas. Très bien, employons les gros moyens. J'allumai le plafonnier.

Gagné !

C'est dans des râles et les grommellements que mes amies émergèrent.

— Ok les filles ! On se prépare, nous sommes attendues dans trente minutes en bas !

Estimant que j'en avais assez fait, je filai en première dans la salle de bain. Après m'être rafraîchie et avoir enfilé des vêtements adaptés à une longue marche humide en montagne, je laissai ma place. J'attachai mes cheveux en un chignon bas, puis rassemblai les affaires qui me semblaient indispensables :

gants, bonnet, veste technique imperméable et polaire. Pendant qu'Anna squattait le lavabo, Shannon brossait sa chevelure indisciplinée. Nous fûmes prêtes à l'heure et nous descendîmes au pub, plongé dans le noir. Seul l'éclairage du bar était allumé. La porte de la cuisine ouverte laissait filtrer la lumière blafarde des néons, des bruits de casseroles, ainsi que le grésillement d'une émission sur un poste radio. Nous nous étions installées sur les chaises hautes quand Scott apparut avec des assiettes dans les mains.

— Mesdemoiselles bonjour ! Mangez et videz-moi tout ça. L'ascension du *Beinn Chabhair* n'est pas facile et je ne veux pas me retrouver avec un malaise sur les bras, nous dit-il sur un ton qui ne souffrait aucune contestation.

Ce mec ne m'avait pas tout dit, il avait dû faire carrière dans l'armée, ça n'est pas possible autrement. Profitant qu'il retournait dans la cuisine, Shannon se tourna vers nous :

— J'espère qu'il va se détendre un brin sinon la journée va être longue, chuchota-t-elle dans une grimace, les dents serrées.

Nous pouffâmes en cœur, complètement d'accord avec elle.

Dociles, nous vidâmes nos assiettes et le rejoignîmes dans l'entrée. Il nous avait préparés à chacun des sacs à dos de randonnée remplis de barres énergétiques, de gourdes d'eau, de petit matériel divers. Nous avions enfilé nos pantalons de pluie et nos chaussures crantées.

Dehors, il faisait nuit, néanmoins l'aube était proche. Un froid sec nous accueillit, cela signifiait que le ciel était clair et que nous aurions du soleil ; d'ailleurs on pouvait encore distinguer quelques étoiles. Scott nous briefa sur la conduite à tenir afin d'appréhender au mieux le relief. Il n'y avait pas de difficultés particulières, à part le sol glissant à cette époque de l'année et les brusques changements de temps. Je guettai ses regards, mais il marchait en tête d'un pas leste et rythmé et ne se préoccupait pas spécialement de moi. J'avais dû sacrément le vexer hier soir, de toute façon, je me disais que c'était mieux comme ça ; en tout cas je n'avais pas osé en parler aux filles, pas pour le moment.

Dans un premier temps le chemin fut plat et cailloux. Nous atteignîmes donc rapidement le pied de la montagne pour commencer la lente ascension en pente douce. Un peu plus tôt, Scott nous avait expliqué que le *Beinn Chabhair* était ce que l'on appelait communément en Écosse un « *Munro* », soit un sommet ayant une altitude supérieure à 3 000 pieds, c'est-à-dire 914,4 mètres. Ce dernier culminait à 933 mètres exactement. Nous lui avions assuré que nous étions de bonnes randonneuses et que le dénivelé positif ne nous faisait pas peur – grosse pensée pour l'escalier du Sacré-Cœur. L'Écosse était un pays peu pourvu en arbres et en forêt. Il en résultait un décor de vallées, de montagnes et de monts pelés, tantôt rocheux, tantôt tapissés d'une herbe moelleuse et dense. Scott nous apprit qu'au Moyen âge, les invasions vikings qui brûlaient tout sur leur passage, ainsi que l'exploitation forestière intensive, avaient eu pour conséquence de voir disparaître la quasi-totalité de sa forêt d'origine. Aujourd'hui, le gouvernement peinait à régénérer ses bois à cause du surpâturage dû à la population élevée de cervidés et de moutons.

Nous atteignîmes rapidement les *Beinglas Falls*, des cascades au creux d'un versant caillouteux. Je profitai de la faible luminosité de l'aurore naissante pour faire des photos de filés d'eau en pause longue. Une météo couverte, ou la pénombre s'y prêtaient bien, et je préférai travailler sans filtres. Je pris le temps de faire quelques clichés sous l'œil intéressé de mes compagnons, puis nous reprîmes la route. Nous marchâmes en silence environ une heure avant que le soleil ne pointe réellement le bout de son nez. La pente devint plus escarpée, donc l'effort plus conséquent. Mes amies et moi-même haletions, mais pas Scott, qui ne donnait aucun signe de fatigue. Au contraire, nous avions même l'impression qu'il accélérait la cadence. C'est Anna qui quémanda une pause la première. Dans tous les cas, je dois dire que Shannon et moi étions prêtes à le supplier également. Il nous la concéda au bout de quinze minutes d'efforts supplémentaires le mufle ! Et je suis certaine qu'il se régalait de nous voir en baver.

— Nous ne sommes même pas à la moitié du chemin mesdemoiselles, si on commence à s'arrêter autant redescendre ! nous blâma-t-il le sourire en coin, contredisant ses paroles.

— C'est que j'ai de petites jambes, moi ! se plaignit Anna. Je ne peux pas marcher aussi vite que toi !

— Très bien ma chère Anna alors tu passeras en tête et nous allons suivre ton rythme.

Les laissant s'organiser, j'en profitai pour boire et faire encore quelques photos. Du paysage sur le point du jour, baigné d'une lueur orangée, mais également d'eux trois. Scott se sentant probablement observé se retourna vers moi. Il était face aux rayons du soleil et je me rendis compte que c'était la première fois que je le voyais réellement à la lumière du jour. Il était excessivement beau comme à son habitude, pourtant, ce qui me frappa le plus ce fût la couleur de ses iris… Je les avais devinés clairs, or pas de cette nuance de gris et de vert d'eau… Peut-être même une pointe bleutée, sauf que de là où je me trouvais je ne pouvais pas l'affirmer. Ses cils noirs accentuaient encore plus le contraste qu'il y avait entre les deux. Le regard qu'il posa sur moi me déstabilisa, malgré cela, je réussis quand même à faire un cliché de lui. Il détourna enfin les yeux et nous nous préparâmes à repartir quand Shannon se glissa près de moi et me chuchota discrètement à l'oreille :

— Il s'est passé quelque chose entre vous hier soir ?

Je tournai la tête avec la vélocité d'une chouette qui aurait repéré une proie, l'observant, effarée par sa perspicacité, et lui répondis tout aussi soudainement que non ! Une réponse donnée bien trop rapidement pour être crédible.

Oups !

— Ah… je viens de voir le regard qu'il t'a lancé, tu sais ! Et je le devinai fabuleusement parlant, me dit-elle droit dans les yeux, moqueuse.

— Pas plus que d'habitude ! lui grommelai-je de mauvaise foi.

— Nannnn… tu ne me feras pas avaler ça. Il y a quelque chose de plus et crois-moi, quelque chose a changé. Tu es certaine que tu n'as rien à m'apprendre Victoria ? Hier soir quand tu t'es couchée, je t'ai entendu te tourner et te retourner, comme si tu ne trouvais pas le sommeil, qu'un je-ne-sais-quoi te tourmentait.

Quand je vous disais que Shannon avait tout d'une sorcière !

— Très bien, très bien… dis-je vaincue, on a un peu discuté et ça a momentanément dérapé.

Le regard avide de mon amie m'incita à continuer… Bon sang, elle avait un don c'était pas possible. Je vais finir par croire à toutes ses fables sur les fées de *Brocéliande*.

Fichus bretons !

— Dérapé comment ? insista-t-elle à présent sérieuse.

— Je… je lui ai laissé entendre qu'il me plaisait bien – j'enchaînai précipitamment de peur qu'elle ne pousse un cri d'excitation –, mais Sébastien m'a passé un coup de fil et nous en sommes restés là.

Je fus surprise que Shannon ne surenchérisse pas après cet aveu. Elle me scrutait d'un regard lucide, silencieuse.

— Quoi ?! gémis-je, nerveuse.

Elle me sourit.

— Rien Vic, profite du moment présent…

— Satanée sorcière bretonne, marmonnai-je.

Elle éclata de rire.

La journée s'annonçait très belle. Il n'y avait pas un nuage à l'horizon, toutefois, nous savions qu'en montagne, et d'autant plus en Écosse, que le temps pouvait changer en quelques minutes. Scott nous assura que le soleil devait être encore de la partie un moment.

Le versant du *Munro* était parcouru d'une multitude de rus qui dévalaient la pente, et le sentier était tour à tour caillouteux ou tourbeux. Il nous fallut encore deux heures d'efforts pour arriver au sommet. De notre promontoire, nous avions une vue spectaculaire sur le parc national du *Loch Lomond* et des *Trossachs*. J'en profitai pour faire un selfie et envoyer un MMS à Sébastien, puisque j'avais miraculeusement récupéré du réseau, afin de le rassurer, ce qui me rappela tout à coup l'orage particulièrement violent de la veille.

— Vous avez entendu cet orage hier soir ? Il a été si soudain !

— La vallée est un couloir propice à leur formation, répondit Scott. Ça arrive parfois. Ils sont la plupart du temps intenses, mais de courte durée.

— Je n'ai rien entendu moi, nous dit Anna, j'ai dormi comme une marmotte en hiver.

— J'ai vaguement entendu gronder le tonnerre, sans plus, affirma Shannon.

Nous profitâmes des quelques rayons de soleil pour nous restaurer avant de rentrer.

Étonnamment, descendre s'avéra plus compliqué que monter. Alors que je prenais mille précautions pour poser mes pieds sur des endroits stables, le morceau de roche où je venais de m'appuyer céda sous mon poids. Une volée de cailloux dégringola, ils rebondissaient sur les aspérités du sol pentu dans un bruit métallique, pendant que ma chaussure dérapait en avant. Cela ne dura qu'une poignée de secondes. Mon corps entier fut emporté par le seul mouvement que je tentai pour retrouver mon équilibre, et c'est dans un couinement ridicule que je me vis plonger la tête la première sur le chemin. Heureusement pour moi, Scott qui marchait devant eut un réflexe d'une rapidité ahurissante. Il se retourna et me rattrapa littéralement au vol. Nous tombâmes tous les deux sur le côté, l'herbe drue freinant notre glissade. Je restai un court moment sonnée, toujours emprisonnée dans ses bras solides.

— Tout va bien ? me demanda Scott pendant que nous nous redressions.

— Je crois que ça va oui.

Mes amies m'aidèrent à me relever.

— Ça va Vic ? me demanda également Shannon.

— Oui, oui, merci, allons-y maintenant.

J'étais mortifiée de m'être ridiculisée ainsi. Je tapai nerveusement du plat de mes mains sur mes jambes et mes bras, plus pour cacher le fait que j'étais vexée comme un pou, que pour retirer les débris et la poussière de mes vêtements.

— Pas de précipitation Victoria, me signifia Scott en s'approchant, ou sinon ce sera l'accident assuré dans les minutes qui viennent. Prends le temps de retrouver tes esprits.

L'intonation de sa voix était tout aussi agréable à mon oreille que celle de Vladimir Poutine quand il s'adressait à ses fidèles sujets, c'est-à-dire, bien trop autoritaire pour mon orgueil blessé.

Tout en me serinant, il remit mon sac à dos d'aplomb, resserra ma sangle ventrale ainsi que celle de poitrine, et mes bretelles. Je me laissai faire, muette. Muette d'agacement. Attention ! Pas contre lui, non, il était très professionnel, mais plutôt du fait qu'il ne s'était rien passé hier soir. Et qu'en vérité, son soudain désintérêt pour moi aujourd'hui me contrarierait au plus haut point. Son badinage me manquait. C'était un peu puéril de ma part non ?

— Tiens, bois.

Il me tendit ma gourde, puis la replaça dans son filet quand j'eus fini.

— Maintenant, on peut y aller.

Nous repartîmes sans un mot. Mes jambes flageolaient encore quand nous aperçûmes enfin le *Drovers* en milieu d'après-midi, peu avant que la nuit se lève.

Arrivés sur le parking, je constatai que notre Corsa n'était plus là, sans doute emmenée par le garagiste dont nous avait parlé Scott. Je préférai tout de même lui demander et m'avançai à ses côtés :

— Scott, quand crois-tu que l'on pourra récupérer la voiture ?

Il se retourna vers moi et frotta les cheveux courts de sa nuque, pensif.

— Probablement demain. Il manquait encore une pièce à Ian quand je l'ai eu au téléphone ce matin, mais il fait des miracles avec n'importe quel véhicule.

— Ah ! m'exclamai-je sans grande conviction, consciente qu'il allait falloir s'en aller et donc oublier Scott.

Et j'ajoutai :

— Encore une fois la réputation de l'hospitalité des Écossais n'est plus à faire.

Il me sourit vaguement et me demanda :

— Où va vous mener votre voyage cette fois ?

— Nous devons remonter vers l'île de *Skye*, c'est Anna qui a organisé la suite du périple. J'espère que nous pourrons partir tôt, car nous aurons pas mal de routes et nous voulons nous arrêter dans la vallée de *Glencoe* et au château d'*Eilean Donan.*

— Vous en avez pour environ quatre heures avant d'arriver à *Skye*. Plus les pauses, il faudra compter sur six, sept heures, je pense. Quel est votre point de chute sur l'île ?

C'était bien la première fois depuis que nous étions ici que Scott me parlait sans ambiguïté, sans chercher à flirter ou m'exaspérer. Comme si notre proche départ le plongeait dans l'affliction. Bon, ok, l'affliction c'était peut-être exagéré, mais j'espérai que ça l'embête un tout petit peu quand même.

— Un cottage à *Colbost* dans le nord-ouest de l'île. Nous devons y rester plusieurs nuits, deux, il me semble.

— Et après ?

Nous étions presque à la porte, les filles étaient déjà rentrées quand je lui répondis :

— L'abbaye de *Aonach Mor* à *Fort Augustus*, désolée je n'arrive pas à le dire correctement…

Il rit doucement et s'empressa de me répéter le nom de l'abbaye avec la bonne prononciation. Il avait ce petit accent écossais on ne peut plus charmant qui roulait les « r » et qui renforçait davantage son sex-appeal. Ce moment d'intimité me troubla plus encore que son intérêt pour notre voyage. Je ris aussi pour me donner contenance et pour qu'il ne remarque pas ma confusion. Nous restâmes quelques secondes sans rien dire, les yeux dans les yeux. Décidément, il affectionnait la communication non verbale, mais hélas, je ne maîtrisai pas complètement cette langue ô combien ambiguë. Je devrai peut-être demander à Shannon de m'apprendre puisqu'elle avait l'air très à l'aise dans ce domaine. Je baissai le regard la première dans l'optique de rentrer quand il reprit la parole :

— Victoria, j'aurais besoin que tu m'accompagnes.

Je levai des yeux surpris.

— T'accompagner ?

— Chez le vieux Fergie, il habite plus loin sur la route. Il a tout un tas de vieilles pièces auto dans sa remise, il pourrait bien avoir celle qui manque à Ian. Et puis il me faut des bras pour m'aider à lui porter sa livraison.

— Euh… Ok, oui ! Laisse-moi juste le temps de poser mes affaires et de prévenir les filles.

— On se retrouve derrière, à la porte de service.

— Très bien.

Mes amies s'étaient déshabillées et déchaussées dans le hall d'accueil en m'attendant.

— Les filles, Scott me demande de l'accompagner pour l'aider à faire une livraison chez une connaissance et en profiter pour récupérer une pièce pour la voiture que le garagiste n'aurait pas. Je vous rejoins dans une heure, je pense !

Instantanément mes deux amies se regardèrent avec un sourire éloquent.

— Quoi encoooorrree…, exhalai-je exagérément.

— Oh non ! Rien, rien ! me répondit Shannon sans se départir de son rictus effronté.

Anna éclata de rire.

— Montons Shannon ! Laissons Victoria passer un peu de temps avec notre bel Écossais. Qui sait ? Ce soir nous aurons peut-être droit à une histoire pour nous endormir.

Je poussai un long soupir en roulant démesurément mes yeux dans leurs orbites. Mes comparses disparaissaient déjà dans les escaliers quand je tournai les talons pour sortir du *Drovers*. Je fis le tour du bâtiment, et comme convenu, je découvris Scott chargé de deux énormes cagettes remplies de sacs. Je ne distinguai que ses cheveux.

— Victoria, prends les clés du Defender dans ma poche de veste et ouvre-moi le coffre.

S'il te plaît… grognai-je dans ma tête pour moi-même.

Je m'exécutai tout de même. Le 4x4 était garé non loin sur le parking. Scott me précédait quand une voix masculine tonna :

— Scott !

Je me retournai aussitôt. Liam se tenait dans l'encadrement de la porte, l'air… pas content.

— Bordel, SCOTT ! cria-t-il cette fois.

Je jetai un œil à Scott qui faisait manifestement la sourde oreille.

Ok….

Liam reprit, plus énervé que jamais :

— La misère des autres j'en ai rien à carrer ! Toute la putain de nourriture qui sort d'ici, je te la déduirai de ton salaire, t'entends ?!

Scott, avec flegme, daigna enfin répondre par-dessus son épaule sur un ton monocorde :

— Fais comme tu le sens Liam.

Eh bien ! Leur relation n'était pas au beau fixe on dirait.

Je poursuivis mon chemin, et aidai Scott à charger ses caisses à l'arrière du Defender. Il referma le hayon en le claquant bien plus fort qu'il ne le fallait. Il était donc un tout petit peu énervé tout de même. Je grimpai en silence sur le côté passager. Scott démarra et entreprit une marche arrière précipitée, puis s'engagea sur la route.

— Liam n'a pas l'air très commode comme patron hein ? dis-je pour essayer de comprendre ce à quoi je venais d'assister.

Scott souffla par le nez, puis répondit :

— Il n'est pas très facile non. Il a toujours eu un caractère changeant, ce n'est pas simple de bosser pour lui.

— Et quel est le problème du coup ?

— Fergie est un ami de longue date. Il vit seul sur son *croft*[8]. L'année dernière, il a perdu sa femme, et lui est très handicapé. Il ne peut plus travailler son lopin de terre. Bref, il a à peine de quoi se nourrir même avec les aides sociales. J'ai

---

[8] Un croft est, en Écosse, une parcelle de terre arable délimitée par une haie ou une barrière, généralement de petite taille.

pris sur moi de lui apporter quelques-uns de nos surplus et ça ne plaît pas à Liam.

— Oh! m'exclamai-je. C'est généreux de ta part.

— Ce n'est pas de la générosité Victoria. C'est de l'entraide. On ne laisse pas les gens dans l'embarras. Je lui suis redevable, c'est tout.

Aaaaah, la fierté masculine !

— Ok, donc vous vous rendez service. Normal ! Tu lui dois bien ça !

Je gardai mon sourire moqueur pour moi-même.

Comme promis, il se gara moins d'un kilomètre plus loin devant une maison ancienne à l'aspect délabré. Scott toqua à la porte. Elle s'entrebâilla aussitôt.

— Ah Scott ! Mon garçon ! Entre, entre ! Oh ! Qui est cette jeune femme qui t'accompagne ?

L'homme qui se tenait courbé devant moi avait un visage buriné, ainsi que des rides très marquées, dénotant la rudesse de la vie qu'avait été la sienne. Ses cheveux étaient blancs, mal coiffés, mais ses prunelles, claires et pétillantes.

— Fergie, je te présente Victoria, elle a eu la gentillesse de m'aider.

— Oh non ! m'empressai-je de répliquer à Fergie en lui tendant ma main pour le saluer. Je lui rends juste la pareille.

Scott me jeta un regard torve auquel je répondis par un sourire niais. Nous entrâmes dans la chaumière. Elle était sombre, plutôt propre, et très simplement meublée. Je devinai à l'odeur qu'un feu de tourbe se consumait dans le petit poêle qui se trouvait dans un coin de la pièce. Alors, seulement, Fergie et Scott se donnèrent une longue accolade.

— Comment vas-tu Fergie ?

— Aaaah, ça va ! Je suis jeune et fringant comme au premier jour !

Ils rirent doucement, puis Fergie se tourna vers moi.

— Et vous Victoria ? Qu'est-ce qui vous amène ici ? J'ai cru entendre un bel accent français.

Scott m'avait laissé à son ami pendant qu'il s'occupait de décharger la voiture.

— Oui, vous avez une bonne oreille, je suis française et je passe quelques jours de vacances avec mes amies dans votre merveilleux pays.

— Ahah ! Ça oui, il est merveilleux ! Il fait froid, il pleut tout le temps, mais tout le monde se presse ici en s'extasiant devant un loch ou une montagne aussi pelée que mes vieilles noix !

Fergie se frôla rapidement lesdites noix de la main, au cas où je n'aurais pas compris la métaphore. J'arquai mes sourcils, amusée par le franc-parler de l'homme. Scott, qui déposait la nourriture sur la table s'esclaffa :

— Que veux-tu Fergie, les étrangers sont prêts à payer pour les prendre en photos ! On ne va pas râler !

— Tu parles des montagnes ou de mes bourses Scott ?

Je gloussai.

— Scott ! l'interpella Fergie soudainement grincheux. Je te l'ai déjà dit, je n'ai besoin de rien, remballe-moi tout ça,

— Mais moi si ! La jeune femme que tu vois là, a accidenté sa voiture de location. Il manque une pièce à Ian, je me disais que je pourrais peut-être trouver ça dans ton bric-à-brac.

— Dans ce cas mon ami, j'accepte avec plaisir.

Les hommes et leur dignité… Toute une histoire. Il ne faisait aucun doute que Fergie ne mangeait pas à sa faim et qu'il souffrait énormément à la vue de l'angle invraisemblable que faisait sa colonne vertébrale. Ses mains se contractaient convulsivement en même temps que de probables élancements de douleur. Sans parler du fait qu'il ne devait voir personne. Sauf que ni Fergie ni Scott n'y prêtaient attention, il n'était pas question de montrer sa faiblesse. Encore un trait de caractère bien écossais : digne, borné et entêté ! Je comprenais mieux maintenant l'insistance de Scott pour que je l'accompagne. Il pouvait bien se débrouiller seul, mais il avait préféré me traîner ici pour offrir un peu de divertissement à son ami. L'excuse de la pièce automobile était parfaite. Je décidai de jouer le jeu :

— Merci beaucoup ! Je suis tellement ennuyée. J'ai peur que l'agence de location ne me rende pas ma caution. Scott m'a dit que nous pourrions certainement trouver ce qu'il faut chez vous. Ça me rendrait vraiment service.

Ses yeux brillèrent un instant de plaisir.

— Je suis à votre entière disposition, mademoiselle, me dit-il en soulevant élégamment un chapeau imaginaire au-dessus de son crâne. Je vous accompagne, c'est par là !

Déjà, il tendait une main vers la porte, nous invitant à sortir. Scott utilisa la torche de son téléphone et éclaira devant nous pour nous ouvrir le chemin, car la nuit nous enveloppait maintenant totalement dans son linceul noir. Fergie clopinait, traînant avec difficulté une jambe plus raide que l'autre. J'étais derrière lui et je dus me faire violence pour ne pas lui proposer mon bras. Nous nous approchâmes de la remise. Fergie alluma l'ampoule à incandescence qui pendait au-dessus de la porte, puis l'ouvrit.

— Bon ! Mon gars, je te laisse farfouiller là-dedans. Prends ce que tu veux.

— Merci Fergie… Et Louise ? Elle est là ?

— Bien sûr qu'elle est là ! Elle t'attend ! Je rentre maintenant, tu me diras si tu as trouvé ton bonheur.

Le vieil homme disparut dans l'obscurité.

— Qui est Louise ? demandai-je à Scott.

— Tu verras ! Je te la présenterai tout à l'heure. Pour le moment éclaire par là, on n'y voit rien.

S'il te plaîîîîttt…

Je m'exécutai… Il faudrait vraiment que je pense à me faire pousser des noix à l'occasion. Nous fouillâmes un bon quart d'heure avant qu'il ne s'exclame dans une onomatopée de triomphe. Entre ses doigts pendait un connecteur électrique. Je levai un sourcil ironique.

— Et Ian n'en avait pas, c'est bien ça ?

Il me sourit effrontément. Je soupirai en plissant mes yeux.

— Alors ? Tu me présentes Louise ?

— Oui, c'est par là.

Nous nous enfonçâmes dans la remise.

— Tu caches une femme dans le fond d'une cabane ? C'est un piège ? Avec Fergie vous m'avez attirée ici pour me capturer ?

Il ricana, puis s'accroupit à côté d'un vieux buffet en bois piqué par la vermine. Une des portes du bas était entrouverte.

— Éclaire par ici.

Oh, mais encore ?! … Je n'y tins plus :

— S'il te plaît !

Scott me regarda avec surprise.

— Quoi ? Être rustre ça n'a jamais été sexy…, le morigénai-je.

— S'il - te - plaît Victoria, appuya-t-il sur chaque syllabe, peux-tu éclairer par là ? C'est bon comme ça ?

— Oui !

Je fis mine d'être satisfaite tout en réprimant un sourire, puis dirigeai le faisceau lumineux vers la porte. Scott l'ouvrit lentement.

— Louiiise, appela-t-il doucement.

Je m'accroupis à côté de lui. La lumière éclaira le ventre du buffet. Sur une vieille couverture, une masse de poils souleva sa tête en direction de la voix familière qui l'avait hélé. Un léger miaulement s'éleva de l'animal. La chatte se redressa, fit le dos rond, et s'étira avant de tendre son nez vers les doigts de Scott. Elle le renifla longuement, puis sortit tranquillement de son nid.

— Je te présente Louise.

Je jetai un œil au visage de Scott, il n'avait pas l'air de se moquer de moi. Un chat donc… Il fouilla dans la poche de sa veste et en dégagea une boîte de sardines. Pendant qu'il l'ouvrait, la chatte se dandinait autour de lui en ronronnant, la queue en point d'interrogation, lui donnant de grands coups de tête sur ses genoux.

— Ça vient, ça vient, lui dit-il tout bas.

L'animal se jeta sur la pitance bienvenue. Il lui gratouilla l'arrière des oreilles avant de replonger sa main dans le buffet. Quand il l'a ressorti, se tortillait dans sa paume avec de faibles couinements, un minuscule chaton famélique. La mère le regarda un instant, inquiète.

— Là, tout va bien Louise, je m'en occupe.

J'observai Scott manipuler le petit être. Adroitement, de son autre main, il libéra de sa poche intérieure, une flasque ainsi qu'une pipette.

— Tiens, remplis ça avec ce qu'il y a là-dedans, me dit-il en me tendant les objets. S'il te plaît, ajouta-t-il, un coin de ses lèvres se soulevant.

— Qu'est-ce qu'il y a dedans ?

— Un mélange de lait de vache, de crème, et de jaune d'œuf. Ça n'est pas l'idéal, mais en cas de dernier recours ça fait l'affaire.

Je remplis la pipette et lui donnai. Il l'approcha de la petite gueule de l'animal qui téta aussitôt avidement dès que la première goutte de liquide se déposa sur sa langue.

— Tu es aussi vétérinaire à tes heures ? demandai-je.

— C'est la chatte de Fergie, elle est âgée et a encore tout de même eu une portée de deux petits. Le temps que je trouve où elle avait mis bas le premier était mort. J'essaie de sauver celui-ci.

— Pourquoi ?

— Pour Fergie… Il a besoin de compagnie et il est très attaché à cet animal.

Je le regardai faire. Il avait des gestes doux et assurés qui contrastaient avec son gabarit et son apparente carapace de dur à cuire. Il ne jouait plus à être quelqu'un d'autre et j'entrevoyais enfin le vrai Scott. Évidemment, juste quand nous allions partir d'ici !

Le repas des chats fini, il redéposa le bébé dans son nid, puis se releva.

— Allons-y !

Nous restâmes encore un instant chez Fergie, et ensuite nous retournâmes au *Drovers*.

Quand nous pénétrâmes dans l'entrée, Liam était penché sur le livre d'admission. Il se redressa et nous fit remarquer :

— Ah ! Tu rentres enfin ! dit-il d'une voix mielleuse.

— Ce n'est pas mon jour de travail Liam, répondit Scott, étonnamment calme.

— Je t'attendais pour te dire que je pars ce soir après le service, je veux que tu gères toute la journée de demain avec Ivy.

— Très bien.

L'atmosphère s'était soudainement tendue malgré l'aspect faussement affable de cet échange. Ce Liam me mettait définitivement mal à l'aise. Je décidai de remercier Scott de nous avoir servi de guide et montai rapidement rejoindre mes amies pour me reposer brièvement avant le dîner. J'avais à peine fermé la porte derrière moi qu'Anna, tel un inspecteur de police zélé, me questionna :

— Alors ?

— Alors ? On a trouvé la pièce pour la voiture et Scott aime les chatons, dis-je tout en me déshabillant.

— Quoi ? C'est quoi cette histoire ? rigola Shannon. Tu ne vas pas me faire croire que tu viens de passer une heure à caresser des chatons avec Scott ! Allez raconte !

— Vous allez me laisser me reposer oui ? me plaignis-je.

— Vas-y, prends ton temps, répondit Anna. On attend.

Je lui tirai la langue et m'engouffrai dans la salle de bain. Je pris effectivement touuuut mon temps, pourtant, il fallait bien que je ressorte à un moment ou à un autre.

— Alors ? redemanda Anna, un sourire éclatant aux lèvres. On veut tout savoir. Qu'avez-vous fait exactement avec ces chats et qu'est-ce qu'il s'est passé hier soir ? Shannon m'a brièvement raconté.

Je poussai un long soupir, résignée.

— Bon ok ! Je vais tout vous dire, grommelai-je pour la forme, consciente qu'elles ne me lâcheraient pas tant qu'elles n'auraient pas eu moult détails.

Elles s'assirent l'une à côté de l'autre sur le lit jumeau, les mains sur les genoux, attentives. *Les garces !*

J'étais un divertissement à moi toute seule et elles en savouraient chaque minute. Je pris donc le temps de leur relater ma rencontre avec Fergie, puis ce moment totalement improbable avec cette chatte, ainsi que toute la soirée d'hier sans rien omettre, parce que je les adorais, et que je leur devais bien ça. La tête qu'elles firent quand j'en arrivai au moment où Scott me contemplait en silence après mon aveu sur la « table encombrante » ! Je ris nerveusement, car toutes les sensations remontaient en même temps que je me remémorai la scène.

— Ça alors… en resta bouche bée Anna.

— C'est bien ce que je disais, continua Shannon. Aujourd'hui il avait un regard différent sur toi Vic.

— Bah merde ! Moi j'en serai presque jalouse, souffla Anna. J'aimerais bien avoir l'attention d'un homme dans son genre.

— Tu parles d'un cadeau, maugréai-je. Je ne sais plus sur quel pied danser. Si Seb n'avait pas appelé à ce moment-là...

— Hiiii ! s'excita Anna, tapant dans ses mains. Oui, tu ne serais pas rentrée de la nuit crois-moi !

Nous éclatâmes de rire Shannon et moi, à la voir si impliquée émotionnellement. Je lui jetai au visage le premier coussin qui me tombait sous la main et nous rîmes de plus belle.

Nous descendîmes prendre notre repas. C'est Ivy qui nous servit. La belle rousse nous apprit que la voiture serait prête tôt le lendemain matin comme nous le souhaitions. Scott avait donc tenu parole. Je me demandai s'il habitait ici, dans cette immense maison, ou s'il avait un logement plus loin. Quelle serait l'ambiance de son intérieur ? Très masculine sans doute. Je supposai qu'il possédait de bonnes bouteilles de whisky rangées religieusement dans une vitrine. Un canapé moelleux, un fauteuil en cuir, une table basse en verre. Une cheminée peut-être. Une bibliothèque en bois sombre croulant sous les livres, de beaux cadres aux murs... – Oui, oui, voilà ma chère petite imagination, et pourquoi pas une peau de bête par terre tant qu'on y était ! J'étais sérieusement atteinte. En tout cas, j'avais découvert une autre facette de lui aujourd'hui. Sous ses airs lunatiques, il se souciait des autres.

Éreintées par notre journée sportive, nous nous couchâmes aussitôt les valises rangées et prêtes pour notre départ du lendemain. Autant dire que je m'endormis dès que j'eus posé la tête sur l'oreiller. Pourtant, je me réveillai quelques heures plus tard, une envie pressante me taraudant. Ne voulant pas gêner mes amies, je décidai d'emprunter les toilettes du palier. C'est donc sur la pointe des pieds que j'ouvris la porte lentement, sans la faire grincer, et me faufilai dans le couloir. Par la fenêtre tout au bout, la faible lueur de la lune éclairait mes pas. Je m'approchai de l'entrée des toilettes quand j'entendis des éclats de voix venant des escaliers. Intriguée, j'en oubliai ma vessie distendue – comme quoi une fille pouvait toujours se retenir au besoin –, et descendis quelques marches. Une femme tonnait :

— …. demain matin Scott ! Tu comptes faire comment ? Tu vas les laisser partir ? C'est ça ?

— Ivy… gronda sèchement la voix rauque de Scott.

— Putain, Liam rentre demain soir ! Il va faire quoi tu penses quand il va apprendre que tu les as laissé filer ?

Mais de quoi parlaient-ils ? Cette dispute ressemblait à celle que nous avions surprise l'autre jour entre Liam et… Scott alors ?

— Ferme-là Ivy ! dit-il sèchement, tu n'as pas d'ordre à me donner ok ? J'ai fait mon choix et je ne sollicite pas ton avis !

J'entendis des pas rageurs s'éloigner et Ivy pester dans sa barbe. Je remontai fissa les escaliers et filai me soulager enfin. C'était quoi le problème ? Qui ne devait pas partir ? Nous ? Mais pourquoi ? Ça n'avait pas de sens. Non, il devait s'agir du travail. Scott avait dû mal gérer quelques clients. Quelque chose dans ce goût-là. Et comme Liam avait l'air aussi facile à vivre qu'une séance de détartrage chez le dentiste, il devait le menacer au moindre souci. Je restai encore un moment pensive, à me sécher les mains, puis sortis dans le noir, lorsque soudain, je heurtai une masse dure de plein fouet. Il y eut un grognement, suivi d'un bruit sourd quand je perdis l'équilibre et me cognai dans le lambris qui tapissait les murs derrière moi. Des bras forts me rattrapèrent avant que je ne tombe sur les fesses pour de bon. Je papillonnai des yeux une seconde :

— Scott ? Mais…

J'étais collée contre son torse, mes paumes à plat sur ses pectoraux, le nez quasi enfoui dans son cou. Un effluve masculin légèrement fumé envahit mes narines, et instinctivement, malgré ma surprise, j'inspirai profondément, savourant son odeur comme on humerait un bon whisky. Je reculai un peu pour mieux le voir. Il me tenait toujours dans ses bras (il n'avait manifestement pas l'intention de me relâcher), le souffle court, apparemment décontenancé lui aussi de me trouver là. Je n'osai pas sortir de son giron, et à vrai dire, je ne le voulais pas. Il me dévisageait si intensément que j'en avais perdu l'usage de la parole. Nous demeurâmes quelques instants sans bouger lorsque ses mains, qui retenaient mes bras juste au-dessus des coudes, entamèrent une indolente remontée. Elles continuèrent leur chemin sur mes épaules, pour finalement se nicher dans mon cou, mon pouls s'affolant sous ses doigts. Il déploya ensuite ses pouces et me caressa la mâchoire avec une lenteur calculée. Son ventre dur se pressait contre le mien, en rythme avec sa respiration erratique, me rendant encore plus consciente de sa proximité. Je ne pensai plus à rien, mes yeux rivés aux siens, ma bouche offerte dans l'attente d'un baiser qui tardait à venir – c'est bien ce qu'il voulait non ? Quand il courba enfin sa nuque, fermant les paupières, je me préparai à l'embrasser, mais il ne fit que poser son front contre le mien.

— Victoria… murmura-t-il, je t'en prie…

Il hésitait, comme tiraillé par des sentiments contradictoires. Je sentais son souffle chaud et irrégulier sur ma peau. Alors je pris la décision pour lui, parce que je ne supportai plus cette attente douloureuse. Je fis ce que mon instinct me dictait et allai écraser mes lèvres contre les siennes, impatiente de le goûter. Il répondit aussitôt à mon baiser dans un grognement de satisfaction. Ce n'était pas un chaste baiser, c'était un baiser urgent, passionné, trop longtemps refoulé. Il avait le goût du péché. Scott n'était pas un type pour moi selon toute vraisemblance, malgré tout, un plaisir coupable fusait dans mes veines. Grisé, il me plaqua contre le mur dont les planches anciennes geignirent sous le choc. Il descendit une main le long de mon dos pour aller à la rencontre de mes reins, pendant que, haletante, je lui enlaçai la nuque en enfouissant mes doigts dans ses cheveux, quand tout à coup, il s'arracha à moi.

Il recula de quelques pas, essoufflé, l'air perdu. Immédiatement, une sensation de froid m'envahit là où son corps brûlant me touchait plus tôt.

Qu'est-ce qui lui prenait bon sang ?!

— Scott ? l'appelai-je doucement, ne comprenant pas son revirement.

— Vic, je suis désolé, on ne peut pas, je… je ne peux pas.

— Comment ça, tu ne peux pas ? Que se passe-t-il Scott ?... Ça a un rapport avec la dispute que tu as eue avec Ivy tout à l'heure ?

La stupeur déforma momentanément les traits de son visage, toutefois, il reprit d'emblée contenance, se redressa et me serina :

— Retourne te coucher Victoria, oublie tout ça !

Mes yeux s'arrondirent de surprise, il me traitait comme une enfant prise en faute. Mon hébétude ne dura qu'une demi-seconde :

— Pardon ?! criai-je silencieusement – des années de bonne éducation m'empêchaient de réveiller toute la maisonnée.

Il n'avait pas fini sa phrase qu'il faisait déjà volte-face dans la ferme intention de me planter là. Mon sang ne fit qu'un tour et je ne le laissai pas faire un pas de plus. Je lui attrapai illico le bras pour le retourner. Il était fort, mais ne broncha pas, très certainement surpris que je réagisse, car jusqu'ici… jusqu'à ce baiser… je n'étais qu'un pantin entre ses mains.

— Tu plaisantes j'espère ? Tu ne vas pas m'ordonner d'aller me coucher après ce qu'il vient de se passer. Tu me dois des explications Scott ! Qu'est-ce qu'il te prend ?

Il ne me répondit pas, il se contentait de me regarder froidement, un tic nerveux tressautant sur ses mâchoires serrées. Je me sentais au bord de l'hystérie et perdis toute contenance :

— Tu vas me dire ou rester planté là ? criai-je finalement plus fort.

Tant pis pour les autres. D'ailleurs, mes amies déboulèrent dans la seconde qui suivit, pendant que je lâchai toute ma rancœur sur Scott, toujours impassible :

— Mais bordel qu'est-ce que je t'ai fait Scott ? Tu passes ton temps à flirter avec moi, me lancer des regards langoureux, t'insinuer dans mon espace intime. Tu m'envoies une tonne de signaux plus explicites les uns que les autres, et quand enfin je cède, tu fais machine arrière ?

Je m'approchai encore un peu plus de lui, furieuse :

— Tu es une putain de montagne Russe Scott ! lui aboyai-je dessus, mon index planté dans ses pectoraux. Tu souffles le chaud et le froid, tu joues avec moi et je devrai te laisser faire ?

J'étais hors de moi, et lui, il encaissait sans rien dire, probablement conscient de ses torts. En tout cas c'est ce que son regard abattu me signifiait – ça y est, je commençai à parler la langue du corps.

Avant que je ne puisse en rajouter, Shannon et Anna s'approchèrent de moi et m'empoignèrent doucement les bras pour me faire reculer :

— Victoria, suis-nous s'il te plaît, m'implora Anna.

Une dernière fois, je foudroyai Scott des yeux, puis abdiquai sous l'insistance de mes amies. Il murmura tout de même qu'il était désolé et disparut dans les escaliers.

Chapitre 6.

Heureusement que j'étais bien accompagnée, car mon cœur battait à toute allure, et j'avais envie de frapper dans les murs. Mes amies me laissèrent me calmer avant de venir m'entourer toutes les deux de leurs bras dans un câlin géant. D'habitude, j'étais quelqu'un de réservé, malgré tout, cette nuit j'étais bouleversée, en colère, et j'avais l'impression d'être la dernière des cruches, alors cette démonstration d'affection je la pris volontiers. Quand j'eus recouvré mes esprits, je leur expliquai tout, de la querelle avec Ivy à ce qu'elles avaient vu dans le couloir.

C'est Shannon qui s'exprima la première :

— Tu penses que la dispute de l'autre soir c'était donc Liam et Scott ?

— Oui, Scott doit faire quelque chose que Liam lui a demandé et qu'il se refuse de faire… L'accrochage avec Ivy en avait la même teneur en tout cas, mais ça ne veut pas dire que nous sommes impliquées. Je n'ai aucune preuve là-dessus…

— Et pourquoi ne peut-il pas aller plus loin avec toi, alors qu'il est clair qu'il te drague, reprit Anna, songeuse. Il a peut-être déjà quelqu'un… à part ça je ne vois pas, et encore ça n'a que rarement gêné un homme d'aller batifoler ailleurs quand il en avait l'occasion, je sais de quoi je parle.

Je lui caressai l'épaule doucement, compatissante. Soupirant un grand coup, je me frottai le visage à deux mains et me dirigeai vers la salle de bain. Cela ne servait pas à grand-chose de retourner tout ça dans tous les sens.

— Je vais prendre une douche, les prévins-je. Je n'arriverai plus à dormir de toute façon. Reposez-vous un peu, tout à l'heure on décolle tôt, on profite de notre voyage et on oublie cette espèce d'Écossais mal embouché ! lâchai-je avec assurance, encore vexée.

— Bien dit ! me soutint Anna.

***

Il n'était pas loin de huit heures trente quand j'aperçus la dépanneuse arriver sur le parking avec notre voiture. J'avais passé le reste de la nuit recroquevillée sur la banquette de la fenêtre du palier donnant sur la cour, et heureusement pour moi, elle était pourvue de coussins moelleux dans une invitation à se prélasser dessus. Je réveillai mes amies et leur expliquai que j'allai régler les formalités avec le garagiste pendant qu'elles se préparaient. Je n'avais aucune envie de croiser Scott ni même Ivy. Nous avions payé nos consommations au jour le jour, donc nous ne leur devions plus rien, et pour le petit déjeuner de ce matin, nous avions décidé de le prendre sur la route. Ce conflit me nouait l'estomac et je détestai vraiment cette sensation. Moi qui avais pour habitude de crever les abcès quand ça n'allait pas. Sauf que là, je restai avec toutes mes interrogations et ça me pesait énormément.

Par chance, il n'y avait rien en jeu à par mon ego blessé. Je m'en remettrai vite, surtout avec les deux adorables nanas qui m'accompagnaient. Elles ne tardèrent d'ailleurs pas à arriver avec les valises, et nous chargeâmes la voiture. C'est à ce moment-là que j'aperçus Ivy marcher vers nous.

La poisse.

Je lui fis face et la saluai sans effusion (je l'ai déjà mentionné, on ne balaie pas des années de bonne éducation comme ça !). Elle avait l'air gêné.

— Vous partez ça y est ? demanda-t-elle, hésitante.

— Oui, comme tu peux le constater c'était ce qui était prévu. Pourquoi ? On ne peut pas finalement ? lui lançai-je sarcastique, ne pouvant m'empêcher de la tester.

— Oh ! non non… Je voulais simplement vous souhaiter bon voyage et vous dire au revoir.

— Alors, au revoir Ivy. Bonne continuation.

Et je m'engouffrai dans la voiture en la plantant là. Je démarrai le moteur et fis demi-tour pour m'insérer sur la voie de circulation. Dans le rétroviseur, l'imposante bâtisse du

Drovers, et Ivy, toujours sur le parking, rapetissaient à mesure que j'accélérai. Voilà, si c'était nous qui ne pouvions pas partir c'était trop tard maintenant. Je soupirai une dernière fois, histoire de passer à autre chose, puis allumai la radio. En route pour la vallée de *Glencoe* !

Aujourd'hui encore, le temps était clément malgré les nuages gris qui s'amoncelaient au-dessus de nous. Pas de brume ou de brouillard, donc nous pourrions apprécier les magnifiques paysages réputés de ce coin d'Écosse. Comme nous étions hors-saison, nous devions éviter les hordes de visiteurs qui s'agglutinaient habituellement ici. Juillet, août, on se croirait sur le périphérique parisien, c'était vraiment l'horreur, mais encore une fois, cette région était victime de son succès et on comprenait aisément pourquoi quand on entrait dans la vallée.

Nous avions déjà roulé une petite heure quand nous arrivâmes au *Buachaille Etive Mor*, à l'entrée du circuit touristique. En été, c'était un endroit verdoyant, traversé par une multitude de cours d'eau qui dévalaient les pentes des trois monts appelés communément ici les « *Three sisters* », les trois sœurs, un peu comme nous quoi. Les trois sommets se distinguaient nettement parmi la chaîne de montagnes qui constituait la fameuse vallée. Leurs formes caractéristiques en faisaient une attraction particulièrement appréciée des touristes, ainsi que des randonneurs et des photographes amateurs. Je ne manquai donc pas de faire un selfie de notre trio devant les biens nommées. Plus loin, desservi par un chemin caillouteux, se dressait, isolé au pied des collines, un joli petit cottage blanc. En continuant quelques kilomètres, nous arrivâmes au point culminant de notre visite, le *Loch Achtriochtan*. Là aussi était érigée une habitation immaculée entourée de quelques arbres. Derrière, on apercevait des cascades qui dégringolaient un versant à pic. C'était absolument magnifique et c'était le bon moment pour faire une pause.

Ici régnait une atmosphère extrêmement particulière. Il y avait un petit côté mystique, comme ensorcelé. L'air était presque palpable, il n'y avait pas un bruit à part celui du vent, de l'eau qui ruisselait autour de nous, et c'était tout. C'est donc en silence que nous appréciâmes le paysage dans l'humidité matinale.

— Bougez pas les filles, dis-je tout à coup, interrompant notre contemplation, je vais poser mon appareil plus loin là-bas sur ce rocher et je vais faire une photo de nous trois.

Sans attendre leur réponse, je filai dans l'herbe mouillée jusqu'au bloc de roche grisâtre qui se dressait là. En fait, je pataugeai dans l'eau, mais comme j'étais équipée de mes chaussures de randonnée waterproof ça n'était pas bien gênant. J'installai mon matériel en équilibre précaire, le réglai, quand mes amies s'impatientèrent :

— Allez Vic ! Dépêche un peu ! cria Anna.

— C'est bon ! J'arrive, une seconde ! Je ne veux pas que mon appareil tombe, y a plein de flotte ici.

Je ne sais pas si c'était le fait de piétiner au même endroit, mais l'eau commençait à monter sur le bout de mes chaussures. Je finis de connecter mon téléphone portable à l'appareil photo avec le Wifi et me pressai de rejoindre Anna et Shannon qui posaient déjà, immobiles.

— Mdr ! Ça va les filles, je n'ai pas mis le minuteur. Avec les nouvelles technologies, on peut utiliser les smartphones comme télécommande, regardez ! m'exclamai-je amusée, tout en leur montrant l'écran de mon téléphone où l'on pouvait voir ce que l'optique visait.

— Oh ! Pratique ça ! J'adoooree, s'extasia Anna.

Nous posâmes pour une petite série de photos plus ou moins sérieuse, puis je fis le chemin inverse pour récupérer mon matériel.

Wow… Que se passait-il ? Le débit d'eau avait encore augmenté. Je distinguai même entre l'herbe, un léger flux qui venait vers moi. En trois bons, je me saisis de mon boîtier et m'empressai de rejoindre la voiture.

— Vous avez vu ça ? leur demandai-je, intriguée.

— Quoi donc ?

— L'eau monte, comme s'il y avait un lâcher de barrage, regardez ! Regardez ?! m'écriai-je alors que l'eau avait atteint le bord du petit parking où nous nous étions stationnées.

Elle continuait plus rapidement, parvenant presque aux roues de la Corsa. Je devais halluciner, je ne voyais pas d'autres explications.

— Ok, filons, nous pria Shannon angoissée. C'est complètement invraisemblable ! Comment peut-elle monter ? La pente est inversée.

Je n'avais pas fait attention, et en effet Shannon avait mis le doigt sur quelque chose d'anormal, une hallucination collective donc... Nous sautâmes dans la voiture sans demander notre reste et nous avalâmes les kilomètres, assez dubitatives quant à ce qu'on venait de voir.

— C'est peut-être une illusion d'optique ! Je ne vois que ça, tentai-je de rassurer mes camarades. J'ai lu des exemples de ce genre de bizarreries sur internet une fois. Franchement, ça ne m'étonnerait pas, et puis à cette époque de l'année, il pleut pas mal à un endroit et cela gonfle les lits des rivières en contre bas. Une espèce de phénomène météorologique en quelque sorte.

J'allais passer d'une désespérée avec mes arguments à deux balles, alors je laissai tomber dans un soupir.

Plus tard, nous prîmes un copieux petit déjeuner écossais à *Fort William*, grosse bourgade densément peuplée au pied du *Ben Nevis*, le plus haut sommet de tout le Royaume-Uni et point de chute des randonneurs chevronnés. Nous en profitâmes également pour nous ravitailler, car dans les environs de *Colbost,* il y avait peu de chance de trouver un restaurant pour nous accueillir, et de toute façon nous voulions économiser un peu.

La prochaine étape fut le château *d'Eilean Donan* à deux heures de route de là, au nord-ouest. C'est LE château d'Écosse par excellence. Construit sur une petite île, il était relié à la terre par un pont de pierres baigné par les eaux du *Loch Duich* à côté du village de *Dornie.* Il était si romantique, encaissé dans cette vallée au milieu de ces montagnes qui le surplombaient. Comme nous n'avions pas de retard sur notre programme, nous décidâmes de le visiter tranquillement.

Nous reprîmes ensuite notre route. C'est après avoir traversé le pont raccordant le continent à l'île de *Skye,* et encore conduit près d'une heure et demie, que nous arrivâmes à bon port. Le propriétaire nous avait laissé les clés sous le paillasson (ils sont vraiment confiants en Écosse), ainsi qu'une enveloppe avec les instructions pour notre séjour dans le petit cottage donnant sur *Loch Dunvegan*. La maisonnette, comme toutes les autres ici, était blanche, entourée d'un gazon moelleux et entretenu. L'intérieur était composé d'une pièce de vie au décor simple et chaleureux, tout en boiseries et pierres apparentes, desservant trois chambres, une salle de bain et un espace cuisine. Nous n'avions besoin de rien de plus pour nous satisfaire. Quel bonheur ! J'en avais presque oublié mes aventures de la veille et je comptais bien que cela reste ainsi.

J'avais même l'impression d'être libérée d'un poids. Notre logeur avait pris soin d'allumer un poêle à granulés installé le long d'un mur entre deux portes. Il faisait agréablement douillet et nous passâmes une très bonne soirée à picorer ce qu'on avait acheté plus tôt.

— Vic ? Tu n'as jamais voulu savoir qui étaient tes parents ? me demanda Anna.

Je finis d'avaler une chips aromatisée au Haggis avant de lui répondre :

— Oh si ! Je me suis souvent posé la question. Suzelle était toujours assez mystérieuse là-dessus. Elle ne m'a jamais caché que j'avais été adoptée, sauf qu'elle ne voulait pas trop en parler. C'était une femme pudique et inflexible sur ce sujet. J'ai fait quelques recherches sur le site du service public, seulement, ça n'a rien donné. Je suis une née sous « x » et mes géniteurs ont décidé de garder le secret sur leur identité.

— Ça a dû être dur pour te construire à l'adolescence, ajouta Shannon.

— Oui j'ai eu une période compliquée au lycée où je me cherchais beaucoup. Plus qu'une ado classique, c'est certain. Suzelle en a vu de toutes les couleurs, la pauvre. Mais par bonheur, j'avais Sébastien dans ma vie. Il m'a empêché de faire de sacrées conneries !

— Aaah ! Le fameux Sébastien, railla Shannon en donnant un coup de coude à Anna qui souriait à pleines dents.

— Je vous vois venir les romantiques ! m'écriai-je. On vous a déjà dit que Disney ce n'était que des fables ? Pas de Cendrillon ni de prince charmant dans ma vie !

— Bon et ensuite ? demanda Anna. Il t'a empêché de faire quoi, comme bêtises ?

— Eh bien… J'avais environ seize ans quand j'ai rencontré…

Je laissai volontairement ma phrase en suspens, histoire de les enquiquiner un peu.

— Mais rencontrer qui ?! me pressa Shannon.

— Cédric ! Le beauuuu Cédric. Mon premier amoureux, je veux dire, un vrai !

— Quoi ? Genre celui qui t'a… en premier ? m'interrogea Anna.

— C'est ça ! Bon je l'avoue, c'était pas terrible et notre histoire n'a pas duré longtemps, mais il a eu le mérite de me faire oublier mes questionnements sur mes parents.

— Et donc ? Il ne s'est jamais rien passé avec Sébastien ? demanda Shannon.

— Mais non ! Puisque je te le dis ! J'ai pas le droit d'avoir un meilleur ami ?

— Mouais…

— Ne noie pas le poisson Vic ! renchérit Anna, c'était quoi les conneries que tu as faites ? Et Sébastien ? Il a fait quoi pour toi alors ?

— J'y viens, j'y viens ! les rassurai-je. Donc, il s'avérait que Cédric était un délinquant de bas étage. J'avais été attirée par son côté « bad boy » et je pense que je voulais faire payer à Suzelle son omerta au sujet de mon abandon. Il me fascinait, il faisait tout ce que je n'osais pas faire. Jusqu'au jour où il m'a demandé d'aller chercher un scooter dans un quartier chaud de la banlieue de Strasbourg. Bien sûr, je me doutais que l'histoire n'était pas claire, mais j'avais envie qu'il soit fier de moi et aussi de me prouver des choses… Bref, j'y suis allée, j'ai récupéré le scoot, et je me suis barrée avec. Sauf que le mec à qui appartenait l'engin m'attendait avec son pote au coin d'une rue. Avec mon casque, ils n'ont pas tout de suite vu que j'étais une fille, et pas Cédric, comme ils devaient l'espérer. Ceci dit, je ne pense pas que ça aurait changé grand-chose.

— Ben merde ! s'exclama Anna. Ils t'ont tabassé ?

— En partie, oui ! Regarde, mais ce n'est que superficiel.

Je remontai la manche de mon pull et leur montrai une fine cicatrice qui marquait mon avant-bras.

— Un coup de cutter…

Mes deux amies grimacèrent.

— Et ensuite ? demanda Shannon. Comment es-tu sortie de cette situation ?

— Vous ne devinez pas ?

Il y eut un petit moment de flottement quand Anna s'écria :

— Seb ! Sébastien ! Il est intervenu ?!

— Bingo ! dis-je en la pointant de mon index. Malgré mes envies de rébellion, j'avais une trouille bleue d'y aller, et j'en avais parlé à Seb la veille. Bien entendu, il ne voulait pas que j'y aille, il était plutôt fâché, mais je ne l'ai pas écouté. Sauf qu'heureusement, il m'avait suivi ce jour-là, et il est venu à ma rescousse. Il a cassé la gueule aux deux gars qui m'étaient tombés dessus et nous nous sommes enfuis. J'ai aussitôt quitté Cédric.

— Ben quelle histoire, lâcha Shannon. Et donc Sébastien n'est pas un prince charmant hein ?

J'éclatai de rire.

— Oui bon… vu sous cet angle ! Mais je peux t'assurer qu'après, on a mis des semaines à se reparler. Ça nous avait bien secoué tous les deux. Je me suis finalement rendu compte qu'il avait raison depuis le début. Je ne prenais pas le bon chemin et ça n'était pas « moi ». Ensuite, nous avons suivi des études supérieures chacun de notre côté. Je crois que c'est à cause de cette aventure que Seb a trouvé sa vocation de gendarme.

— Une vraie révoltée notre Vic, plaisanta Anna. Moi aussi, j'ai eu ma période de rébellion ! Seulement, comment vous dire qu'en Corse on ne déconne pas avec la famille ? dit-elle en levant les yeux au ciel, on m'a recadrée vite fait !

Nous explosâmes toutes les trois de rire. Nous nous racontâmes nos péripéties jusqu'à pas d'heure en picorant dans un sachet de bonbons, avant d'abdiquer, vidées de notre journée, mais hilares.

Cette nuit-là, confortablement nichée dans mon lit aux draps de flanelle, Scott s'invita dans mes rêves. Nous étions debout sur les rives d'un loch et il me transperçait d'un regard ardent pendant que je retirai un à un mes vêtements. C'était l'hiver et le soleil s'évertuait à crever les nuages de ses pâles rayons. Autour, les montagnes projetaient sur nous leurs ombres fantasmagoriques, pendant que nous entrions dans l'eau. Il s'était également dévêtu, mais j'avais du mal à le distinguer à cause de la brume qui dansait en volute sur la surface lisse du lac. Étonnamment, je n'avais pas froid alors que les sommets étaient enneigés et la végétation pétrifiée dans une gangue de gel. Il me saisit la main, m'emmenant toujours plus loin, là où je n'avais plus pied. Une fois entièrement immergée, il m'attira dans ses bras, face à lui, et je serrai instinctivement mes cuisses sur ses hanches, nos peaux chaudes et glissantes, l'une contre l'autre. Il me dardait de son regard limpide. Puis, il se pencha et me chuchota à l'oreille : « N'aie pas peur, fais-moi confiance ». Et soudain, il plongea, m'entraînant dans les eaux noires du loch à une vitesse terrifiante. Je m'agrippai comme je le pouvais, m'affolant de ne plus rien voir, et quand il m'abandonna brusquement tout au fond, des algues vinrent s'enrouler autour de mes pieds, remontant sur mes jambes, visqueuses. Comme douées de vie, elles glissèrent toujours plus haut, m'enserrant la taille. Prise de panique, j'essayai tant bien que mal de me défaire de ses horribles choses. Je n'arrivai plus à rejoindre la surface, je manquai d'air, mes gestes désordonnés créaient un véritable remous de bulles et de vase dont je sentis les minuscules débris effleurer ma peau…

J'allai mourir là, au fond de ce loch…

Je me redressai brutalement dans mon lit, happant une énorme goulée d'oxygène alors que mon cœur tambourinait à cent à l'heure dans ma cage thoracique. Mon haut de pyjama, trempé de transpiration collait ma poitrine, et il me fallut quelques secondes pour réaliser où j'étais. Bon sang quel rêve ! Le pouvoir de l'esprit était infini. J'avais malgré moi associé plusieurs évènements passés pour me créer cette chimère onirique.

Incapable de me recoucher tout de suite, je me changeai, puis me glissai à pas feutrés dans le salon. Je me préparai alors une tisane dans la petite cuisine et m'installai dans la causeuse en velours vert sapin près du poêle. Dehors, il pleuvait à verse, les gouttes poussées par un puissant vent s'écrasaient sur la baie vitrée dans un crépitement presque assourdissant, hypnotisant… Maintenant que j'étais remise de mon rêve, j'avais presque froid. Je m'enroulai dans le plaid en fausse fourrure posé sur l'accoudoir, ma tasse fumante entre les mains et je restai là, le regard perdu, songeuse. Ce n'est qu'au petit matin que je retournai dans mon lit pour m'endormir d'un sommeil lourd.

***

— Youhou ! On se réveille là-dedans ! tonna la voix d'Anna derrière ma porte.

Elle déboula dans ma chambre armée d'une casserole et d'une cuillère en bois, qu'elle frappait en cadence l'une contre l'autre, bien trop fort.

La garce !

J'essayai tant bien que mal de sauver mes tympans malmenés en me fourrant la tête entre les oreillers de mon lit, mais ça ne faisait que l'encourager à taper plus fort. Et bizarrement, fermer mes yeux ne m'aida pas non plus à soulager cette cacophonie. C'est contrainte et forcée que je me levai d'un bon en lui envoyant mes coussins en pleine poire. Elle déguerpit en couinant d'où elle venait et en quémandant du soutien auprès de Shannon. J'apparus enfin à l'encadrement de ma porte et les regardai se bidonner toutes les deux sur le canapé. À cette vue, et malgré mon visage défraîchi par cette nuit chaotique, un sourire éclatant étira mes lèvres. Puis mes yeux se posèrent sur la petite pendule du salon.

— Oh ! Il est déjà onze heures trente ?

— Et oui marmotte! gloussa Shannon. Voilà pourquoi notre chère Anna s'est permis de te réveiller en fanfare. Personnellement je ne m'y serai pas prise comme ça, mais bon... Anna n'est pas une fille avec beaucoup de savoir-vivre comme on le sait bien.

L'intéressée poussa un cri indigné.

— Quelle lèche botte celle-là!

Après un copieux petit déjeuner et une bonne heure à squatter la salle de bain, nous étions prêtes à conquérir l'île de *Skye*, surnommée aussi : l'île des brumes. C'est en écharpes, bonnets, gants, vestes doublées, chaussures de rando que nous débarquâmes sur le parking de l'emblématique château de *Dunvegan*. La pluie avait cédé la place à un ciel gris et bas, dont les nuages filaient à toute allure, poussés par un vent d'ouest.

Après avoir acheté nos billets, nous nous dirigeâmes vers l'entrée du monument. Anna nous avait tannés pour qu'on aille visiter le fief du célèbre clan Macleod. C'est vrai qu'il avait fière allure avec ses tours crénelées et son imposant bastion. Nous fûmes encore plus impressionnées quand nous passâmes la porte principale. Un gigantesque escalier évasé nous invitait à gravir les étages, desservant par des coursives, une multitude de pièces richement décorées. Du mobilier luxueux et ancien, de l'argenterie, des tapis en soie, de lourdes tentures habillaient les différentes salles. Les murs étaient recouverts de peintures où figuraient les portraits de maintes générations de Macleod. Il y avait aussi d'énormes bibliothèques vitrées en bois sombre, gorgées de livres dont le cuir était magnifiquement orné de calligraphie dorée.

Tout à coup, alors que nous arpentions un énième couloir, Anna s'écria :

— Oh ! Il est là ! Venez voir !

Elle nous demanda de nous approcher d'un cadre renfermant, en y regardant de plus près, un morceau de tissu extrêmement usé et détérioré. Il n'y en avait plus que des fragments.

— C'est le célèbre « *Fairy Flag* » ! s'exclama-t-elle bouillante d'excitation. Il aurait été offert par une fée au chef du Clan. Tous les deux auraient alors convolé en noces et ensuite, au bout de sept années de vie commune, il avait été convenu que la fée rentrerait dans son monde, laissant leur bébé aux bons soins du chef. Mais celui-ci ne tint pas parole et la fée revint récupérer son enfant qui pleurait. Avant de disparaître avec lui pour de bon, elle abandonna dans le berceau du nouveau-né, une étoffe de soie. On raconte que ce « *Fairy Flag* » serait enchanté et capable de protéger le clan des dangers, mais il ne peut être invoqué que trois fois. Évidemment, il y a plusieurs versions de la légende, mais ce qu'il faut retenir c'est qu'il est magique !

Je la regardai, dubitative :

— Sérieusement Anna, c'est une belle histoire, mais tu ne crois pas aux fées hein ?

— Et alors ? Pourquoi pas ?! Nous sommes au pays des contes et des mystères. Moi ça me plaît d'imaginer qu'il y ait un autre monde rempli de fées et de... fées ! dit-elle en haussant l'épaule l'air grave. Demande à Shannon, elle vient de Bretagne, elle ! Elle sait ce que c'est !

L'intéressée souleva un sourcil et lui sourit niaisement :

— Bien sûr que je sais ! Ma grand-tante est une fée clairvoyante bien connue dans son village !

Je ricanai en douce tout en détaillant le fameux drapeau enchanté.

— Bon, où sont les toilettes dans ce château ? J'ai une envie furieuse de faire pipi, nous confia soudainement Anna qui avait l'air au bord de l'implosion.

Shannon lui montra du doigt un petit panneau indiquant les lieux d'aisances. Anna ne demanda pas son reste et fila se soulager. Nous dûmes l'attendre un temps qui nous parut infini avant de la voir réapparaître, un sourire éclatant pendu aux lèvres.

— Dis donc ? Tu en as mis du temps ! la gronda Shannon. C'est quoi ce sourire ? Tu as rencontré le prince charmant entre deux lavabos ?

— Tu fais bien de le dire, car c'est exactement ce qu'il s'est passé ! lui répondit-elle au comble de l'excitation.

Shannon et moi nous regardâmes, incrédules. Mais qu'est-ce qu'elle nous racontait encore ? Nous n'attendîmes pas longtemps pour avoir la suite de l'histoire :

— Je suis littéralement tombée sur… tenez-vous bien… l'héritier du clan Macleod dans les escaliers menant aux toilettes, dit-elle en tapant dans ses mains. Il m'a rattrapé dans ses bras musclés alors que je perdais l'équilibre tout à fait bêtement, continua Anna, mimant la scène à l'aide de grands gestes. Et je peux vous dire qu'il est extrêmement charmant !

Ses yeux pétillaient à l'image d'un enfant qui aurait découvert une cachette de bonbons.

— Wow ! m'extasiai-je. Il t'a fait de l'effet apparemment.

— Oui… oui… Et ce n'est pas tout, il m'a invité à boire un verre dans un restaurant du coin. Mais ?! dit-elle, marquant une pause, je lui ai bien entendu expliqué que je n'étais pas seule ! Donc vous êtes toutes les deux invitées aussi ! C'est pas génial ça ?!

— Mais tu es sérieuse là, Anna ? m'écriai-je les yeux ronds comme des soucoupes. Tu es juste allée faire… pipi… et tu reviens avec un rencard ? Avec l'héritier du château qui plus est ?

J'hallucinai complètement. Cette dernière secoua vivement sa tête de haut en bas. Elle en trépignait et j'avoue que son enthousiasme me rendait curieuse de rencontrer le personnage. Jetant un coup d'œil à Shannon, je compris que nous serions de sortie ce soir.

— Très bien alors ! Faisons la connaissance du seigneur Macleod ! m'exclamai-je en riant. Et nous devons le rejoindre où exactement ?

Avec un sourire triomphant, Anna dégaina une carte de visite où il était écrit : « *Old School Restaurant* » *18h30, Lachlan Macleod.*

Shannon leva les yeux au ciel, je gloussai à mon tour et invitai mes amies à continuer notre balade, puisque la journée était loin d'être finie et qu'il restait les parcs du château à faire, ainsi qu'une promenade en barque dans la baie jouxtant l'édifice. J'attendais ce moment avec impatience, car sur le dépliant était expliqué que dans cette baie, il n'était pas rare de voir des phoques se prélasser sur les rochers et que nous pourrions les approcher de près. C'était une très bonne occasion de les photographier. C'est donc après avoir fait le tour de l'extraordinaire jardin botanique que nous nous présentâmes au petit embarcadère en contre bas. Un employé nous fit monter dans le canot avec quelques autres visiteurs. On ne pouvait pas dire qu'il faisait chaud, mais bien habillé, ce n'était pas désagréable.

Je me laissai même aller à mouiller le bout de mes doigts dans l'eau salée, quand soudain, celle-ci eut une réaction à mon contact. Ce fut très rapide, elle s'enroula autour de mon poignet, pareille à une main liquide. D'une brève pression, elle me tira vers elle, immergeant mon avant-bras jusqu'au coude. J'en eus un hoquet de surprise et retira si violemment mon bras de par-dessus bord que je fis tanguer l'embarcation, ce qui me valut un regard noir de la part de l'employé. Je jetai un coup d'œil apeuré à mes amies et me gardai bien de recommencer.

La boule au ventre que nous effectuâmes notre petit tour, et comme annoncé, les phoques étaient bien là. C'est à peine si j'osai bouger, mais je les pris tout de même en photo.

De retour à la voiture, Shannon et Anna me questionnèrent. Je leur expliquai ce dont je me souvenais, mais j'avais l'impression de l'avoir rêvé tellement c'était surréaliste.

— Attends… à *Glencoe*, puis maintenant ici… Ces phénomènes ont commencé depuis que nous sommes parties du *Drovers* c'est ça ? pensa Shannon tout haut.

— Oui je crois… balbutiai-je. Après… en Écosse l'eau est omniprésente…

— C'est vraiment très étrange, continua-t-elle sans m'écouter.

— Je ne te le fais pas dire ! Et ça n'arrive qu'à moi non ? Vous n'avez rien constaté vous ?

— Non rien, répondit Anna.

— Bon, reprit Shannon. Vic, tu ne touches plus à l'eau ok ? Sous la douche, il ne s'est rien produit ?

— Non rien…

— Très bien alors plus de bateau et plus de promenades hors-piste. On verra bien ce qu'il se passe… ou pas. Peut-être que nous pourrions demander à ce Macleod son avis sur la question.

— Il va nous prendre pour des idiotes oui ! m'écriai-je, m'imaginant déjà l'interroger, la bouche en cœur, pourquoi l'eau écossaise m'en voulait personnellement. Et en plus, Anna risquerait de perdre les faveurs de son prétendant !

Cette dernière gloussa… Je rêvai ou elle était complètement accro à ce mec ?! Il s'était passé quoi au juste dans ces toilettes ? Bref… oublions ça, il nous restait encore un peu de temps pour explorer les alentours avant l'heure du rendez-vous.

***

Nous fîmes connaissance de Lachlan Macleod à dix-huit heures trente tapantes, et je dois avouer que je ne m'attendais pas à cela. C'était vraiment un très bel homme, à peine plus âgé qu'Anna. Il arborait un physique avantageux, un visage viril à la mâchoire bien dessinée, et de magnifiques cheveux d'un roux sombre. Il portait un jean bleu foncé, des boots, ainsi qu'une veste en tweed parfaitement coupée.

La classe !

Il nous accueillit avec un sourire enthousiaste. C'est Anna qui se chargea de faire les présentations :

— Voici Victoria et Shannon. Les filles, Lachlan Macleod.

— Victoria, je suis enchanté de faire ta connaissance, me dit-il tout en inclinant légèrement la tête, serrant le bout de mes doigts de la main que je lui tendais.

Ouah ! Là j'étais scotchée ! Un vrai gentleman ! Je lui répondis tout aussi courtoisement et il fit de même pour

Shannon qui en rosit de plaisir. Il nous tint la porte pour que nous puissions entrer, et lorsque l'un des employés du restaurant l'aperçut, ce dernier s'empressa de nous conduire à une table réservée pour l'occasion. Je me sentis tout à coup mal à l'aise avec mes grosses chaussures crottées et mon air ébouriffé, mais allons bon, peu importe, nous étions là pour faire la joie d'Anna et pour le fun également. Lachlan alla même jusqu'à tirer la chaise d'Anna afin qu'elle puisse s'installer à son aise. Nous commandâmes des boissons et c'est Lachlan qui eut la courtoisie d'entretenir la conversation.

— Anna m'a brièvement raconté que vous vous êtes rencontrées sur internet, c'est bien cela ?

— Oui me devança Shannon. Ça faisait un moment que nous partagions nos avis sur les réseaux sociaux. De manière formelle au début, puis plus privée. Nous nous sommes trouvées de nombreux points communs, et c'est comme ça que nous avons décidé qu'il était temps de faire connaissance.

Lachlan, toujours aussi bien élevé, l'écoutait attentivement :

— Et donc, vous vous êtes dit que l'Écosse serait un merveilleux endroit pour vous rencontrer ? Ça n'est pas habituel, mais l'idée me plaît, dit-il en jetant un regard langoureux à Anna.

Je repris aussitôt la parole :

— Oui c'est à peu près ça. Au début nous voulions nous retrouver à *Paris*, mais finalement l'Écosse c'était bien plus propice et logique d'une certaine façon.

La soirée se déroula tranquillement et Lachlan insista pour nous offrir le dîner que nous acceptâmes, rien que pour qu'Anna en profite encore un peu – l'altruisme était une qualité qui se perdait de nos jours.

Il nous parla de son clan, de la vie qu'était la sienne. Habiter ce genre de bâtiment historique n'était pas comme on se l'imaginait, cela se rapprochait plus du chef d'entreprise. Sous couvert de luxe et de faste, le quotidien coûtait cher et les factures s'accumulaient. D'ailleurs c'est à ce sujet que notre nouvel ami s'exclama :

— Mais j'y pense ! Demain soir nous organisons dans la partie privée du château, une *cèilidh* afin de récolter des fonds. Vous y seriez les bienvenues !

— Qu'est-ce qu'une… kéli… ? bafouilla Anna.

— Oh ! C'est une sorte de bal où l'on joue, chante et danse de la musique traditionnelle. Il y aura un petit buffet, enfin de quoi se sustenter, quelque chose de très informel, s'empressa-t-il de nous rassurer. À partir de dix-sept heures, ça vous irait ?

Nous nous concertâmes rapidement et acceptâmes avec plaisir son invitation. De toute façon, Anna nous aurait tuées si nous n'avions pas dit oui… Après le dessert, Shannon poussa même le bouchon jusqu'à leur dire qu'elle et moi devions rentrer et que Lachlan déposerait Anna au cottage plus tard. Cette dernière s'empourpra instantanément, mais leur petit jeu de regards et de sourires équivoques ne nous avait pas échappé, il était temps de leur laisser un peu d'intimité.

Le gardien des lochs I

Chapitre 7.

Cottage de Colbost, île de Skye.

Je n'entendis pas Anna rentrer cette nuit-là, et c'est lorsque la matinée fût bien avancée et avec un plaisir incommensurable, que je la réveillai en fanfare sans aucun scrupule. Elle ne broncha même pas et se leva avec un sourire radieux. Nous la laissâmes s'installer devant son petit déjeuner quand je l'interrogeai, incapable d'attendre plus longtemps :

— Raconte ! la pressai-je. Alors cette soirée ? Vu ta tête, vous n'avez pas fait que parler !

Anna, à moitié cachée dans son bol, gloussa – décidément c'était devenu une habitude ; le béguin rendrait-il les gens idiots ? – Elle posa son café.

— Il m'a embrassé ! Mais ça n'était pas la première fois, vous savez !

— Quoi ?! braillai-je. Comment ça ? Quand ?... Attends... ne me dis pas que... t'es sérieuse ?

Elle riait... Nan, mais je rêve !

— Oui, oui... à *Dunvegan* dans les escaliers ! Il est vraiment... il est si... fascinant ! avoua-t-elle le regard perdu dans le vide, assurément en train de revivre la scène.

Shannon et moi en restions comme deux ronds de flan, incapables de savoir quoi en penser. Néanmoins, je n'allai certainement pas lui jeter la pierre, pas après ce qu'il s'était passé avec Scott. Son souvenir me serra le cœur. Je préférai balayer son image de ma tête et me réjouir pour mon amie. Ce soir, elle allait revoir son prince charmant, car il l'était vraiment, et nous allions toutes profiter de cette occasion pour nous plonger dans la culture écossaise. Anna interrompit le fil de mes pensées :

— Au fait ! J'ai touché deux mots à Lachlan sur les étranges manifestations avec l'eau, tout ça.

— Ah ?! fis-je en cœur avec Shannon tout aussi intéressée.

— Il connaît quelqu'un qui pourrait nous aider à comprendre ce phénomène...

— Il ne s'est pas moqué de toi ? la coupai-je, surprise.

— Bien sûr que non ! Lachlan a du savoir-vivre ! me rabroua-t-elle comme si c'était évident qu'une bonne éducation empêchait les gens de rire des autres.

— Oh pardon oui ! Il doit avoir un paquet d'amis qui ont des problèmes avec les rivières du coin qui en ont après eux ! lui assénai-je, sarcastique.

— Tsss ! N'empêche qu'il va le contacter et qu'il nous le présentera ce soir. C'est un proche à lui si j'ai bien compris.

— Je suis peut-être hantée par un esprit des eaux ? Qui sait ? Ouhhhh fis-je à grand renfort de gestes, imitant un fantôme.

— Ne plaisante pas avec ça, me coupa Shannon, terriblement sérieuse.

— Oui, eh bien j'essaie de me détendre, car tu vois, c'est à moi que ça arrive ! râlai-je.

Anna eut le bon goût de changer de sujet et nous apprit qu'il faudrait que nous soyons un peu « habillées » pour l'occasion.

— Quoi ? m'insurgeai-je. Il a utilisé le mot « informel », il me semble non ? Ça n'a probablement pas le même sens chez les châtelains.

— C'est l'opportunité d'aller faire du shopping à *Portree* ! rétorqua Anna.

Et voilà comment on se retrouvait dans la plus grande ville de l'île (à peine plus de deux mille habitants en fait) à écumer les quelques boutiques existantes. Je rentrai avec plus de souvenirs que de vêtements, mais j'avais de toute façon emporté dans ma valise une tenue plus habillée, justement si ce genre d'occasion se présentait. J'avais simplement déniché une large ceinture en cuir de couleur vert canard afin d'accessoiriser l'ensemble. Mes comparses avaient elles aussi trouvé leur bonheur. Shannon s'était dégoté un magnifique châle en tartan qu'elle attacha autour de ses épaules à l'aide d'un médaillon, et un jean slim. Anna, une jupe plissée écossaise, associée à de jolies chaussures à talons et un petit pull sobre. Moi j'avais amené une combinaison noire que ma meilleure amie, couturière à ses heures perdues, m'avait faite sur mesure. Elle me cintrait la taille et en nouant la ceinture que j'avais achetée plus tôt, elle me mettait en valeur à la perfection. Je laissai mon décolleté nu, mais pendis à mes oreilles, de belles boucles en argent finement décorées d'entrelacs celtiques pour la touche écossaise. Je coiffai mes cheveux en un *wavy* décontracté, et pour finir, j'enfilai des escarpins confortables et discrets. Nous étions prêtes pour notre soirée royale.

— Oh! Shannon, Vic?! cria Anna en accourant dans le salon où nous attendions depuis une éternité qu'elle termine de se préparer. Je viens de recevoir un SMS de Lachlan. Il nous suggère de prendre des affaires pour dormir si jamais nous voulions rester. Il dit qu'il a une chambre pour chacune de nous si nous le souhaitons. C'est pas juste dingue?!

— Ok pourquoi pas! lui répondit Shannon. On verra comment se passe la soirée et on avisera plus tard.

Je jetai un coup d'œil à Shannon. Croyait-elle vraiment en ce qu'elle venait de dire? Au ton qu'avait employé Anna, il y avait fort à parier que nous dormirions là-bas cette nuit!

Nous préparâmes chacune en vitesse un petit paquetage pour une éventuelle nuit au château. J'étais charmée par la proposition à vrai dire, et c'est fébrile que j'envoyai un texto à Sébastien, que j'avais un peu délaissé ces derniers temps, pour lui raconter notre merveilleux programme. Il me répondit dans l'instant qu'il se réjouissait pour moi. Il était en intervention à *Paris* sur de grosses manifestations et était de toute façon peu disponible pour une conversation téléphonique.

Il était environ dix-huit heures quand je garai la voiture sur le parking du château. Anna avait prévenu Lachlan qui nous attendait déjà aux abords du jardin pour nous escorter jusqu'à la fête. Il portait la tenue traditionnelle de son clan, et cela lui conférait une allure particulièrement princière. Anna, dont les yeux brillaient d'admiration, accepta le bras que celui-ci lui tendait. Nous arrivâmes tous les quatre dans une petite pièce servant de vestiaire. Elle était attenante à la salle de bal d'où nous parvenaient de la musique folklorique et un brouhaha de conversations.

— Mesdemoiselles, commença Lachlan. Je vous abandonne temporairement ici, car le devoir m'appelle, mais je reviens très vite vers vous. Prenez vos aises, profitez de la soirée. Et surtout, mangez autant que vous le voulez et n'hésitez pas à danser !

Sur ces bonnes paroles, il tourna les talons et s'insinua dans la salle bondée tout en jetant un dernier regard brûlant à Anna. Il faut dire qu'elle était magnifique dans sa jupe en tartan, ses cheveux blonds relevés en un chignon élaboré sur le haut de son crâne. Ses yeux étaient magnifiés par un trait d'eyeliner qui lui donnait un air angélique. Je me demandai bien comment allait finir cette soirée entre nos deux tourtereaux. En fait non, je ne me posai pas la question. C'était écrit sur leur front, et j'étais certaine d'au moins une chose, c'est que nous dormirons ici cette nuit.

Nous nous engouffrâmes à notre tour dans la salle des festivités. Incroyable! Elle était immense! Les murs étaient peints d'un bleu céruléen, décorés de portraits de famille mis en valeur dans d'imposants cadres dorés à l'or fin. Une multitude de candélabres, joliment disposés, donnaient à la pièce une ambiance tamisée et cosy. Le sol en parquet sombre était recouvert de formidables tapis en soie, et une monumentale cheminée à foyer ouvert trônait au milieu du mur principal, faisant face à d'élégantes fenêtres cintrées aux allures gothiques. Au fond était montée une estrade superbement drapée d'une tenture de velours pourpre. Un petit groupe de musiciens y était installé, jouant des airs folkloriques pendant que des jeunes filles faisaient des démonstrations de danse écossaise. Enfin, un énorme buffet occupait tout un angle de la pièce. Il était tenu par des serveurs et il y avait même un barman. Une soirée informelle donc...

Qu'est-ce que cela devait être lors d'une soirée officielle dans ce cas ?

— C'est merveilleux, s'écria Shannon qui n'en revenait pas. Allons voir ce que l'on peut avoir au bar, j'ai soif !

— Ah oui alors ! surenchérit Anna. J'ai faim !

Une coupe de champagne français fit l'affaire dans un premier temps. Nous l'accompagnâmes de petites bouchées au saumon fumé. Les gens autour de nous étaient tous en tenue ou costume traditionnel. Kilt ou pantalon en tartan pour les hommes, et jupe ou robe pour les femmes, lesquelles arboraient également une étole assortie aux couleurs de leur compagnon. Certains avaient l'air plus aristocratiques que d'autres, cependant, l'ensemble du *dress code* était le même. Ils mangeaient, bavardaient, riaient. D'autres admiraient les prestations des danseuses en frappant en rythme dans leurs mains. Nous n'eûmes pas à attendre longtemps avant que Lachlan revienne vers nous, accompagné d'un individu superbement paré.

— Anna, Shannon, Victoria, je vois que vous avez suivi mes conseils, j'en suis heureux. Puis-je vous présenter mon grand-père, dit-il en s'effaçant devant son aïeul. Le chef Macleod de Macleod. Grand-Père voici mes amies françaises en congé quelques jours sur l'île.

— Mesdames, soyez les bienvenues à *Dunvegan*, nous dit ce dernier en se courbant élégamment devant nous, mon petit-fils m'a parlé de vous. J'espère que vous avez apprécié la visite du château ?

Alors là ? Waouh ! Si nous espérions avoir un brin d'authenticité en venant passer nos vacances en Écosse hors saison, je ne pense pas que nous imaginions un seul instant rencontrer un si magnifique représentant de la société traditionnelle.

— Oui, absolument monsieur Macleod, dis-je timidement, impressionnée par la prestance de l'homme. C'est une bâtisse spectaculaire et très bien entretenue. C'est en tout point remarquable.

Mes amies échangèrent tour à tour quelques banalités avec le chef avant que celui-ci ne retourne à ses invités, quand tout à coup, je le vis entrer dans la salle... Mon estomac se contracta douloureusement en le reconnaissant. Mais que faisait-il ici ? Incapable de regarder ailleurs, je le détaillai avec assiduité. Scott était éblouissant dans son costume trois pièces gris foncé parfaitement coupé. Sa veste était ouverte, laissant apparaître son gilet ajusté sur son torse musclé, et à la place du classique pantalon à pinces, il portait un kilt de même facture. Comment une jupe pouvait-elle à ce point viriliser un homme ? Il se tenait droit, impérial et souverain, embrassant la salle du regard, manifestement à la recherche de quelqu'un. Lachlan dû s'apercevoir de mon trouble, car il s'approcha de moi et me demanda en chuchotant :

— Victoria ? Que se passe-t-il ? Tu as l'air d'avoir vu un fantôme.

— Euh oui… en fait, je connais cette personne là-bas qui vient d'entrer, dis-je en désignant Scott du menton, gênée qu'il ait remarqué mon agitation.

— Oh ! Tu as déjà fait la connaissance de Scott Maclean ? Intéressant ! C'est un très bon ami à moi. C'est en outre lui, que je voulais te présenter au sujet de tes… petits soucis.

Ben voyons ! C'est pas vrai ça ! Ils se sont donné le mot ?

— Ah… très bien… je…

— Oh Vic ! Regarde qui vient d'arriver, me cria Anna « très discrètement ». C'est Scott !

— Merci je n'avais pas remarqué, grommelai-je.

Shannon s'était figée, son verre à la main, pendant que Lachlan s'en allait vers Scott d'un pas déterminé.

— Donc à priori, ils sont amis, dis-je. Et c'est Scott que Lachlan devait nous présenter pour régler mes petits problèmes avec les phénomènes bizarres, leur racontai-je, anticipant leurs questions.

Je ne pouvais pas détacher mes yeux de Scott, il irradiait à la fois d'assurance et de désinvolture. Ses cheveux étaient coiffés en arrière, encore légèrement humides, et sa superbe mâchoire carrée, rasée de près. Il était sublime comme à son habitude. Que j'étais faible en cet instant ! Il me remarqua et me dévisagea aussitôt intensément, pendant que son ami lui parlait. Il laissa son regard courir sur moi, détaillant ma tenue, l'air appréciateur. Un feu brûlant s'alluma dans mon ventre, consumant mes entrailles, et j'essayai tant bien que mal de me rappeler cette maudite soirée où il m'avait humiliée, mais rien à faire, j'étais toujours éperdument ébranlée par lui. Shannon me tira de mes pensées :

— Ça va Vic ?

— Va bien falloir, sifflai-je entre mes dents serrées.

Les deux hommes vinrent tranquillement à notre rencontre. Bon sang, même sa démarche était sexy. Encore une fois, je me retins de déglutir.

— Vous connaissez déjà Scott il me semble, donc je ne vais pas vous présenter.

— Non en effet, lança Shannon sur la défensive.

— Shannon, Anna, Victoria... commença Scott.

Sentant le malaise grandissant, Lachlan enchaîna :

— Venez, approchons-nous de l'estrade, dans quelques minutes il y aura un concert de *bagpipes*[9]. Je vais nous chercher d'autres coupes de champagne en attendant. Anna, tu m'accompagnes ?

— Oui bien sûr ! s'empressa-t-elle de lui répondre, filant derrière lui.

Nous nous avançâmes vers les musiciens où la foule s'était pressée autour de la plateforme, impatiente. Scott, dans sa grande sagesse, ne m'adressa pas la parole, mais vint se tenir

---

[9] Cornemuse

à côté de moi, son bras frôlant le mien. Je n'osai pas bouger, à peine respirer même. Quelle cruche vraiment ! Heureusement que Shannon était là pour me soutenir. Lachlan et Anna nous rejoignirent, accompagnés d'un employé portant un plateau rempli de flûtes et de petits fours. Très bien ! M'occuper la bouche m'aiderait beaucoup à me détendre et me donner contenance, sauf qu'à ce rythme-là, j'allai finir obèse et alcoolique. Il faudra bien que l'on parle et c'était l'occasion pour lui de s'expliquer. Je décidai de rompre le silence la première, me penchant sur son oreille. Il tourna alors doucement la tête et son odeur emplit mes narines... Re- feu de joie dans mon ventre, ça devenait habituel. J'en profitai une seconde puis me lançai :

— Scott je...

Je ne l'avais pas remarqué plus tôt, mais il avait une entaille dans un de ses sourcils et une pommette légèrement rouge. S'était-il battu ? Je repris mon aplomb et recommençai :

— Scott tu... tu es blessé ?

Il parut surpris par ma question, un sourire goguenard s'épanouit sur ses lèvres :

— Tu t'inquiètes pour moi ma petite mangeuse de grenouilles ?

Mais quel connard arrogant ! Je rêve ! Il devrait implorer mon pardon oui, un genou à terre même ! Et il se moque de moi ?

— Arrête ça tout de suite Scott, je ne suis pas ta petite mangeuse de grenouilles ! Et…

C'est à ce moment précis que choisi le groupe de joueurs de cornemuses pour démarrer leur show dans un concert de notes stridentes, stoppant net notre conversation, qui on ne pouvait pas le nier, avait mal commencé. Cette pause forcée eut le mérite de me laisser le temps de reprendre mes esprits.

Cela n'en finissait pas ! Leur répertoire devait être aussi long que le *Loch Ness* était profond. Vingt minutes au moins que nous supportions cette cacophonie. Attention, pas que je n'aime pas la cornemuse et ses musiques empreintes de patriotisme. Seulement, enfermé dans une salle, aussi grande soit-elle, le son n'en était que plus puissant et criard puisque les notes ne pouvaient s'envoler dans les airs. Scott prit l'initiative de sortir en premier, lui aussi incommodé. Il m'attrapa doucement le coude et me pria dans l'oreille de nous éloigner un peu. Je le suivis avec soulagement. Pourquoi nous demander de nous approcher de la scène franchement ? Ce fichu instrument de musique était si redoutable qu'on pouvait l'entendre jusqu'en France ! Alors imaginez plusieurs ?!

Il me fit passer devant lui, me guidant d'une main qu'il avait posée sur mes reins, embrasant la région concernée par la même occasion.

Nous franchîmes le vestiaire, puis nous empruntâmes un couloir. Scott devait connaître les lieux, car c'est sans aucune hésitation qu'il ouvrit une porte donnant sur un petit salon, probablement un ancien fumoir transformé en bureau. Les murs étaient couverts de bibliothèques remplies de livres. Je ne pensai pas me retrouver seule avec lui et cette promiscuité me rendit légèrement anxieuse. Heureusement, il laissa la porte grande ouverte. Me faisant face, il commença :

— Écoute Vic, je suis réellement désolé pour ce qu'il s'est passé l'autre nuit. Je comprends que tu sois fâchée contre moi et…

— C'est le moins qu'on puisse dire !

— J'ai été un vrai con avec toi…

— C'est un euphémisme !

— Vic ! tonna-t-il, arrête un peu tu veux ! Je tâche de me faire pardonner là.

— Essaie toujours ! lui assénai-je les bras croisés.

Il marchait en rond dans la pièce exiguë, une main glissée dans ses cheveux, sans se rendre compte une seule seconde que ce geste le rendait encore plus sexy.

Vic, bon sang, tu es censée être contrariée !

Il continua fébrile :

— J'ai… je… Vic, je ressens des choses, lâcha-t-il finalement, et ça me fait peur.

C'était donc ça ? Il m'aimait bien et c'est pour cela qu'il avait fui ?

— Arrête de bouger Scott, tu me donnes le tournis. Que veux-tu dire par là ? Que tu as eu peur de tes propres sentiments ?

Il me regarda avec un air de chien qu'on aurait caressé à rebrousse-poil :

— En quelque sorte. Tu ne me connais pas Vic, je ne suis pas celui que tu t'imagines, mes émotions sont vraies, ce que j'éprouve pour toi... je n'ai jamais vécu quelque chose comme ça et je ne devrai pas...

Il avait l'air confus, il cherchait ses mots. Bizarrement son aveu ne me fit pas l'effet escompté. J'étais touchée par ses remords, pourtant son explication était trop alambiquée. Il dut voir mon trouble, car il vint à moi et prit mes mains dans les siennes. Je remarquai à nouveau des stigmates rouges sur les jointures de ses doigts. Il s'était donc véritablement battu ?

— Victoria, je suis maladroit, veux-tu me laisser un peu de temps ?

Il me regardait avec des yeux voilés. Le timbre de sa voix était rauque, envoûtant mes sens, délayant mes doutes. À cet instant précis, il aurait pu être un frère de Lucifer, le tentateur dans un corps d'ange déchu, cherchant à prendre possession de mon esprit. Selon toute vraisemblance il était repentant, et pourtant un tic nerveux barrait ses mâchoires. Je n'eus pas le loisir de pousser mes élucubrations plus loin, car Lachlan venait d'apparaître dans l'encadrement de la porte, me ramenant à la réalité. Il toussota dans son poing pour attirer notre attention et nous annonça :

— Le concert est fini, mon grand-père s'apprête à monter sur la scène pour présenter ses hommages. Si vous voulez bien nous rejoindre, vos amies vous attendent.

— Très bien, nous arrivons. Merci, Lachlan, lui répondit Scott les yeux toujours rivés sur moi.

Il fit demi-tour et Scott m'enjoignit de le suivre.

— Profitons de la soirée, nous aurons encore le temps de parler plus tard, me dit-il, glissant encore une fois sa main dans le creux de mes reins.

Je retrouvai mes amies où je les avais laissées. Le grand-père de Lachlan s'était installé derrière un pupitre décoré du blason des Macleod et s'apprêtait à prendre la parole. Son petit fils était lui aussi monté sur l'estrade pour le seconder.

— Où sont les parents de Lachlan ? demandai-je à Anna, étonnée de ne pas les voir.

— En voyage d'affaires, c'est ce qu'il m'a dit en tout cas.

Macleod prononça un superbe discours, et contre toute attente, assez concis et emplis d'humour grinçant – je crois que c'est ce que j'ai le plus aimé. Il s'exprimait tantôt en anglais avec un fort accent écossais, tantôt en gaélique, si bien que je perdis rapidement le fil, mais c'était sans compter sur Scott qui me traduisit quelques passages. L'allocution se finit dans un tonnerre d'applaudissements et en criant la devise du clan :

« *Hold fast* »! (ne jamais lâcher) C'était très touchant de voir toutes ces personnes en communion au sein de cette grande famille écossaise qu'était le clan Macleod. Ils ne devaient jamais se sentir seuls. En Écosse, il y avait une belle culture d'entraide, on prenait soin de ses aînés et des gens qui nous entouraient. Je les enviai, moi qui avais été abandonnée à la naissance. Évidemment, je ne m'en souvenais pas, et Suzelle avait été une vraie mère pour moi, mais quelque part, tout au fond de mon être, j'en voulais à mes parents de m'avoir laissé sans histoire… Sans clan en quelque sorte. J'avais passé tellement de nuits à imaginer les divers scénarios de mon abandon. Ma mère aimait-elle mon père ? Étais-je le fruit d'un viol ? Est-ce que ma génitrice m'avait désirée ? Avait-elle été contrainte de me confier ? Pourquoi ?… Le psy que j'avais vu à l'adolescence ne m'avait pas particulièrement aidé à ce sujet. Je devais le rencontrer dans l'enceinte de l'école et il ne venait qu'une fois par mois, bien plus intéressé par la secrétaire de vie scolaire que par les états d'âme d'une ado en pleine rébellion. Mon petit côté fataliste avait fini par chasser mes pensées moroses et mes questionnements, j'étais finalement devenue une femme épanouie. Bon ok, heureusement que Sébastien était là aussi. Il m'avait toujours soutenu, était mon confident et cela à n'importe quelle heure de la nuit et du jour. Ce qui me fit me souvenir que je devais lui envoyer quelques photos de cette fête. J'avais emporté mon appareil, sauf que celui-ci était resté dans mon sac dans la voiture. J'utilisai donc mon téléphone, qui de toute façon était plus discret et adapté à la situation, et tapotai sur le clavier :

« *Soirée de malade, c'est absolument génial, regarde-moi ça ^^* ».

Moins d'une minute plus tard, il m'expédiait également une photo de lui, en uniforme de gendarme, arme à la main en train de patrouiller :

« *Pas mal ! Profite ! On m'a dépêché en renfort à l'aéroport Charles de Gaulle, j'en ai ma claque de marcher toute la journée.* »

Mince, du coup je culpabilisai :

« *Je t'envoie plein de courage ! Tu me manques ! Bisous* »

« *Tu me manques aussi…* »

Le temps que la foule se disperse et que le grand-père Macleod cède sa place à une chanteuse et son groupe de musicien, nous avions dévalisé le buffet. On disait que les Écossais ne connaissaient rien à la gastronomie, mais c'était tout à fait faux. Bon, on n'allait pas se mentir, sans faire ma chauvine, les Français étaient bien meilleurs, cependant je fus très agréablement surprise par la finesse et le goût de certains mets. Bien entendu nous arrosâmes le tout d'un vin blanc étranger qui n'avait rien à envier aux nôtres. J'étais détendue et joyeuse, le cœur léger, même si je n'en avais pas fini avec Scott. Allait-il dormir aussi au château ce soir ? Probablement, il était chez son ami de toute façon. En tout cas, je ne me risquai pas à lui demander, allez savoir ce qui lui passerait par la tête ! Bien que… L'idée ne m'était pas désagréable. Je chassai rapidement les images qui s'imposaient à moi avant que je ne devienne un livre ouvert. Pendant que je reprenais mes esprits, une douce et merveilleuse musique s'éleva dans la salle. Un arrangement mélodieux de harpe et de violon accompagnait la voix au timbre puissant et envoûtant de la chanteuse lyrique. Une multitude de frissons me traversèrent le corps, c'était ensorcelant.

— C'est sublime, dis-je spontanément à Scott qui était à côté de moi.

— Aimerais-tu être ma cavalière Victoria ?

Quoi ?!

Je me retournai vers lui, étonnée. Eh bien ! Quand il disait qu'il voulait se faire pardonner, il ne plaisantait pas. J'étais hésitante, seulement, en regardant autour de moi, je vis plusieurs couples enlacés ainsi qu'Anna pendue au cou de Lachlan, se laissant emporter d'un pas chaloupé par la musique.

— Oui, pourquoi pas, lui soufflai-je avant de perdre mon courage, me concentrant exagérément sur sa cravate.

Il me dominait tout de même d'une bonne demi-tête.

Avec des gestes experts, Scott m'enserra la taille de son bras et glissa son autre main dans la mienne. Il était plein de surprises ce soir. Jamais je ne l'aurai imaginé en cavalier de bal confirmé. Il me guida d'une main de maître et je me laissai aller, conquise et en confiance, grisée par ces toutes nouvelles sensations. Il me tenait fermement et sa proximité me rendait fébrile.

— Tu es vraiment très belle Vic, me dit-il, plongeant ses yeux couleur Tourmaline dans les miens.

— Merci, tu n'es pas en reste non plus. Le kilt te sied merveilleusement bien.

— Ah! tu as remarqué ? dit-il, espiègle.

Je poussai un soupir amusé.

— Tu ne peux pas t'en empêcher hein ?

Il me répondit d'un sourire narquois et voilà que mon imagination fertile reprenait les rênes de mon cerveau. Je me forçai à me calmer et surtout à profiter de l'instant présent. En jetant un coup d'œil aux alentours, je vis Shannon en grande discussion avec un couple élégamment vêtu. Ils avaient un petit côté très britannique et guindé, mais ils avaient surtout l'air de passer un bon moment en sa compagnie. Tant mieux, car cela m'aurait gêné qu'elle soit sur la touche ou qu'elle nous tienne la chandelle. Shannon avait un tempérament réfléchi et posé. Quant à Anna, elle était instinctive et enthousiaste. Plus je passai de temps avec ces deux-là, plus je les appréciai. La chanson se termina bien trop vite et je dus quitter les bras de Scott à contrecœur. Toutefois, quelle ne fut pas ma surprise quand Lachlan vint me réclamer la danse suivante ! Cet homme était un vrai concentré de courtoisie et de bienséance. Je crois que je n'avais jamais rencontré un gentleman comme lui auparavant, c'est donc avec plaisir que je me laissai entraîner encore dans le cercle des danseurs. Je fus stupéfaite de voir que Scott avait invité Anna à son tour. Les danses se succédèrent et même Shannon tenta quelques pas avec Lachlan.

C'est à minuit passé que celle-ci abdiqua la première.

— Les amis ce fut une soirée mémorable, mais je ne tiens plus debout ! Lachlan, s'il te plaît, pourrais-tu nous montrer nos chambres ?

— Bien entendu ! Oh ! et donnez-moi les clés de votre voiture, je vais envoyer quelqu'un chercher vos affaires.

— Je m'en charge, le devança Scott qui attrapa au vol les clés que je lançai à Lachlan.

— Allons-y alors, je vous ai fait préparer des lits au premier étage du château. De vraies princesses !

Nous le suivîmes dans un dédale de couloirs et d'escaliers. Il nous assura qu'on ne pouvait pas se perdre ici, mais je crois qu'il surestimait mon sens de l'orientation qui était déplorable. La décoration dans les parties privées était moins ostentatoire que dans la partie ouverte au public, c'était bien plus sobre et fonctionnel.

— Nous y voilà. Shannon, tu as la chambre « *Rose Macleod* », dit-il en s'arrêtant devant une porte.

— Qui est « Rose » ? demanda Shannon. Je ne vais pas dormir avec un fantôme rassure moi ?

Lachlan s'amusa de la remarque de mon amie avec un petit rire de gorge :

— Rose était mon arrière, arrière-grand-mère, une femme douce et gentille. Elle repose en paix, pas d'inquiétude.

Il l'ouvrit et l'invita à entrer. D'un style campagnard chic, la chambre offrait tout le confort moderne. Il y avait un grand lit double, ainsi qu'une petite salle d'eau attenante.

— Anna, tu as la suivante, la chambre « *Tam lin* », héros d'un vieux conte écossais, ça va te plaire sans aucun doute, lui dit-il avec un clin d'œil, lui glissant deux clés dans la main.

Tiens, tiens…

J'en connais une qui n'allait pas rester longtemps dans son lit.

— Et toi Victoria, tu as la chambre « *Lady of Shalott* » ! Elles sont toutes à peu de chose près pareilles.

Il me donna les clés au moment où Scott arrivait avec nos bagages, tandis que Shannon s'engouffrait déjà dans la sienne en nous souhaitant une bonne nuit. Quant à Lachlan, il profita de ce que son ami me tendait mes affaires pour aller chuchoter quelques mots à l'oreille d'Anna. Scott me confia alors d'une voix douce :

— J'ai passé une très bonne soirée Vic…

Mmmmh…

C'était le moment gênant où l'homme raccompagnait sa conquête à la porte de chez elle et où il fallait décider comment il allait lui dire au revoir. Une bise ou un salut de la main pour signifier que l'on en restait là, ou un baiser, invitant l'autre à se revoir, ou mieux, quand vous aviez tiré le gros lot, à entrer.

— Moi aussi. Tu es très bon danseur Scott, je suis impressionnée tu sais, lui avouai-je avec un sourire en coin.

Allez, hop ! On noie le poisson, on fait durer.

— Je te l'ai dit, ma petite mangeuse de grenouilles, tu ne me connais pas encore, je suis plein de surprises.

Dominateur, il avait posé une main sur l'encadrement de la porte juste au-dessus de ma tête, je pouvais presque sentir son souffle sur moi tellement il était proche. À bien y réfléchir, c'était un peu cliché tout ça, le château, l'héritier, le beau mâle insaisissable, les flirts… Et puis quoi ? C'est quoi la suite ? On passe la nuit ensemble ? Ces vacances auront eu un petit goût d'aventure, on ne pourra pas le nier.

— Bon, sur ces bonnes paroles, je te souhaite une bonne nuit !

Ok, j'étais une lâche, malgré tout, on est d'accord que c'était moi qui avais été humiliée, je n'avais aucun effort à fournir dans cette histoire.

— Allons, Scott ! l'interpella Lachlan, laissons ces jeunes femmes se reposer et accompagne-moi boire un dernier verre de whisky au petit salon. J'ai un *Port Ellen* 16 ans d'âge, tu m'en diras des nouvelles.

— Ça va aller les machos ? s'écria Anna. Vous avez aussi des cigares j'espère !

— C'est très stéréotypée votre soirée, dis-je en gloussant.

C'est alors que Lachlan se pencha sur Anna pour l'embrasser tendrement. Cette vision calma instantanément mes sarcasmes. Ils étaient mignons tous les deux et surtout ils ne se posaient pas de questions, ils vivaient leur histoire. Il se décolla lentement d'elle en lui lançant un dernier regard empli de promesses. Je déglutis bruyamment et me précipitai dans ma chambre.

— Je ne veux pas être témoin de toute cette débauche ! Bonne nuit tout le monde !

Je n'eus pas le temps de pousser ma porte que Scott m'attrapa le bras. Il déposa sur ma tempe un baiser exquis qui me brûla la peau, j'en jurerais.

— Bonne nuit Victoria, dit-il d'une voix rauque, elle aussi porteuse de promesses.

— Bonne nuit, Scott, lui répondis-je dans un murmure à peine audible.

Très bon compromis finalement.

Et voilà ! Je fermai la porte et me retrouvai seule dans ma chambre « *Lady of Shalott* ». Je connaissais l'histoire de cette lady, et elle n'était pas très fun en plus. Elle était morte de froid, allongée au fond d'un canot en essayant de rejoindre *Lancelot*. Une reproduction du célèbre tableau de *John William Waterhouse* ornait l'un des murs de ma chambre. Une œuvre préraphaélite – courant artistique que j'affectionnai particulièrement –, où la Dame était représentée désespérée et vulnérable, assise dans sa barque se sachant condamnée.

Charmant tout ça !

Dans un autre cadre, était exposé un morceau du poème de *Lord Alfred Tennyson* sur la *Dame de Shalott* :

« Et dans les eaux sombres de la rivière
Tel un prophète téméraire en transe,
Réalisant toute son infortune —
C'est avec une figure terne
Qu'elle regarda Camelot.
Et lorsque le jour déclina,
Desserrant la chaîne, elle s'allongeait ;
Le courant au loin l'emportait,
La Dame de Shallot… »

Chapitre 8.

Château de Dunvegan, île de Skye.

Bien, bien, bien… À part ça, la chambre était confortable et joliment décorée dans un style suranné. De petites appliques murales diffusaient une douce lumière. Le sol était entièrement recouvert d'une moquette épaisse et moelleuse. C'était vraiment quelque chose que l'on ne trouvait presque plus en France, mais franchement, c'était terriblement agréable de marcher pieds nus là-dessus. J'envoyai d'ailleurs aussitôt valdinguer mes escarpins au fond de la pièce et me jetai sur mon lit, les bras en croix, sur l'énorme édredon où je m'enfonçai dans un soupir extatique. Mmmmh, je crois que je pourrai m'assoupir comme ça.

C'est ce qui avait dû arriver, car un léger tambourinement me réveilla. Je me redressai d'un seul coup, un peu hébétée. Les coups reprirent, je n'avais pas rêvé alors. Il me fallut quelques secondes avant de m'approcher et d'entrebâiller ma porte. C'était Scott...

Scott était revenu...
Scott était devant ma chambre...
J'étais encore en train de dormir non ?

Il avait retiré sa veste et déboutonné son gilet. Sa cravate l'avait à priori abandonné et le col de sa chemise était ouvert, laissant apparaître un début de clavicule. Aucun de nous n'osait parler, seuls nos regards s'exprimaient silencieusement, et pourtant j'avais l'impression que c'était assourdissant. Ses yeux me transperçaient, brûlants, imposant leurs désirs. Il me demandait implicitement de choisir, et je n'avais qu'un geste à faire, un mot à dire, pour l'inviter à entrer. Je pris enfin ma décision.

Toute crainte, tout embarras me quitta en un instant. Je levai ma main à la rencontre de son torse, et dans une caresse langoureuse, je la remontai lentement. Mes doigts se glissèrent sur sa nuque, et d'une légère pression, je l'attirai à moi. Il ne lui en fallut pas plus pour céder. Nos bouches fusionnèrent en un baiser ardent et profond. Je laissai échapper un feulement de plaisir qui décupla l'impétuosité de Scott. Il me souleva aussitôt dans ses bras, mes seins s'écrasant contre sa poitrine, et nous entrâmes dans la chambre, claquant la porte d'un coup de pied tout en continuant à faire danser sa langue sur la mienne. Il avait un goût de whisky et de fumée, je ne pouvais plus m'arrêter. Il me plaqua sans douceur contre le mur, faisant trembler le tableau de *Waterhouse* par la même occasion, une main dans mon dos, l'autre pétrissant mes fesses avec avidité. Nous dûmes ensuite nous séparer quelques instants pour reprendre notre souffle, haletant tous les deux. J'en profitai pour river mes yeux aux siens. La couleur de ses iris était si extraordinaire, comme de l'eau transpercée par un rayon de lumière, on pouvait sombrer dans leur profondeur. Ses mains quittèrent alors mon corps pour venir effleurer mon ventre, puis mes seins, mon décolleté, mon cou, et enfin se perdre dans mes cheveux. Il reprit d'assaut ma bouche dans un gémissement érotique. N'y tenant plus, je lui retirai son gilet que je n'eus aucune difficulté à faire glisser de ses épaules musclées. Puis, j'entrepris de lui déboutonner sa chemise, seulement, ces derniers me résistèrent. Scott vint à mon secours tout en continuant à me picorer la mâchoire de petits baisers brûlants. Il la jeta plus loin et revint à moi, le regard fiévreux. Bon sang qu'il était beau. Ses pectoraux saillaient, imberbes. Son ventre était plat et dur, ses épaules solides, et ses bras puissants m'invitaient à me lover contre lui. Il était si sexy torse nu dans son kilt que j'étais bien tentée de le prendre en photo (de toute évidence ce n'était pas le moment propice pour lui proposer une séance). Il glissa enfin une main dans mon décolleté pour me retirer doucement la première manche de ma combinaison, puis l'autre. Alors ça y est… on y était. Plus de retour en arrière possible, mais de toute façon j'en avais terriblement envie.

Le haut de ma combinaison me tombait maintenant sur les hanches. Il étudia d'un regard approbateur mon soutien-gorge en dentelle noire décoré de méandres irisés, et le dégrafa d'un geste adroit. Mes petits seins, libérés de leur écrin, lui étaient enfin offerts. Il prit d'assaut ma taille étroite de ses grandes mains habiles, m'effleurant du bout des doigts en les remontant toujours plus haut, j'en frissonnai d'extase. Quand elles s'immobilisèrent sous ma poitrine, j'attendis, le souffle court, les sens exaltés, qu'il la prenne en otage.

Sauf que rien ne vint.

Il restait là, sans bouger, comme figé. Ses mains quittèrent alors mon corps pour se plaquer sur le mur de part et d'autre de mon visage. Je ne comprenais pas ce qu'il se passait. Il regardait le sol en respirant si fort que ses épaules se soulevaient en rythme, ses cheveux frôlant ma joue. Et soudain, avec un cri rageur, il frappa le mur de sa paume, m'arrachant un hoquet de surprise. Scott quitta brutalement notre bulle intime. Il s'attrapa la tête dans un gémissement rauque, visiblement perdu.

Ok… il se passait quoi encore ?

Une bouffée de colère monta en moi, néanmoins, je choisis d'être magnanime plutôt que de l'insulter tout de suite – j'étais tout de même au comble de l'excitation il y a moins d'une minute !

Je me précipitai vers lui, décontenancée par son comportement (et dire qu'on accusait les femmes d'être compliquées).

— Scott, qu'est-ce qu'il y a ? Je t'en prie, explique-moi, le suppliai-je. Est-ce que j'ai fait quelque chose de mal ? Dis-le-moi…

Il me tourna le dos. C'est à cet instant que je découvris deux cicatrices, longues et fines, se chevauchant et s'étirant de son omoplate jusqu'au niveau de ses lombaires. Les boursouflures du tissu cicatriciel ancien témoignaient de la violence de l'incident qui lui avait marqué la peau. Comment ne l'avais-je pas vu plus tôt ? Je n'osai pas le toucher, et dans un interminable soupir, il releva la tête. Ses muscles tendus roulèrent dans son dos quand il baissa les bras le long de son corps. Scott faisait manifestement un effort prodigieux pour retrouver son calme.

— Je vais te le dire Victoria, commença-t-il d'une voix brisée qui n'augurait rien de bon.

Des mèches de cheveux lui retombaient sur le front, lui donnant l'air mauvais garçon. Il se passa une main sur le visage en inspirant bruyamment, saisit sa chemise qu'il avait jetée quelques minutes plus tôt, puis s'approcha de moi pour m'en couvrir les épaules. Je me blottis aussitôt dedans, cachant ma poitrine, puisque cette douche froide venait de me rendre soudainement ma pudeur.

— Victoria, assieds-toi s'il te plaît, me demanda-t-il plus doucement.

J'acceptai volontiers et me laissai tomber sur le coin de mon lit. Il alla chercher la chaise sur laquelle j'avais posé mes affaires et s'installa dessus, face à moi, prenant mes mains dans les siennes, caressant mes articulations de ses pouces.

— Vic, je vais te dire quelque chose que tu ne devrais pas savoir, mais je ne peux pas garder le secret plus longtemps. Avant tout, sache que je ne te veux aucun mal, je… j'étais sincère avec toi ce soir et ici… Et aussi à la fin au *Drovers*…

Il se tut pendant d'interminables secondes, réfléchissant sans doute aux mots qu'il allait employer. À cet instant, je n'étais même plus en colère, mais l'angoisse me vrillait l'estomac dans l'attente des révélations qu'il avait à me faire. Il planta alors son regard dans le mien :

— Victoria… on m'a engagé… on m'a demandé…
— Quoi Scott ?… On t'a demandé quoi ?
— … de t'assassiner, lâcha-t-il finalement.
— … pardon ?!

Je n'étais pas certaine d'avoir bien entendu ce qu'il avait dit… m'assassiner ? Comme, me supprimer de la surface de la Terre ? Me tuer ? Me dézinguer ?

— Oui Victoria, tu m'as bien compris. Quand on a appris que tu venais en Écosse, ils ont fait appel à moi… pour te mettre en confiance et ensuite t'éliminer et…

Dans un mouvement de recul, j'arrachai mes mains des siennes, sous le choc.

— Mais qu'est-ce que c'est que cette histoire Scott ? Qu'est-ce que tu me racontes ? le coupai-je nageant dans une incompréhension totale.

— Victoria, souffla-t-il. Putain ! Je ne sais pas par quoi commencer… se dit-il encore pour lui-même.

On marchait sur la tête là ! Je réfléchis à toute vitesse en espérant mettre le doigt sur quelque chose que j'aurais fait malgré moi et qui mériterait qu'on envisage de m'assassiner, sauf que j'avais beau me creuser les méninges, je ne voyais pas ce qu'on pouvait me reprocher. Je sentis l'hystérie me submerger, c'était complètement invraisemblable comme situation. Je me mis à trembler, tout mon corps envahi de soubresauts incontrôlables, et soudain, un fou rire monta dans ma gorge. Je ne pus le refréner, j'avais eu ma dose d'émotions contradictoires pour la journée et j'explosai, pliée en deux. Scott me regardait sans rien dire.

— C'est une farce c'est ça ? demandai-je entre deux hoquets.

— Non Vic…

Je ris de plus belle, les larmes dévalant mes joues. C'est pas vrai, Scott était un acteur né !

— Vic, je peux t'en dire plus, c'est assez compliqué, tenta-t-il de m'expliquer. Tes parents t'ont caché et….

Je cillai.

Le mot « parent » stoppa net mon hilarité. Pourquoi les mentionnait-il tout à coup ? Que savait-il d'eux d'abord ?

— Quoi ? Comment ça mes parents ?

— Écoute-moi Victoria, tu veux ?

J'opinai doucement de la tête, perdue.

— Voilà... Je sais que ça va te paraître énorme tout ça, mais il faut que tu m'écoutes attentivement Vic, tes parents... ton père est écossais. Il s'appelle Duncan Macdonald et il est tombé amoureux de ta mère, Émilie, lors d'un séjour en France il y a plus de quarante ans de cela. Vic, ton père était chef de clan et à cause d'une querelle avec les Maclean vieille de plusieurs siècles, il a été contraint de prêter serment auprès du chef de mon clan pour rembourser une sorte de... dette de sang. Pour faire simple, à chaque fois qu'un chef Macdonald se marie, il doit donner au Maclean son premier né.

Il m'avait débité son histoire d'une traite et je l'écoutai ahurie. Mon père était donc... écossais ? Et ma mère française... donner des bébés ? Pour quoi faire ?

— Or, reprit-il, quand ta mère a accouché, ils n'ont pu se résigner à te confier à leurs ennemis de toujours. Ils se sont enfuis de l'Écosse pour se cacher en France. Nous avons fini par les retrouver, mais tu n'étais plus là. Ils ont prétexté que tu étais morte à la naissance...

Mais qu'est-ce que c'était que cette histoire de serment ?

— ... Nous t'avons recherché partout sans succès, jusqu'au jour où nous sommes tombés sur toi un peu par hasard, quand tu as commencé à enquêter sur ta filiation via internet. On a découvert que tu vivais avec cette femme dans l'est de la France. On t'a longuement surveillé et lorsqu'on a interrogé Suzelle, elle n'a pas mis longtemps à tout nous avouer. Tu étais le premier bébé de son amie d'enfance : Émilie Layec épouse de Duncan Macdonald…

— … Mais Suzelle est morte il y a deux ans, que lui avez-vous fait ?! m'écriai-je soudainement angoissée.

— Rien Vic, on l'a simplement poussé à parler. Elle portait ce poids depuis si longtemps qu'elle s'est confiée facilement. Elle ne savait rien du serment. Elle nous a juste raconté dans quelles circonstances son amie lui avait donné son bébé.

Scott me laissa un instant absorber toutes ces nouvelles. J'avais l'impression qu'on m'avait donné un coup sur le crâne, que mon cerveau ne faisait plus de connexion entre mes neurones et qu'aucune pensée logique n'arrivait à se former.

— Scott, ça n'a pas de sens… Tu me parles d'un serment datant du moyen-âge !? Comment est-ce possible de… de… de… mais enfin… on est au 21e siècle ?

Je me levai du lit et marchai nerveusement dans la chambre ; toutes ces informations se bousculant dans ma tête. Je retirai rageusement la chemise pour renfiler le haut de ma combinaison.

— Il y a quelque chose que je ne comprends pas… Pourquoi vouloir me tu… m'éliminer ? Depuis plusieurs siècles vous tuez des bébés ? lui criai-je au visage, hystérique, espérant avoir mal saisi ce qu'il me disait.

— Je sais que tu as des milliers de questions à me poser Victoria, et je ferai de mon mieux pour...

Quelqu'un frappa de manière pressante à la porte, coupant court ses explications. Une voix s'éleva derrière :

— Victoria c'est Lachlan... Je suis confus de te déranger, Scott est-il avec toi ?

Ce dernier n'attendit pas que je réplique et ouvrit à son ami qui n'avait pas l'air surpris de le voir ici. Lachlan me jeta un coup d'œil, puis tendit un téléphone à Scott.

— C'est Ivy. Elle a essayé de te joindre sur ton portable, mais tu ne répondais pas, donc elle a appelé sur le mien. Tiens, c'est urgent à priori. Je serai dans le bureau si tu as besoin de moi.

Lachlan m'adressa un dernier regard contrit avant de s'en aller, pendant que Scott prenait l'appel. Alors il savait lui aussi ?

— Oui Ivy ? Que se passe-t-il ? ... Quoi... ok, ok... oui... oui je sais... Ivy ne t'inquiète pas, je gère. Ok je te tiens au courant. Merci.

Il raccrocha et jeta violemment le téléphone sur le lit en poussant un cri rageur, puis il se retourna vers moi, les beaux traits de son visage, déformés par la colère :

— Victoria. Tu dois t'en aller...

Je le fixai.

Comment ça ?

— … Quand Liam s'est aperçu que je t'avais laissé partir du *Drovers*, il était fou de rage… on s'est battu et il m'a fait promettre que si je n'arrivais pas à remplir ma mission avant la fin de votre séjour en Écosse, c'est lui qui s'occuperait de toi. Victoria, tu dois t'en aller. Je t'en prie, rentre en France. Liam est quelqu'un de difficilement contrôlable et il peut être violent. Je ne pourrai pas te protéger de lui si tu restes ici.

Les pièces du puzzle commençaient à s'emboîter, cependant, les zones d'ombres étaient encore immenses. J'avais l'impression d'être prise dans une mare de boue gluante. Mes pensées s'entrechoquaient, je ne pouvais pas bouger, incapable de prendre une décision. C'était une vaste blague sans aucun doute. Il me sortit de ma léthargie en me secouant par les épaules :

— Vic, écoute-moi bien, Ivy vient de me dire que Liam était parti pour nous trouver ici. Tu dois absolument t'enfuir, maintenant ! insista-t-il. Rassemble tes affaires, je t'emmène à l'Aéroport d'*Inverness* et tu attrapes le premier vol pour la France.

— Mais et les filles ?

— Lachlan leur expliquera, ne t'inquiète pas elles ne risquent rien, il est au courant de tout. On va utiliser mon 4x4, elles garderont votre voiture de location.

Il m'exposa son plan tout en ramassant mon sac et ma veste, renfilant sa chemise par la même occasion. Nous dévalâmes des escaliers, traversâmes plusieurs couloirs afin de retrouver Lachlan dans son bureau. Anna et Shannon étaient là elles aussi, et me prirent immédiatement dans leurs bras pendant que les deux hommes discutaient.

— Il vous a expliqué ? leur demandai-je, bouleversée.

— Oui Vic, me répondit Anna. On ne sait que dans les grandes lignes, mais il nous a promis de tout nous raconter. Le principal c'est toi, tu dois filer au plus vite.

— C'est une histoire de malade non ? Comment pouvez-vous être si sereines ? J'ai l'impression d'être dans un mauvais thriller là.

Des larmes se mirent à dévaler mes joues. On devait juste se faire un petit voyage entre copines et me voilà menacée de mort... C'était absurde.

— Victoria ! tonna Shannon en m'attrapant par les bras. Regarde-moi !

J'obtempérai, à deux doigts de craquer.

— J'ai confiance en Lachlan, crois-moi je le sens. J'ai également confiance en Scott malgré tout. Respire un grand coup et va-t'en ! Je te tiens au courant ok ? On reste en contact tout le temps. Vas-y maintenant.

J'acquiesçai d'un mouvement de la tête, puis les embrassai une dernière fois. Quand je me retournai pour partir, Lachlan me tendit une enveloppe.

— Un peu de liquide pour l'avion. Je suis vraiment désolé Victoria... pour tout ça. Je jure de prendre soin de tes amies pendant ton absence.

Je lui bredouillai un vague remerciement et sortis du château accompagnée de Scott qui avait récupéré ses affaires dans sa chambre.

Nous montâmes dans le Defender. Nous prîmes la route pour retourner sur le continent, puis vers *Inverness* au nord du pays. Il était six heures du matin et il faisait encore nuit noire.

— Ivy m'a envoyé un message, il y a un vol pour *Paris Charles de Gaulle* en fin de matinée. Ça nous laisse le temps d'arriver et Liam ne pourra pas nous rejoindre. Ça ira ?

— J'imagine que oui... mais ? Je peux rentrer chez moi ? Liam ne va pas me poursuivre en France ou m'enlever ?

— Non, il ne peut pas, c'est contraire à nos codes. Il ne peut pas s'en prendre à quelqu'un d'autre, du moins en théorie, et je doute qu'il surpasse nos règles. Et toi, tu dois être sur les terres écossaises pour qu'il puisse agir.

— Scott...

— Oui Vic... vas-y... Pose-moi tes questions, je vais essayer d'y répondre du mieux que je peux. Nous avons environ trois heures devant nous.

J'inspirai un grand coup pour me donner du courage et commençai :

— Comment comptais-tu me...me...

Il me dévisagea une seconde avant de reporter son attention sur la route.

— Ça n'a pas d'importance… Je ne l'aurai pas fait de toute façon.

— Pourquoi me l'avoir avoué ? Tu aurais pu simplement m'ordonner de partir, ou quelque chose dans le genre !

— Tu ne serais jamais partie, c'est évident, et Liam a tout compris au moment où il est rentré au *Drovers*. Il n'aura de cesse de te chercher et fera le boulot à ma place. C'est pour ça que je t'ai rejoint. Heureusement que vous êtes tombées sur Lachlan qui m'a aussitôt prévenu de votre présence au château. Je n'avais pas vraiment de plan en venant à *Dunvegan*.

— Et mes parents… Alors je suis…

— Oui Vic, ton nom n'est pas Victoria Reiner, mais Victoria Macdonald, fille de Duncan Macdonald et d'Émilie Layec. Ta mère était Bretonne.

— Était ?…

— Je suis désolé, ils sont morts tous les deux dans un accident de la route il y a quinze ans de cela, nous n'avons rien à voir avec ça. Comme je te l'ai dit, le serment ne concerne que les premiers nés.

Cette nouvelle m'attrista. Je ne connaîtrai donc jamais mes vrais parents…

— Victoria Macdonald… dis-je tout bas. Alors j'ai du sang écossais. Bizarre comme la vie est faite non ? Je ne sais rien de mon passé, mais je suis fascinée et attirée par le pays qui m'a vu naître… Tu crois en la destinée ?

Il me jeta à nouveau un coup d'œil et se rembrunit.

— Oui j'y crois…

— Alors tu devais me séduire c'est bien ça ? Quelle conne j'ai été… Pourquoi ne pas m'avoir… Désolée j'ai du mal avec ça, éliminée donc, tout de suite ?

Il prit quelques instants pour me répondre, serrant ses doigts sur le volant.

— Je ne devais pas éveiller les soupçons. La fille est éperdument amoureuse, il la largue, elle fait quelque chose de désespéré… et voilà, tu vois le topo. C'est la première fois qu'on me demande de faire ça, Vic. Je ne suis pas un expert.

— C'est qui « On » ?

— Le chef de mon clan… Ewan Maclean et ses ministres si on peut dire. Il doit assurer la continuité du serment. C'est plus compliqué que ça, mais je ne peux pas t'en dire plus.

— Et toi, tu es qui dans tout ça ?

— Je suis… le fils d'Ewan.

Wow ! ok… Je le regardai d'un œil nouveau, le sondant de la tête aux pieds. Je continuai mon interrogatoire d'une voix blanche :

— Fils du chef de clan Maclean de *Mull* donc… Quel est ton lien avec Lachlan et comment se fait-il qu'il soit au courant et qu'il n'intervienne pas ?

— Lachlan est mon meilleur ami. Nous nous sommes connus sur les bancs de l'école. Il ne peut rien faire pour toi, car je sais que ça peut paraître archaïque, mais les clans fonctionnent encore sur des systèmes anciens et éprouvés. Ici on est très à cheval sur les traditions, et c'est pire encore dans les *Hébrides* extérieures. Notre histoire nous a façonnés ainsi, nous avons des règles, des codes que nous suivons à la lettre.

C'était invraisemblable.

— Mais enfin Scott ! On te demande de commettre un meurtre là ! Pas de porter le kilt à ton mariage ou de chanter en Gaélique !

— C'est bien plus complexe Vic. Un serment ne peut être brisé et…

— C'est ridicule ! m'énervai-je en frappant mes cuisses de mes poings. Il n'a plus lieu d'être ! On ne tue pas des gens pour une vieille embrouille ! Et… et encore moins des bébés ! Vous êtes quoi ? Des sortes de Mafieux ?

— Je le sais bien… tempéra-t-il, et ce n'est pas qu'une « vieille embrouille », c'était un massacre, et nous ne tuons pas de bébés ! Ils sont adoptés… Écoute… On peut défaire un serment, seulement c'est extrêmement difficile.

— Et pourquoi ne pas « m'adopter » moi ? lui demandai-je en mimant les guillemets avec mes doigts. Je ne te suis pas très bien, vous auriez pu inventer une histoire et me dire que j'étais la fille d'Ewan ? Ou me forcer à me marier avec toi tiens !

Une alliance, à l'ancienne ! Ou juste me laisser tranquille en fait ! M'oublier !

— Je me répète Vic, ce n'est pas aussi simple.

C'en était trop… Mon sang pulsait dans mes veines de colère et d'incompréhension. Il ne me disait pas tout, j'en mettrai ma main à couper. C'était abracadabrantesque comme histoire.

— Et Ivy ? Elle est qui dans tout ça ? C'est ta petite amie ?

Tant qu'à faire, autant le savoir, maintenant qu'on en était aux révélations. Il me scruta rapidement, haussant un sourcil.

— Ivy est une amie proche c'est tout.

Ou une complice, pensai-je très fort.

Je ne lui posai plus de questions, reportant mon regard sur la lumière des phares de la voiture qui éclairaient la route devant nous, et je passai le reste du voyage à ruminer toutes ces informations.

Dehors, l'aube étirait ses fils dorés dans la brume matinale, cédant sa place aux pâles rayons du soleil d'automne.

***

Nous arrivâmes à l'aéroport d'*Inverness*. Comme prévu, un vol pour *Paris* était attendu pour onze heures et je trouvai un billet sans problème. Avant d'embarquer, nous prîmes le temps de boire un café dans l'un des bars du hall des départs.

La barbe de Scott avait légèrement repoussé et ses cheveux étaient vaguement coiffés en arrière. Malgré la fatigue, il était toujours aussi beau, cependant mes sentiments étaient mitigés après la nuit que je venais de passer. J'étais reconnaissante pour ce qu'il faisait, mais en même temps, merde ! Il m'avait manipulé ! Il s'était bien foutu de ma gueule, et qui me disait qu'il ne le faisait pas encore ? Il y avait quelque chose de pas clair dans cette histoire, mais quoi ? J'avais besoin d'une bonne nuit de sommeil pour pouvoir y réfléchir plus posément. Nous finîmes de grignoter et je sortis mes papiers de mon sac, me préparant à franchir les contrôles de sécurité.

— Bien ! C'est ici qu'on se sépare, dis-je en me levant de ma chaise.

Scott se redressa aussitôt et m'attrapa le bras, me coupant dans mon élan :

— Vic, attends !... Je suis vraiment désolé pour tout ce qu'il s'est passé.

Je soutins son regard sans bouger, sondant ses yeux à la recherche de la vérité. Était-il sincère ? Je secouai légèrement la tête de droite à gauche et ajoutai un peu plus sèchement que je ne l'aurais voulu :

— Qu'est-ce que tu veux que je te dise Scott ? De ne pas t'inquiéter ? Que ce n'est pas grave ?! Que je vais reprendre le cours de ma vie, comme avant ?

Il serrait les dents, je le voyais bien.

Eh alors quoi ? Il s'attendait à ce que je lui pardonne ? Vraiment ?

— Rentre chez toi, ne mets plus les pieds en Écosse, oublie tout ça ok ? me répondit-il finalement froidement.

Très bien… s'il le prenait de cette façon… Je m'arrachai à l'emprise de sa main, mais continuai de le défier du regard, déçue encore une fois par ce revirement. En vérité, je ne savais pas ce que je voulais. Qu'il soit détestable pour que je puisse simplement passer à autre chose ? Ou qu'il me supplie de lui pardonner, qu'il avait fait ça par amour, et que je culpabilise d'être l'objet de ses tourments ensuite ? Nous nous dévisageâmes encore quelques secondes en silence lorsqu'il se risqua à lever une main, m'effleurant la joue du bout des doigts. Je dus faire un effort incommensurable pour ne pas fermer les yeux et venir me lover dans sa paume. J'avais tellement besoin de réconfort, sauf que ma fierté m'empêchait de m'abandonner à cette caresse (ça, il ne le saurait pas), je la lui retirai à contrecœur.

— Je ne pense pas non ! Impossible d'oublier tout ce que tu m'as dit ou pas dit d'ailleurs, ou même ce que tu m'as fait… Tes révélations au sujet de mes parents ont tout bouleversé.

Il avait l'air si abattu, et comme je l'avais déjà vu faire quand il était gêné ou nerveux, il se glissa une main sur la nuque. Je me détachai de ses yeux puis tournai les talons pour m'enfuir lâchement vers les portiques de sécurité. Je ne pouvais pas faire mieux ne sachant plus du tout où j'en étais moi-même.

Je passai les contrôles quand soudain une question s'imposa à moi. Je me retournai pour voir si Scott était encore là. Oui, il était derrière les séparations vitrées. Je me ruai dessus et par l'un des interstices je l'appelai.

— Scott ?

Il s'approcha.

— Et toi ?... Que va-t-il t'arriver maintenant ?

— Tu t'inquiètes pour moi ? répliqua-t-il, un sourire effronté soulevant ses lèvres.

Merde, les mecs de la sécurité me sommaient de revenir vers eux tout de suite, et lui, il faisait le malin. Ce n'était vraiment pas le moment. Je me dépêchai de lui crier entre les dents :

— Bon sang Scott ! Arrête de me répondre avec des questions ! Liam, il va…

Déjà, ils étaient sur moi, m'empoignant pour me faire reculer. On peut dire qu'au Royaume-Uni ils étaient efficaces. J'entendis les dernières paroles de Scott, noyées dans les invectives des policiers :

— Je suis fils de chef Vic, ça ira !... Ça ira… dit-il encore pour lui-même, les mains dans les poches, les épaules affaissées, légèrement tombantes en avant, feignant sa désinvolture habituelle.

***

Avant de monter dans l'avion, j'envoyai un SMS à Sébastien en espérant qu'il puisse m'accueillir à mon arrivée à *Charles de Gaulle,* puisqu'il était en mission là-bas en ce moment. Heureusement, il me répondit rapidement que ça ne poserait pas de problème, mais qu'il était inquiet pour moi. Qu'est-ce que j'allai pouvoir lui dire... Tout ? Bien sûr que j'allai tout lui dire, il était mon meilleur ami et confident de toujours, et avec ses relations, il pourra peut-être m'aider à en savoir plus sur mes parents ou ma vraie famille.

Je rentrai en France le cœur en miettes, avec toute une histoire personnelle à découvrir, une vie à recomposer.

Le gardien des lochs I

Chapitre 9.

Saverne en Alsace, novembre 2017.

Ça y est, j'étais de retour chez moi. Enfin, celui que Suzelle m'avait légué à sa mort. C'était une toute petite maison à colombages caractéristique de la région. Je l'adorais parce qu'elle était atypique avec ses murs de guingois et ses fenêtres habillées de volets en bois. Elle était parfaite, chaleureuse, et confortable. Je l'avais aménagée à mon goût, et pour rien au monde je ne partirai d'ici.

Malgré tout, j'avais le cœur lourd. Comme prévu, Sébastien était venu à ma rencontre quand mon avion avait atterri à *Paris*. Il avait passé les quatre heures d'attente avec moi avant que je ne doive prendre ma correspondance pour *Strasbourg*, alors qu'il était censé travailler. Il s'était arrangé avec ses collègues et rattraperait ses heures plus tard. Quatre heures à lui déballer mon histoire autour d'un thé (à vrai dire plusieurs). J'avais tout de même omis les parties les plus intimes, parce que c'était personnel, et que je ne voulais pas le mettre mal à l'aise. Comme moi, il avait été abasourdi quand j'avais abordé le sujet du serment et de mon « élimination ». J'avoue que j'avais eu du mal à le lui confier tellement c'était absurde pour moi aussi :

— Vic, on parle de tentative de meurtre là ! Tu dois porter plainte !

— Il n'a rien tenté du tout, Seb, et au contraire ! Il n'a jamais été violent avec moi. Et surtout, je n'ai aucune preuve à part son histoire délirante.

— Mais enfin et ce Liam ? Il peut tout à fait venir te trouver chez toi et te faire du mal.

— D'après Scott je ne risque rien tant que je ne mets pas les pieds en Écosse. Ils sont tenus par des règles bien strictes.

— Ne sois pas si naïve Victoria, je t'en prie. S'ils sont déterminés, je doute qu'une de leurs propres lois les empêche de quoi que ce soit.

Je secouai la tête, incapable de le rassurer sur ce point. Sébastien poussa un soupir résigné tout en se frottant énergiquement le visage d'une main. Il avait posé son calot sur la table et desserré son gilet par balle.

— Écoute, je veux que tu t'installes chez moi quelques jours, le temps qu'on fasse la lumière sur cette histoire, m'ordonna-t-il sur un ton péremptoire. Je vais faire des recherches de mon côté. Toi, tu prends des affaires et tu files à la maison illico. Tu as toujours mon double des clés ?

J'opinai du chef, mais ajoutai :

— Ils savent probablement où tu habites aussi tu sais, et je ne vais pas rester cloîtrée ! J'ai un boulot je te rappelle !

— Vic ! Ne me demande pas de l'aide si tu ne veux pas suivre mes conseils ! m'assena-t-il en tapant de son index la table du café où nous nous étions réfugiés.

Il n'avait pas tort dans le fond, et il avait toujours été comme un grand frère protecteur avec moi. Je devais au moins envisager cette solution, et quand il s'apercevra que je n'avais rien à craindre, je retournerai chez moi.

— ... Je rentre dans trois jours, et après ça j'ai deux semaines de récup. Je ne veux pas te savoir seule chez toi ok ?

— Ok ! abdiquai-je les mains levées, et en plus ta maison est plus proche du parc animalier, je suis gagnante !

Voilà, j'étais de retour, mais déjà sur le point de repartir. Sauf que, je ne lui avais pas dit, mais je comptais bien rester les trois jours chez moi tant qu'il ne serait pas revenu de sa mission. J'avais ce besoin viscéral de me sentir à la maison. De regarder les albums photos de mon enfance, avec Suzelle, ma mère d'adoption, mon point d'ancrage dans l'histoire de ma vie ces vingt-huit dernières années. J'avais par-dessus tout envie d'être seule.

Cette nuit-là, je dormis d'un sommeil très agité, rêvant de Liam qui me pourchassait et me trouvait où que j'aille. De

Scott, qui venait m'aider pour essayer de me tuer ensuite. Je me réveillai plusieurs fois en sursaut et en sueur, puis je replongeai dans mes songes, et cette fois, je me retrouvai alanguie dans ses bras. Il me caressait, m'embrassait, quand soudain il tentait de m'étrangler alors que je lui étais offerte. Ça n'avait pas été une nuit réparatrice, loin de là, et j'espérai que les suivantes seraient plus tranquilles, mais au moins mon esprit s'était purgé de ces derniers évènements assez perturbants.

La première journée, je la passais à faire des recherches sur internet. Je me créai un nouveau profil pour les réseaux sociaux, et surtout je changeai d'adresse IP pour que personne ne remonte jusqu'à moi grâce à un petit logiciel. Seb me l'avait installé de telle sorte que je puisse télécharger sans me faire prendre par HADOPI[10]. Oui je sais, c'est pas bien, cependant, ne dit-on pas que ce sont les cordonniers qui sont toujours les plus mal chaussés ? Je ne dénichai hélas rien de probant, à part des infos sur une bataille entre les Macdonald et les Maclean en 1598 qui se serait finie en véritable règlement de compte. Aucune mention d'un quelconque serment ou de dette, rien. Bien entendu, rien non plus sur une Victoria Macdonald, pas même un homonyme. Par contre, je me plongeai dans

---

[10] HADOPI est une loi française qui vise principalement à mettre un terme aux partages de fichiers en pair à pair lorsque ces partages se font en infraction avec la législation sur les droits d'auteur.

l'histoire de mon clan et trouvai enfin quelques lignes sur Duncan, chef des Macdonald de 1984 à 2002, et sur sa mort tragique avec son épouse le 21 juin 2002 sur une route de campagne de *Corrèze*. L'encart du journal était accompagné d'une vieille photo du couple en noir et blanc. L'article avait été numérisé, sauf que j'avais beau zoomer, je ne voyais qu'un pâté de points en encre noire. Suzelle ne m'avait jamais montré de clichés d'eux, prétextant qu'elle avait tout perdu lors de l'incendie de son ancienne maison (elle évitait clairement le sujet), mais maintenant que j'y repensai, elle avait voulu me protéger et j'avais des chances d'en retrouver quelques-uns parmi les cartons de souvenirs abandonnés au grenier. Ni une ni deux, j'enfilai de vieilles fripes, attrapai une lampe de poche dans le tiroir du secrétaire et filai sous le toit. Je n'y avais pas mis les pieds depuis son décès. Suzelle n'avait pas beaucoup de biens, et seule une antique valise en cuir craquelé semblait renfermer quelques affaires personnelles. Tant bien que mal, je réussis à la descendre et la posai sur le tapis au milieu du salon. Elle contenait quelques babioles, un chapeau de paille mangé par les mites, une écharpe élimée ainsi qu'un paquet d'enveloppes. Ce sont ces dernières qui m'intéressaient. C'était une correspondance épistolaire magnifiquement manuscrite à la plume venant d'un certain Charles Muller – son fiancé mort à la guerre. Un soir, peu avant sa disparition, Suzelle s'était épanchée sur son grand amour. Elle n'en parlait jamais, elle était bien trop pudique pour cela, toutefois, ce soir-là, autour d'un verre d'eau-de-vie, le regard perdu dans le vide, elle s'était confiée à moi.

Je lus quelques lettres, puis les replaçaient bien vite où je les avais trouvées, n'osant remuer les fantômes du passé. Soudain, sans que je ne puisse lutter, une boule m'enserra la gorge et des larmes jaillirent de mes yeux. Certainement le contrecoup de ces derniers jours, de toute cette pagaille qu'était devenue ma vie. Je pleurai Suzelle et son amour perdu, je pleurai mes parents. Mon cœur béait de solitude. Puis l'image de Scott s'imposa à moi, et je pleurai de plus belle. Cet idiot ne méritait pas une seule de mes larmes, on se connaissait à peine en plus, mais il me manquait terriblement. Ses bras, sa force, son odeur, ses petits sourires en coin. Oui, il était beau à se damner, seulement il avait bien plus que cela. Il brillait d'une aura particulière et je me sentais attirée par cette lumière. C'était presque inexplicable. Que j'étais pathétique en cet instant.

Mon téléphone me tira de ma torpeur. Un message de Sébastien venait d'arriver.

« *Hello beauté ! bien installée ?* »

« *Très bien oui ! Ton lit est merveilleusement confortable* », lui mentis-je, un sourire soulevant finalement le coin de mes lèvres.

« *Tu dors dans mon lit ?* »

« *Mais non banane ! J'ai pris la chambre d'ami* ».

« *Ça ne me gênerait pas, tu sais…* »

« C'est ça, compte là-dessus Casanova ! »

Avec Seb, on se connaissait depuis l'enfance, et j'avais dormi un paquet de fois avec lui lorsque nous étions petits. Plus tard, il m'arrivait de coucher dans sa chambre d'ami quand je ne voulais pas reprendre la route après avoir bu de l'alcool, mais il n'y avait jamais eu d'ambiguïté entre lui et moi. Il n'hésitait d'ailleurs pas à inviter ses quelques conquêtes d'un soir dans son lit lors de fêtes chez lui. Plutôt beau gosse, bien bâti (forcément avec son métier), ce grand blond aux yeux bleus faisait un véritable carnage auprès de la gent féminine.

« J'arrive dans deux jours. J'espère que tu as rempli le frigo ».
« Mais bien entendu ! Je te suis dévouée, tu le sais bien. »
« J'ai hâte de voir ça »

Il avait réussi à me rendre le sourire. Je décidai donc de remettre tous ces vieux souvenirs dans la valise et de la replacer où elle était, quand soudain, j'aperçus le coin d'une photo dépasser de la doublure en tissus du bagage. Je la dégageai doucement pour ne pas l'abîmer. Elle était jaunie et racornie, mais on pouvait y voir deux jeunes femmes se tenant bras dessus, bras dessous, riant aux éclats. Elles étaient en robe, assises dans les herbes hautes devant un cerisier croulant de fruits. Je retournai la photo et comme je l'espérai il y avait une annotation au crayon qui disait : *Suzelle et Emy, 1950.* Je reconnus Suzelle, donc l'autre ne pouvait être que cette Emy, qui était le diminutif pour *Émilie*, du moins je le supposai. Je gardai le cliché, puis rangeai la valise.

Cette nuit fut pire encore que la précédente. Je rêvai de ma mère, de ma « vraie » mère. Elle tenait un bébé dans les bras et elle avait l'air effondré. Mon père apparu à ses côtés, il lui chuchota quelque chose à l'oreille. Elle acquiesça, séchant ses larmes, puis porta l'enfant jusqu'au bord d'un lac. Elle le démaillota pour ensuite l'installer dans un nid fait d'herbes et de feuilles. Et enfin, ils l'abandonnèrent. J'étais spectatrice de la scène et ils ne me virent pas lorsqu'ils passèrent près de moi. Je m'approchai du nourrisson qui braillait, mort de froid, quand soudain l'eau du lac rampa sur la berge à la manière d'un serpent. Elle s'enroula autour du bébé, comme une énorme langue humide et d'un coup, le happa dans les profondeurs de ses eaux troubles. Encore une fois, je me réveillai en sursaut... Quelle horreur ! Ce bébé, était-ce moi ?

Le lendemain, je reçus un message de Shannon. Elle me disait que tout allait bien, qu'Anna et elle partaient pour l'Abbaye de *Fort Augustus,* et qu'elle m'appellerait quand elles seraient arrivées. Mon cœur se serra à la lecture de ces mots. J'avais tellement envie d'être auprès de ces deux-là. Ce voyage me tenait à cœur et elles me manquaient, l'Écosse me manquait.

Je n'en pouvais plus de rester enfermée ici à ruminer, alors je décidai d'aller jusqu'au centre-ville m'acheter un ou deux livres sur l'histoire de l'Écosse. Peut-être que je trouverai plus d'informations par ce biais-là. Cela me fit un bien fou, et je revins le soir, avec plusieurs ouvrages sous le bras. À peine la porte fermée, mon téléphone sonna. C'était Shannon.

— Allô, Shannon ?

— Salut ma belle, commença-t-elle. Comment vas-tu ?

— Salut ! Ça va, je suis bien rentrée. Sébastien m'a gentiment proposé de venir habiter quelques jours chez lui au cas où. Je pense y aller demain matin, car il revient de *Paris* dans l'après-midi. Et vous ?

— C'est aimable de sa part, mais je crois que tu ne risques rien, en tout cas pas d'après ce que Lachlan nous a dit. Nous ça va, oui.

— C'est ce que je me suis évertuée à lui dire, mais il a insisté, alors je vais lui faire plaisir un jour ou deux. Comment ça s'est passé après que je sois partie ? osai-je demander.

— Lachlan nous a donné quelques informations, mais dans l'ensemble je n'en sais pas plus.

— Et Scott…

— Nous ne l'avons pas revu Vic. Nous sommes retournées au cottage après ton départ, et nous avons pris la route pour notre prochaine étape.

Je devais avouer que j'étais un peu déçue de sa réponse. Alors il n'avait pas laissé de message pour moi. En même temps à quoi je m'attendais ? Il m'avait expressément demandé de l'oublier.

— D'ailleurs, avant de nous en aller nous avons déposé tes affaires à *Dunvegan*. Lachlan va t'envoyer un colis que tu devrais réceptionner dans quelques jours.

Mon cœur bondit dans ma poitrine, j'aurai peut-être des nouvelles à travers son ami. Plus désespérante que moi on ne trouvait pas, pour peu qu'on me donne une miette d'information sur Scott, je me jetterai dessus comme une poule enragée.

— Merci beaucoup Shannon. Vous me manquez les filles, c'est affreux !

C'est alors que j'entendis Anna en fond, me crier la même chose. Cette petite blonde dynamique était exceptionnelle. Malgré moi, les larmes me montèrent aux yeux encore une fois et je dus faire un effort énorme pour ne pas les laisser jaillir. J'étais à fleur de peau et le manque de sommeil n'arrangeait rien.

— Victoria. Passe à autre chose ok ? Laisse-toi du temps et je promets qu'on se revoit bientôt pour reparler de tout ça. As-tu trouvé des informations sur tes parents ?

— Oui, un peu, trois fois rien en fait, mais peut-être une photo de ma mère…

— Ah ! c'est génial ! C'est un très bon début. Écoute les conseils de ton ami Sébastien. Ça te changera les idées de passer un moment avec lui. Ne reste pas seule, ok Vic ?

— Oui maman ! ne puis-je m'empêcher de lui répliquer.

Mes larmes avaient reflué et je coupai la communication avec un nouveau but auquel m'accrocher. Oh ! pas grand-chose, mais en premier lieu, j'allai faire ma valise et filer chez Sébastien. Demain, je nettoierai sa maison de fond en comble, j'irai nous acheter des litres de bière, et nous commanderons un énorme plateau de Sushis pour fêter son retour.

***

Une fois installée chez mon ami, je me pelotonnai dans son canapé pour lire les ouvrages que j'avais dénichés dans ma librairie. L'un parlait de l'histoire de l'Écosse, l'autre de ses créatures légendaires, et un dernier était un beau livre de photos. Je n'avais d'ailleurs pas visionné celles que j'avais faites pendant mon séjour de peur de sombrer à nouveau dans la nostalgie. Je n'étais pas prête, et Shannon avait vu juste, je me sentais mieux dans un environnement neutre. L'habitation de Sébastien était une construction moderne, il l'avait décorée avec goût, et une touche virile réchauffait l'ambiance. C'était agréable. Il aimait les belles choses et s'offrait toujours des meubles de qualités ou des objets dernier cri. Par exemple, je n'avais qu'à parler à son boîtier connecté pour contrôler tout un tas de trucs dans la maison. Je commandai donc de la musique et elle se mit à chanter dans ses enceintes Bluetooth, la classe !

Tout en sirotant un verre de vin blanc que j'avais piqué dans sa réserve, je m'attaquai au pavé de six cents pages sur l'histoire mouvementée de l'Écosse. Ainsi, comme me l'avait rapidement expliqué Scott, j'appris que l'autorité du chef de clan était absolue. Qu'un clan était la structure fondamentale de la société écossaise, et qu'encore aujourd'hui on perpétuait les traditions même s'il n'y avait plus de guerre ou de famine. On ne parlait plus de chef, mais de *Laird* pour définir un propriétaire terrien. Les alliances, à l'époque indispensables, étaient de nos jours moins courantes, mais toujours d'actualités pour les grandes familles telles que les Macleod, les Macdonald, les Maclean, Mackenzie et j'en passai. La fatigue, le vin, et ma lecture aidant, je m'endormis, et pour une fois, d'un sommeil lourd et sans qu'aucun rêve ne vienne le perturber.

Je me réveillai le lendemain, vautrée dans le canapé, un filet de bave au coin des lèvres. Je m'étirai longuement puis jetai un œil à demi fermé sur ma montre, onze heures trente déjà ? Seb devait être revenu dans l'après-midi, ça me laissait au moins trois heures devant moi. Je filai prendre une douche et me dépêchai d'aller faire quelques courses... J'étais à peine rentrée et j'avais tout juste rangé mes emplettes que j'entendis la porte s'ouvrir. Il débarqua dans le salon avec tout son barda de gendarme.

— Le plus beau est de retour ! fanfaronna-t-il dans l'entrée, me prenant dans ses bras pour un énorme câlin que je lui rendis avec plaisir.

Il était légèrement plus grand que moi, mais avait la carrure d'un guerrier.

— Mmmmh... je suis content d'en avoir fini avec ces patrouilles, et encore plus d'avoir une p'tite femme qui m'attend à la maison, me confia-t-il goguenard alors que j'étais toujours emprisonnée dans ses bras musclés.

J'essayai bien de lui mettre un coup de genou dans son service trois-pièces, histoire de me faire respecter un peu, mais il me serra de plus belle, hilare.

— Tu sais ce qu'elle te dit la p'tite femme ? rétorquai-je étouffée dans son uniforme.

— Dis-moi tout ma puce, je t'écoute, glissa-t-il dans mon oreille.

— Tu pues ! Va te laver ! Et après je te donnerai la raclée que tu mérites !

Il me lâcha enfin, éclatant d'un rire sonore.

— Si tu pouvais t'occuper de mon sac pendant ce temps, je t'en serais très reconnaissant, ajouta-t-il entre deux hoquets de rire tout en se dirigeant vers la salle de bain.

Je lui envoyai mon plus beau doigt d'honneur, lui signifiant qu'il pouvait aller se faire voir, mais il riait encore quand j'entendis l'eau couler. Bien entendu, je m'occuperai de son linge sale. Il le méritait bien. Son métier était contraignant, et il avait toujours été là pour moi, à me dorloter. Je ne l'avais pas dit à Shannon et Anna, par fierté certainement, mais à l'époque où j'avais quitté Manu, j'avais passé une nuit entière à pleurer dans les bras de Seb. Et lui ne m'avait jamais jugé, juste écouté et cajolé le temps que mon chagrin s'en aille.

La porte de la salle de bain s'ouvrit enfin dans un nuage de buée. Il apparut torse nu, les hanches enroulées dans une serviette.

Vision d'un éphèbe.

Il était taillé à la serpette, dur et lisse comme du marbre, magnifique. Il aimait s'occuper de son corps et son métier lui imposait une hygiène de vie réglée au millimètre. Ça ne m'étonnait pas qu'il brise autant de cœurs. Les filles s'amourachaient vite de lui, car non seulement il était bien fait, mais il était loin d'être idiot. Hélas, il menait une existence solitaire et ne supportait pas qu'on lui dise quoi faire. Il avait bien eu une relation de plusieurs mois avec cette Stéphanie, sauf qu'elle avait très rapidement eu envie de plus, et lui n'était pas prêt à ça. Cette fois-là, c'est moi qui lui avais tendu la main. Plus réservé sur ses sentiments, il n'avait pas versé de larmes, mais il avait tout de même accusé le coup. Le soir où il l'avait quitté, nous avions noyé sa peine dans du vin et de la bière, que nous avions ensuite cuvés une grande partie de la nuit et de la matinée. Immanquablement, comme monsieur avait un métabolisme d'athlète olympique, il avait récupéré rapidement alors que je m'étais traînée dans un état végétatif toute la journée. Ça, c'est de l'amitié !

— Tu as déjà fait quelques recherches ? demanda-t-il en me montrant d'un geste du menton mes bouquins sur la table basse.

— Oui, j'ai trouvé un article sur mon père sur internet, avec une photo, mais on ne voit pas grand-chose. Ah ! Et cette photo aussi !

Je sortis le cliché de Suzelle d'entre les pages d'un de mes livres, et lui tendis. Il s'assit à côté de moi, ses cheveux courts encore humides, une effluve de gel douche masculin chatouillant mes narines.

— Emy… Comme Émilie tu penses ?

— Je l'espère. En tout cas c'est tout ce que j'ai trouvé pour l'instant.

Il contemplait la photo, songeur.

— Bon ! Si on commandait japonais pour le dîner ! m'exclamai-je. C'est moi qui offre ! Ça te dit ?

Il me rendit le cliché et accepta ma suggestion avec plaisir.

Je passai une soirée délicieuse en sa compagnie. J'en oubliai presque toute mon aventure. Il me raconta tout un tas d'anecdotes sur sa mission, et je ris aux éclats quand il me singea de manière très caricaturale, une Américaine qui venait d'atterrir en France et qui voulait absolument se prendre en selfie avec lui et ses collègues alors qu'ils contrôlaient ses papiers. Il faut dire que l'uniforme sur lui, ça en jetait un max !

Je dormis bien et passai la journée du lendemain à regarder la télé et à bouquiner, pendant que Sébastien allait courir ses dix kilomètres quotidiens puis ranger son garage. Il me filait des remords à s'agiter comme ça, mais après tout, j'étais encore en vacances et de toute façon, il ne faisait pas beau.

Assise sur un ponton en bois, mes pieds nus remuaient l'eau du lac que je contemplai. Un châle entourait mes épaules, mon appareil photo reposait à côté de moi. Il faisait doux et les rayons du soleil me réchauffaient les joues. Je fermai les paupières, profitant de sa chaleur, lorsqu'au loin, la cime des arbres bordant l'étendue d'eau se mit à frissonner dans un courant d'air. Le filet de vent souleva des mèches de mes cheveux échappées de ma queue de cheval, me couvrant partiellement le visage, s'accrochant à mes lèvres. Je les dégageai du bout des doigts pour les coincer derrière mon oreille, quand soudain, Scott apparut dans le lac. Nageant vers moi, seules sa tête et ses épaules nues sortaient de l'eau. Il me regardait de ses yeux verts d'une clarté exceptionnelle, et arrivé à mes pieds, il glissa sans rien dire, ses mains étonnamment chaudes le long de mes chevilles puis de mes mollets. À hauteur de mes genoux, il s'appuya sur les planches du ponton, et d'une poussée, se souleva jusqu'à moi. L'eau ruisselait sur ses cheveux, son visage, et ses muscles tendus par l'effort, les gouttes s'écrasant sur mon jean dont j'avais retroussé les jambes. Il se pencha et m'embrassa alors sans concession et je frissonnai de plaisir, lui rendant son baiser avec allégresse. Je ne pouvais plus me détacher de lui, j'étais comme aimantée, et lorsqu'il se laissa glisser dans le lac, je m'y précipitai avec lui. Je coulai à pic dans ses bras, confiante. Rapidement, je manquai d'air et quand je voulus remonter, battant des pieds de toutes mes forces, il m'entraînait toujours plus bas...

— Vic ??!! VIC ??!! VICTORIA !!!

J'ouvris brutalement les yeux. Sébastien était penché sur moi, une main me secouant l'épaule.

— Putain, Vic, tu poussais des cris horribles ! J'ai bien mis deux minutes à te réveiller. Tu m'as fait peur !

L'affolement déformait sa voix. Je restai coite, mon cerveau peinant à reconnaître mon ami.

— Je... je me noyai...

— Eh ben... dit-il en s'asseyant avec douceur près de moi, ça ne m'étonne pas alors. C'est flippant !

Je me redressai et me tortillai sur le côté pour allumer ma lampe de chevet. Nous étions plongés dans le noir, et seule la lumière du réverbère dans la rue filtrait au travers des volets roulants que je n'avais pas fermés complètement. Mon visage se figea quand je découvris Sébastien en tenu d'Adam sur mon lit, un sourire espiègle collé aux lèvres.

— Merde, Seb! t'es à poil?!

— Mais ma puce, j'ai couru à ton chevet pour te sauver! Pas le temps d'enfiler quoi que ce soit!

Il était très content de lui, et il ajouta avec un geste indolent:

— Et puis ça aurait pu être pire, j'aurais pu être laid avec un gros ventre!

— File de là tout de suite! couinai-je.

Il éclata de rire, et au moment où il allait se mettre debout, je criai de plus belle:

— Oh! Non non non! Reste assis, je t'en supplie!

— Décide-toi ma puce! Ou profites-en c'est au choix! Tu n'auras pas l'occasion d'avoir un aussi beau mâle dans ton lit avant un moment.

Je levai les yeux au ciel et me précipitai pour éteindre la lumière.

— Vas-y maintenant s'il te plaît, le priai-je une fois qu'il fut dissimulé par les ténèbres.

Une légère secousse du matelas m'indiqua qu'il venait de se lever. Hélas ou pas, le peu de luminosité qui persistait dans la chambre m'offrit une vision fantomatique de son superbe fessier musclé, dont la blancheur ressortait parfaitement dans la pénombre.

— Tu ne te plaignais pas à l'époque où on prenait des bains ensemble, ricana-t-il, déjà dans le couloir.

— Mais on avait cinq ans ! Crétin va !

Soupirant bruyamment, mais le sourire aux lèvres, je rallumai la lampe en m'apprêtant à sortir du lit. J'entendais Sébastien s'affairer dans la cuisine et je le remerciai intérieurement d'avoir détendu l'atmosphère. Mon cœur battait encore à toute allure du cauchemar que je venais de faire. L'angoisse m'enserrait les viscères, et Sébastien, qui me connaissait par cœur, avait dû ressentir mon agitation. Je me changeai rapidement et le rejoignis. Il avait enfilé un boxer (ce mec n'avait jamais froid, c'était une vraie chaudière) et nous avait préparé des infusions qui fumaient dans leur tasse, posées sur la table.

— Merci, dis-je en m'asseyant.

— De rien, répondit-il simplement, son sérieux étant revenu.

Nous restâmes un moment sans rien dire.

— Ça va ? me demanda-t-il.

— Ça va mieux oui…

J'entortillai nerveusement la ficelle de mon sachet de tisane sur le bout de mon doigt, les yeux rivés sur le liquide brûlant.

— Ce n'est pas la première fois que je fais ce genre de rêve, lui avouai-je finalement. J'en ai déjà fait quand j'étais en

Écosse, et lorsque je suis rentrée aussi... C'est bizarre, c'est toujours en rapport avec l'eau.

Je lui racontai mes précédents songes, et ce faisant, je me remémorai les étranges phénomènes qui avaient eu lieu en Écosse. Je n'avais pas fait le lien jusque-là, mais y en avait-il un ? J'avais l'impression de les avoir rêvés également. Est-ce que cela s'était vraiment produit ? Bien sûr que oui, puisque Shannon et Anna en avaient été témoins. Je décidai de ne pas me confier tout de suite auprès de Seb à ce sujet. J'avais trop peur de passer pour une folle, et de toute façon, aucune hypothèse crédible ne pouvait venir expliquer ce qui me tourmentait.

Nous nous recouchâmes une heure plus tard. Je reprenais le boulot dans quelques heures et j'espérai grappiller encore un peu de sommeil avant de me lever. C'est avec une légère appréhension que je me glissai à nouveau dans mes draps. Seb me proposa de dormir avec lui, mais je refusai poliment. Scott s'invitait dans mes rêves et je ne savais pas à quel point je vivais ceux-ci une fois les yeux fermés. Ça aurait pu très vite devenir gênant si je l'avais confondu avec lui ou si j'avais verbalement exprimé mon désir envers Scott en dormant.

***

Je retrouvai mes collègues avec plaisir. L'hiver, mon boulot consistait principalement à m'occuper du bien-être des animaux et à l'entretien des bâtiments, puisque le parc n'était presque plus ouvert au public sauf pour les fêtes de saison, telles qu'Halloween ou Noël. C'était une période calme, où l'on pouvait prendre le temps de déguster un chocolat chaud et des croissants, contrairement à l'été, où nous étions souvent en train de courir d'un enclos à l'autre pour diverses animations en plus du travail de routine. Quand il fut l'heure de rentrer, je passai à la maison pour récupérer mon courrier et voir si mes affaires étaient arrivées. C'est Mme Wiest, ma petite voisine d'en face, qui m'interpella.

— Mademoiselle Reiner ! J'ai un colis pour vous ! me criat-elle depuis sa fenêtre en faisant de grands gestes de la main.

Je l'attendis patiemment dans la rue. Il faisait un froid de canard aujourd'hui, mon souffle faisait des nuages de condensation dans l'air. J'avais hâte de retrouver la maison bien chauffée de mon meilleur ami.

— C'est arrivé en début d'après-midi, me précisa-t-elle quand elle sortit sur le trottoir.

Je la remerciai tout en la délestant de l'énorme carton, puis filai chez moi. Je l'ouvris avec fébrilité, espérant qu'il contienne un mot de Lachlan. Effectivement il y en avait un, écrit avec soin et politesse, à son image, mais il ne m'apprenait rien de plus. J'attrapai un pull tout au fond et le respirai avec force. Il avait l'odeur de la pluie et de l'Écosse, avec une légère touche de feu de bois. Mon cœur se serra aux souvenirs qui affluaient. Je m'évertuai à oublier Scott, mais plus les jours passaient, plus il s'imposait à moi, grignotant mon âme petit à petit comme un écureuil qui se démenait à ronger la coquille d'une noisette afin d'atteindre le fruit si convoité. Ses apparitions dans mes rêves ne m'aidaient pas non plus.

Je sentis une puissante affliction me submerger. Je restai prostrée quelques minutes, quand une idée me vint. Rien ne m'empêchait d'appeler Lachlan ! Pour le remercier du colis par exemple, et j'en profiterai pour prendre des nouvelles. Je me précipitai sur mon sac à main pour en sortir mon téléphone. Je cherchai sur internet le numéro du château de *Dunvegan,* puis le composai. Hélas, il devait être trop tard, car personne ne décrocha. Ce n'était pas la ligne privée… Mince… Mais j'y pense, Anna devait l'avoir elle ! Je lui envoyai un SMS, seulement, plutôt que me répondre, elle m'appela.

— Allô ? Anna ?

— Salut Vic ! Comment vas-tu ?

— Salut Anna ! Bien merci. Vous êtes rentrées ça y est ?

— Oui, hier. Et devine quoi ? Shannon a fait la rencontre d'un charmant et très bel homme là-bas, s'empressa-t-elle de me confier, amusée.

— Sérieusement ? Shannon ? Il doit être très spécial pour qu'il ait retenu son attention ! dis-je étonnée par mon amie qui était du genre à prendre son temps.

— Oui, il l'est crois-moi ! Tu voulais le numéro de Lachlan c'est ça ?

— Euh… Oui merci, j'aimerais le remercier pour le colis…

— Ne t'embête pas, je te le passe !

— Q… quoi ? Il est avec toi ?

— Hiiiii ! Oui, il avait quelques jours devant lui et a tenu à me raccompagner. C'est un vrai gentleman.

Je n'eus pas le temps de lui répondre qu'une voix masculine et familière s'éleva dans le haut-parleur.

— Bonsoir Victoria ! Comment vas-tu ?

— Bonsoir Lachlan, je suis contente de t'entendre. Alors comme ça, tu te paies des petites vacances en Corse ?

— Et oui ! L'occasion était trop belle et je n'avais pas le cœur de quitter Anna aussi rapidement.

— C'est gentil à toi, lui dis-je doucement.

J'étais presque jalouse de leur relation. S'il n'y avait pas eu cette histoire rocambolesque… Qui sait… Scott et moi nous aurions… Je chassai cette idée en secouant la tête et me recentrai sur la conversation.

— Je voulais te remercier pour le colis, il est arrivé aujourd'hui.

— Mais de rien, c'est tout à fait normal…

— Lachlan… le coupai-je. As-tu des nouvelles de lui ?...

Et voilà que je recommençais à vouloir grappiller quelques infos, c'était plus fort que moi… Vilaine poule affamée !

Il y eut un blanc avant qu'il reprenne la parole :

— Je suis navré Victoria, Scott n'a pas donné signe de vie. Il… Je… Liam est venu me voir peu de temps après qu'Anna et Shannon soient parties. Il le cherchait bien entendu, mais je l'ai envoyé sur une fausse piste. De toute évidence, Scott se terre quelque part le temps que Liam se calme. Mais Victoria… Il m'a demandé de te laisser en dehors de tout ça. Tu dois l'oublier, ne pas chercher à le contacter, tu comprends ? dit-il avec franchise.

Une larme dévala ma joue (encore), je pressai mon téléphone contre mon oreille. Bien sûr qu'il allait me dire ça, néanmoins, l'entendre me fit l'effet d'un coup de poing dans le ventre.

— Je comprends, murmurai-je.

— Je suis désolé…

— Moi aussi… Merci pour tout Lachlan. Passe un bon séjour avec Anna. Embrasse-la pour moi s'il te plaît.

— Je le ferai, au revoir, Victoria.

— Au revoir.

Je décidai de serrer les dents, de prendre quelques affaires, et de filer chez Sébastien. Lachlan avait raison, je le savais. Je devais l'oublier et me concentrer sur ce que j'avais appris de ma famille, de mes parents. C'était une chance d'avoir découvert tout ça, encore que je ne pouvais pas le prouver. Je n'avais pas été reconnue et je ne devais apparaître sur aucun papier administratif au Royaume-Uni.

Je me garai devant chez mon ami et entrai sans toquer. Une délicieuse odeur de sauce tomate embaumait l'air.

— Tu rentres enfin ! me cria-t-il de la cuisine.

— Oui, j'ai récupéré quelques affaires chez moi. Qu'est-ce que tu concoctes ? Ça sent super bon !

Une fois déchaussée et mon manteau rangé, je le rejoignis. Il s'activait au-dessus de ses casseroles et avait enfilé un tablier pour l'occasion.

— Tu ne devines pas ?

— C'est pas vrai, tu m'as fait des lasagnes ? piaillai-je de joie.

— C'est qui le meilleur ?

— Oh maître Sébastien, je vous vénère, lui répondis-je, emprisonnant sa taille en lui faisant un câlin dans son dos.

— Ouvre-nous des bières pendant que je mets tout ça au four. On va passer une bonne soirée. Tu as une tête de déterrée, tu sais !

Je lui grommelai une réponse et ne me fis pas prier pour nous servir un apéritif. Il était aux petits soins pour moi, et je commençai à y prendre goût.

— J'ai fait quelques recherches aujourd'hui concernant tes parents, me dit-il depuis ses fourneaux.

— Ah oui ? Tu as pu apprendre quelque chose ?

— Non, pas beaucoup plus que toi à vrai dire.

Il arriva les mains chargées de bols de tomates cerises et de biscuits apéritifs qu'il posa sur la table basse, puis s'installa à côté de moi.

— Je n'ai passé que des coups de fil, mais quand je reprendrai le boulot, j'irai voir par moi-même. En tout cas, ton Scott n'a à priori pas de casier judiciaire.

— Ça n'est pas mon Scott… grinçai-je.

— Et comme je n'ai pas les noms de famille de ce Liam et cette Ivy, je n'ai pas plus d'informations les concernant.

Je me tournai vers lui.

— Merci Seb, pour tout. Vraiment. Je ne sais pas ce que je ferais sans toi, lui avouai-je sincèrement.

Son regard accrocha le mien, intense et doux à la fois. Il leva une main et la posa sur ma joue, caressant tendrement ma pommette de son pouce. Puis il la retira et s'empressa de boire au goulot de sa bouteille, comme gêné par son propre geste. J'avouai que j'étais touchée et un peu troublée aussi. Cette cohabitation nous avait beaucoup rapprochés, mais je ne voulais pas que cette intimité forcée ne développe d'autres sentiments que ceux que j'avais toujours connus avec lui, à savoir une amitié sincère et profonde.

Chapitre 10.

Les journées se succédaient et je m'étais résolue à penser à autre chose, sauf que Scott s'invitait dans mes rêves presque chaque nuit, se rappelant à mon bon souvenir. Tantôt cajoleur et romantique, tantôt intimidant et dangereux. Et même si je ne me noyai plus, les rivières et les lacs étaient omniprésents. Je luttai quotidiennement contre cette attirance que j'avais pour lui. Plus le temps passait, moins je dormais, effrayée à l'idée de cauchemarder encore. J'avais menti à Sébastien quand je lui avais affirmé que mes cernes n'étaient dus qu'au froid qui m'avait un peu grippé. Lorsqu'il reprit son boulot, je le suppliai de me laisser rentrer chez moi, arguant le fait que je ne pouvais pas définitivement loger chez lui et que je devais mener ma vie. Je lui promis de lui envoyer un message chaque soir et matin pour le rassurer. C'est avec réticence qu'il consentit à me laisser partir.

***

Le mois de décembre était bien entamé, et les fêtes de Noël approchaient à grands pas. Depuis le décès de ma mère d'adoption, je les passais avec la famille de Sébastien, finalement l'unique qui me restait. Suzelle avait vu ses proches fauchés par la guerre et pour le reste, elle n'avait guère plus de contacts avec les derniers cousins éloignés. À son enterrement, seuls ses amis étaient présents, ainsi que des gens du village qui l'avaient connu.

Normalement, à cette période, j'aimais confectionner des petits gâteaux à la cannelle, à la vanille, à la noisette, comme cela se fait traditionnellement en Alsace... Mais j'avais de plus en plus de mal à me sortir du lit le matin. Je me traînais, apathique, à tel point que je me demandai si je ne devais pas aller faire un tour chez mon médecin généraliste pour qu'il me prescrive une prise de sang, ou qu'il me donne quelque chose pour dormir.

Il était treize heures quand j'émergeai enfin de ma nuit entrecoupée, toujours confortablement installée dans mon lit. Comme d'habitude, j'envoyai un message à Sébastien, et seulement après, je m'extirpai de sous mes couvertures bien chaudes pour me préparer un thé brûlant dans ma cuisine. Cette nuit, j'avais dansé avec Scott, front contre front, souffle contre souffle, sur une musique lancinante. Il me caressait le dos, me murmurait des mots doux et apaisants. Ça n'était pas un mauvais rêve en soi, sauf qu'au réveil, il m'arrivait de sentir encore ses mains sur ma peau tel un spectre venu me hanter, parfois, même son odeur, comme s'il avait été dans ma chambre. Alors, je devais me lever et prendre une douche pour chasser ces sensations, puis essayer de me rendormir.

Je finis ma tasse, m'en refis une autre dans la foulée, et allai m'installer sur mon canapé pour allumer mon ordinateur qui était resté sur la table basse. À peine connecté, il se mit à fredonner la musique d'un appel entrant. Shannon… Je cliquai pour autoriser le démarrage de la vidéo, et le visage bienveillant de mon amie apparut dans une fenêtre sur l'écran.

— Coucou Victoria ! me lança-t-elle joyeusement.

— Salut jolie rousse ! Qu'est-ce que tu deviens ?

— Ça va bien ! Mais toi ? Tu as une petite mine, tu es malade ?

— Ahah ! Merci pour l'accueil ! Nan… oui… Je dois couver quelque chose, je ne me sens pas très bien ces derniers temps.

— Soigne-toi ma belle, ne reste pas comme ça… Bon, j'ai quelque chose à te demander !

— Vas-y, je t'écoute.

— Avec Anna, on avait dans l'idée de fêter le Nouvel An ensemble. J'ai une grande maison ici en Bretagne, et j'adorerai le passer avec vous deux ! Cela nous donnerait l'occasion de nous revoir ! Ce serait génial non ?

— Oh ! mais oui ! Oui ce serait fabuleux en effet ! lui répondis-je avec enthousiasme.

— Très bien alors ! Je me réjouis ! Anna aussi va être contente, on a plein de choses à se raconter.

— Mmmh oui d'ailleurs, comme un certain écossais qui aurait fait chavirer ton cœur à l'Abbaye non ? la taquinai-je.

— Tu es au courant ?

— C'est Anna qui me l'a confié, lui dis-je avec un grand sourire.

— Eh bien en effet, mais rien de bien sérieux pour le moment en fait…

Elle avait l'air mal à l'aise, donc je n'insistai pas. Nous discutâmes encore un peu de tout, de rien, et nous convînmes qu'elle m'enverrait un mail pour tous les détails pratiques. C'est le cœur en joie que je coupai la connexion. La perspective de revoir mes amies m'enchantait, car j'avais vraiment besoin de me changer les idées.

Plus tard, je passai la soirée avec mes collègues avec qui nous avions décidé de faire les marchés de Noël de *Strasbourg*. On se retrouva au pied de la cathédrale. C'était féérique comme d'habitude, et je pris un grand plaisir à déambuler entre les chalets avec eux. Comme chaque année, la capitale européenne était envahie par les touristes venus de toute la France, mais aussi du monde entier, attirés par la réputation et la qualité de ses marchés. Partout, les gens se pressaient devant les petits bungalows en bois richement décorés où chacun présentait des produits faits main de toute sorte. Je me faufilai vers le chalet d'un tanneur qui faisait étalage de toute une gamme de maroquinerie, qu'il proposait de personnaliser. C'était l'occasion pour moi d'acheter un cadeau pour Sébastien à glisser sous le sapin. Il était en mission sur *Paris* depuis plus d'une semaine et devait rentrer pile pour les fêtes.

— Bonsoir ! dis-je à l'artisan.

— Bonsoir ! Que puis-je faire pour vous mademoiselle ?

— Pouvez-vous me graver ce portefeuille au nom de Sébastien Keller, s'il vous plaît ? lui demandai-je en pointant du doigt le modèle que j'avais choisi.

— Bien entendu, je vous fais ça tout de suite.

L'homme se retourna pour s'atteler à son travail. La foule remplissait les allées, se bousculant parfois, et j'essayai de me faire la plus petite possible pour ne pas déranger le flux de leurs allées et venues pendant les quelques minutes que j'avais à attendre. Je me glissai au bout du stand à côté d'une contre-allée, quand soudain, quelqu'un me saisit le bras juste au-dessus du coude et me tira sèchement en arrière, dans un recoin sombre. Je poussai un cri totalement absorbé par les bruits ambiants du marché. Je fis face à mon kidnappeur et poussai un nouveau cri en reconnaissant le visage aux traits harmonieux, mais néanmoins agressifs de Liam... Instinctivement, je réagis en essayant de me dégager de sa poigne, sauf qu'il avait anticipé mon geste et me serra encore plus fort. Mon cœur battait à tout rompre. Quand je cherchai du regard l'aide de mes deux amis, je les aperçus à peine, bien trop loin pour leur faire signe.

— Victoria, m'appela Liam.

Je continuai désespérément à tenter d'attirer l'attention de mes collègues.

— VICTORIA ! aboya-t-il cette fois.

Je fermai les yeux une seconde, puis me résignai à l'affronter enfin. La première chose que je perçus dans son regard fut de l'antipathie et de la malveillance. Sur la défensive, je lui crachai tout de même au visage :

— Qu'est-ce que tu me veux Liam ! Tu n'as aucun pouvoir ici, tu le sais bien, et si tu tentes quelque chose, je te jure que je me mets à hurler.

Je tâchai de garder mon sang-froid en me souvenant de ce que m'avait dit Scott dans la voiture quand nous roulions vers l'aéroport d'*Inverness*. Et puis, s'il espérait me faire du mal, il n'aurait pas choisi un endroit aussi bondé non ? Ou alors justement, il pourrait me tuer sans que personne ne le remarque tant les badauds étaient accaparés par les festivités et l'ambiance du marché, et on ne retrouverait mon corps refroidi qu'après la fermeture tard dans la nuit, ou pire encore, seulement demain matin… Merde !

Liam me tira davantage contre lui et approcha sa bouche de mon oreille.

— Ceci est un avertissement Victoria. Scott n'aurait jamais dû raconter tous nos petits secrets, il a fait preuve d'une grande faiblesse en te renvoyant en France. Vous pensiez à quoi tous les deux ? Que j'abandonnerai ? Après toutes ces années à t'avoir traquée, à te voir vivre ta misérable vie ? Je sais tout de toi, de tes habitudes, de tes amis, de tes deux collègues qui sont là-bas, dit-il en tournant son regard haineux vers eux, et qui ne se soucient même pas de ta petite personne…

Une nausée me monta dans la gorge alors que j'imaginai tout ce qu'il avait pu découvrir de moi depuis tant de temps. Je réalisai abruptement qu'il avait violé mon intimité et continuait à le faire impunément.

— … J'ai très envie d'en finir tout de suite, mais je ne ferai pas cette erreur ne t'inquiète pas. Par contre, tu vas t'arranger pour retourner en Écosse très rapidement où je m'occupe de faire vivre un enfer à tous tes amis, que ce soit ici ou dans mon pays, c'est bien compris ?

Je secouai la tête de bas en haut.

— Une dernière chose Victoria…

Il se décala sur le côté sans me lâcher, puis fouilla dans la poche de sa veste pour en sortir un téléphone portable.

— Pour preuve de ma bonne foi, au cas où tu douterais de mes ambitions.

D'un doigt, il alluma l'écran et afficha des photos devant mes yeux qui s'agrandissaient d'effarement à mesure qu'il les faisait défiler. Elles montraient mes deux amies restées en

Écosse, dans le cottage à *Colbost* à travers de la baie vitrée, à *Dunvegan*. Il y avait même Lachlan sur certaines d'entre elles, mais également à l'abbaye de *Fort Augustus*… Pouvait-il réellement s'en prendre à eux ? Scott m'avait affirmé que non. Est-ce qu'il bluffait pour me contraindre à retourner en Écosse ? D'une voix détachée, il ajouta :

— Je vais continuer à vous surveiller tous, et ne crois pas que ton cher Scott va m'échapper encore bien longtemps. Je te conseille de ne pas me faire attendre Victoria, ma patience a ses limites, j'ai beaucoup trop à perdre dans cette histoire.

Et soudain, il me rendit ma liberté, s'engouffrant dans la foule d'un pas rapide. Une seconde plus tard, Jo et Nicolas m'abordèrent :

— Vic ! On te cherchait partout, qu'est-ce que tu foutais ?

Je regardai au-delà de la marée de têtes et de bonnets, mais j'avais déjà perdu de vue Liam qui était pourtant d'une carrure imposante. Il s'était comme évaporé…

— Victoria ? Ça va ? s'inquiéta Nico.

Je me retournai enfin vers eux.

— Oui ! oui… Pardon, je suis euh… juste tombée sur une connaissance et nous avons bavardé un peu.

— Mademoiselle ? appela le maroquinier. J'ai fini votre commande !

Je m'empressai de me composer un visage souriant et tendis à l'artisan la somme que je lui devais en le remerciant. Je continuai ma promenade sans m'éloigner de mes collègues cette fois, jetant sans cesse des œillades à la dérobée, m'attendant à tout moment à croiser le regard mauvais de Liam. Je rentrai un peu plus tard et me calfeutrai chez moi en prenant soin de bien fermer tous les volets et ma porte d'entrée. Je me sentais terriblement vulnérable et ne sombrai dans un sommeil agité qu'au petit matin.

À la lumière du jour suivant, toutes mes craintes s'étaient envolées. J'avais l'impression d'avoir imaginé ma rencontre avec Liam. Après tout, elle n'avait duré que quelques minutes tout au plus et je n'avais même pas mal à l'endroit où il m'avait agrippé le bras. Ou bien j'étais en train de sombrer dans la folie... Je soupirai un bon coup et envoyai mon message quotidien à Sébastien :

« *Coucou beau blond ! RAS encore aujourd'hui ! Bisous !* »

Ou alors j'étais dans un déni le plus complet...

***

Quelques jours plus tard, le vingt-quatre décembre, je me proposai d'aller chercher mon meilleur ami à la gendarmerie pour aller directement chez ses parents. Comme à son habitude, il me serra dans ses bras dans un câlin monumental, puis nous prîmes la route. C'est sa mère, Janine, qui nous accueillit sur le pas de la porte de leur grande maison nichée au pied des *Vosges,* dans la vallée de *Munster*. Cette femme était comme une seconde maman pour moi. Elle me connaissait depuis toujours, car elle avait été notre voisine à Suzelle et moi lorsque j'étais enfant. Ensuite, quand son époux avait été muté, ils avaient fait construire cette maison cossue sur un petit terrain entouré de montagnes et de forêts de sapins. Ce fut donc dans de joyeuses retrouvailles que nous entrâmes. Le père de Seb, Claude, ainsi que sa sœur Sophie et son mari Steeve, nous attendaient déjà à l'intérieur, assis dans le canapé autour d'un feu crépitant. Leurs deux enfants jouaient à la console pendant que les adultes sirotaient un verre de vin chaud. La maison était merveilleusement bien décorée. Le sapin avait la place d'honneur dans le salon et irradiait de mille lumières clignotantes. Chaque rebord de fenêtres avait son arrangement de branches épineuses, de pommes de pins et de bougies, et une énorme couronne de l'avent trônait au milieu de la table à manger, dressée pour l'occasion. Il flottait dans l'atmosphère des odeurs d'épices, d'oranges et de cannelle.

Après une effusion de bises et de politesses, Claude me débarrassa de mon manteau pour le ranger dans le placard de l'entrée. Sébastien s'approcha de moi, l'air appréciateur, et me glissa à l'oreille :

— Tu es très belle ce soir Vic.

Je lui bredouillai un remerciement, les joues colorées. J'avais enfilé une robe noire toute simple et des collants fantaisie. De jolies boucles d'oreilles venaient habiller le tout.

— Je file à l'étage me changer, cria-t-il à l'attention de tout le monde, j'arrive dans cinq minutes.

Et il disparut. Je m'installai dans le sofa à côté de Sophie, pendant que sa mère m'apportait un verre de vin chaud. Sébastien nous rejoignit comme promis quelques minutes plus tard. Il portait une élégante chemise noire avec une cravate rayée gris clair sur un pantalon à pinces. Il s'était recoiffé et sentait bon l'eau de toilette. Il alla s'appuyer contre le montant de la cheminée, nous écoutant silencieusement, tandis que Janine s'affairait dans la cuisine.

— Alors comme ça tu es allée en Écosse ? me demanda Sophie.

Tout le monde savait que j'avais rompu avec Manu juste après mon retour cet été, mais ils eurent le tact de ne pas en parler. Cependant, je pense que Sophie avait secrètement l'envie que je sois sa belle-sœur un jour.

— Ce doit être superbe là-bas, ajouta-t-elle. Je ne connais que les paysages que l'on voit dans les reportages…

— … Et dans les séries, coupa Steeve. Elle t'a dit qu'elle regardait *Outlander*[11] avec le beauuuu Jamie ?

Sophie rougit jusqu'aux oreilles, alors je me sentis obligée de lui venir en aide :

— Oh ouiiii ! Jamie Fraser, l'écossais le plus sexy que je connaisse, m'extasiai-je la main sur le cœur. Il n'y a pas photo,

---

[11] Série télévisée américaine, adaptée de la série de romans « Le Chardon et le Tartan » (Outlander) écrits par Diana Gabaldon qui se déroule en Écosse.

le kilt ça en jette. Vous devriez prendre exemple les garçons ! Le pantalon c'est surfait de nos jours.

Elle me lança une œillade amusée, mais néanmoins reconnaissante. Steeve qui était assis sur l'accoudoir du canapé continua :

— Il paraît que c'est plein de fantômes, de monstres dans les lacs et de farfadets ! Tu en as vu ?

Il me taquinait plus qu'autre chose, or, je lui répondis tout de même le plus sérieusement du monde :

— Non pas du tout, mais c'est vrai qu'ils ont une culture du fantastique très développée. Je dois dire que l'atmosphère s'y prête bien et que l'on se prend facilement au jeu.

Mes explications me rassuraient moi-même. Je n'y avais jamais pensé sous cet angle-là. Les Écossais entretenaient leurs légendes et en abreuvaient les touristes qui étaient demandeurs. Voilà pourquoi mon imagination fertile avait dû me jouer des tours là-bas. J'eus l'impression qu'un poids se retirait de mes épaules, et le vin chaud aidant, je passai un début de soirée à rire et à bavarder joyeusement.

Arriva le moment d'ouvrir les cadeaux. Nous le faisions le vingt-quatre, car les enfants ne croyaient plus au père Noël, et pour être honnête, parce que tout le monde était pressé de découvrir ce qu'il avait reçu.

J'avais offert aux parents de Sébastien, une bouteille de whisky pour Claude, que j'avais ramenée l'été dernier de mon voyage, ainsi qu'un joli châle en tartan rouge pour Janine. À

Sophie, qui était férue d'art, une peinture contemporaine représentant une *Highland cow* – la célèbre vache écossaise aux poils longs – achetée chez un artiste au bord du *Loch Ness*. Pour Sébastien, également une bonne bouteille de whisky pour compléter sa collection, ainsi que le portefeuille en cuir que j'avais fait graver à son nom au marché de Noël... J'essayai de ne plus penser à mon altercation avec Liam ce jour-là, sauf que je ne pouvais pas m'empêcher de l'imaginer en train de rôder autour de la maison. Il ne perdrait probablement pas son temps ici après m'avoir menacée. Son souvenir me fit frissonner, seulement, je ne tomberai pas dans le piège de la psychose. De toute façon, je n'en avais pas parlé à Sébastien pour ne pas qu'il me surprotège à nouveau.

À ma grande surprise, je reçus de la part de tous, un nouvel objectif pour mon appareil photo. Celui-ci coûtait plus cher que l'appareil en lui-même et c'est pour cela que je ne me l'étais jamais offert. J'étais très touchée par ce cadeau, et encore plus de faire partie de cette famille qui m'avait adoptée toute entière. J'embrassai tout le monde et quand arriva le tour de Sébastien, il me prit tendrement dans ses bras en m'envoyant un clin d'œil complice. L'idée venait de lui à coup sûr. Il était si attentif à mon bonheur...

Après un dernier chocolat chaud accompagné de biscuits, nous allâmes nous coucher. J'avais une chambre d'amis au rez-de-chaussée, tandis que Sébastien regagnait son antre d'adolescent. Sophie campait avec son mari et ses enfants dans son ancienne chambre. J'attendis que tout le monde soit passé par la salle de bain avant d'aller à l'étage pour m'y démaquiller. En pyjama, je me faufilai à pas de souris dans les escaliers, puis dans le couloir de la maison devenue silencieuse. Mes ablutions du soir finies, je m'apprêtai à redescendre quand Sébastien entrebâilla la porte de sa chambre. Je passai devant lui tout en lui souhaitant une bonne nuit.

— Victoria ? m'appela-t-il doucement. Je peux te parler ?

Surprise, j'acquiesçai. Il sortit dans le corridor sombre. Je distinguai sa silhouette athlétique en contre-jour.

— Qu'y a-t-il ?

— Suis-moi s'il te plaît.

Il m'attrapa la main pour m'entraîner derrière lui en bas des escaliers, puis dans le salon jusque devant le sapin allumé.

— Je voulais t'offrir encore un cadeau.

À la lueur de la guirlande, j'entrevis entre ses doigts une petite boîte allongée qu'il me tendit. Ma poitrine se comprima. Pourquoi avoir besoin de tant d'intimité pour me donner quelque chose ?

Respire Vic...

— Oh ! Seb, mais il ne fallait pas... C'est tellement merveilleux ce que vous m'avez offert tout à l'heure...

— Oui et c'était de notre part à tous, mais je voulais que tu aies quelque chose de spécial de ma part, tu comprends ?

— Ça me touche beaucoup, merci, murmurai-je légèrement angoissée par tant de cérémonie.

— Ouvre-le, vas-y.

Un peu tremblante, je retirai le couvercle de la boîte. Elle contenait un magnifique bracelet retenant un arbre dans un cercle finement ouvragé, dont les branches se mêlaient dans un entrelacs compliqué.

— … Seb… Je ne sais pas quoi te dire, il est superbe…

— C'est un arbre de vie qui symbolise ses propres origines et la force de la vie. Vic…

Il prit mes mains dans les siennes, rivant ses yeux bleus dans les miens, et continua solennel :

— Vic… Je veux que tu fasses partie de ma vie.

— Mais je fais déjà partie de ta vie, je vous en suis tellement reconnaissante à tous, vous êtes comme ma famille…

— Tu ne m'as pas compris Vic, j'aimerai que… que nous soyons plus que des amis…

Bon sang, je ne peux pas dire que je ne l'avais pas vu venir. Tous ces signes avant-coureurs de ces dernières semaines étaient explicites, c'est seulement que je ne voulais pas me rendre à l'évidence. J'aimais Sébastien, de tout mon cœur, il représentait tant pour moi, mais…

— Sébastien, dis-je dans un souffle…

— Je t'en prie, me coupa-t-il, s'apercevant de mon hésitation. Accepte ce cadeau et je te demande juste d'y songer.

On s'entend si bien tous les deux, on se connaît si bien... ce serait fantastique de t'avoir à mes côtés.

— Je... merci... il est magnifique. C'est vrai nous nous connaissons parfaitement... Je... j'ai besoin d'y réfléchir oui.

Je bafouillai, n'osant plus le regarder dans les yeux de peur qu'il tente de m'embrasser. Au fond, je savais que je ne pouvais pas donner suite à sa proposition. En vérité, j'avais passé la soirée à penser à Scott. Où était-il ? En famille ou toujours caché quelque part, seul ? Est-ce que Liam avait fini par le retrouver ? Risquait-il quelque chose ?... La raison voudrait que je me jette au cou de mon ami qui m'aurait rendue heureuse sans aucun doute, mais mon cœur errait en Écosse, à la recherche de celui qui m'avait bousculé, malmené et pourtant conquise. Est-ce que ce n'était que du désir que je ressentais pour Scott ? Je m'étais posé la question plus d'une fois, mais comment faire la différence ? J'avais un besoin viscéral de le revoir et j'étais bien incapable de vivre autre chose pour le moment. Je chérissais profondément Sébastien, sauf que je ne l'avais jamais envisagé sensuellement, c'était un amour fraternel. Ce dernier coupa court mes réflexions quand il me demanda :

— À quoi tu penses ?

Je levai les yeux et rencontrai les siens, brûlants. Je déglutis, embarrassée.

— Tu penses à lui c'est ça ? m'asséna-t-il, d'une voix devenue tout à coup glaciale.

Mon regard s'agrandit de stupeur. Étais-je si transparente ? Et il reprit sur le même ton :

— C'est ça hein ? Tu penses à ce Scott ! Tu crois que je ne le sais pas ? Tu crois que je ne t'ai pas entendu la nuit, l'appeler dans ton sommeil ?

Son changement soudain de comportement m'effraya. Je retirai mes mains des siennes, et reculai d'un pas.

Mais qu'est-ce qui lui prenait ?

— Mais Vic ! comment peux-tu encore penser à lui ? Il t'a menacé, il ne t'aime même pas !

Sébastien, visiblement dans une colère contenue, élevait de plus en plus la voix.

— Il ne m'a pas menacée…

— Tu le défends en plus ? Vous avez couché ensemble c'est ça ? Tu t'es bien gardée de me le dire…

Ça suffisait ! Il commençait à dépasser les bornes. Je ne me doutai absolument pas que ses sentiments pour moi étaient si développés, et qu'il puisse me faire une crise de jalousie me sidérait. Je repris enfin mes esprits et lui rétorquai sèchement :

— Sébastien ! Tu voudrais être mon amant, mais tu te comportes comme un frère moralisateur ! Je ne t'ai rien promis ! Et je t'interdis de te mêler de ma vie intime !

Il se redressa de toute sa hauteur, me jetant un regard empli de déception. Il siffla avec dédain entre ses dents serrées, secoua la tête et me dit ces dernières paroles qui me firent frissonner tant le ton de sa voix était inhabituel :

— Très bien Victoria, si tu ne veux pas entendre raison, on en reparlera demain.

Il me tourna le dos et remonta vers sa chambre. J'étais sciée, abasourdie par ce qu'il venait de se passer. Je ne lui appartenais pas bon sang ! Il n'avait pas le droit de me traiter comme ça. J'étais furieuse et si déçue à la fois que j'en tremblai. Aucune chance que j'arrive à dormir cette nuit. Au moins, cette fin de soirée m'aura ouvert les yeux. Je voulais… Non !... Il fallait que je revoie Scott. Juste une dernière fois pour être certaine… Mais certaine de quoi ? Que je l'aimais ? Et puis ? Il ne voulait pas de moi, c'est ce qu'il m'avait clairement signifié. Cependant, il avait aussi avoué qu'il avait été sincère. Je me jetai sur mon lit, soupirant à en faire trembler les murs. Je devais d'abord me calmer avant de prendre des décisions idiotes sur un coup de tête.

Chapitre 11.

Au petit matin, je rejoignis Janine qui s'affairait déjà dans sa cuisine. Elle était insomniaque depuis des années et occupait son temps à préparer des petits plats. Je me devais de lui expliquer dans les grandes lignes ce qu'il s'était passé cette nuit, parce que je ne voulais pas leur fausser compagnie sans rien dire. De nature compatissante, je savais qu'elle me comprendrait. Elle me caressa la joue d'un geste maternelle et me promis de m'excuser auprès des autres quand ils se lèveraient. Je crois aussi qu'elle espérait secrètement que je devienne sa belle-fille, c'était si évident pour tout le monde. Sauf que ce ne l'était pas pour moi. Heureusement, son soutien me mit du baume au cœur et je m'éclipsai discrètement de la maison.

Une fois rentrée, j'allumai mon ordinateur et décidai qu'il était enfin temps de charger mes photos dessus. Je voulais en faire une copie à Anna et Shannon, que je retrouverai dans trois jours à *Lannion* en Bretagne. J'ouvris mon logiciel de post traitement et commençai à les faire défiler. Immanquablement, je tombai sur le seul cliché que j'avais fait de Scott lors de notre ascension du *Beinn Chabhair*. Un portrait en plan serré. Inconsciemment, je retins mon souffle. Il venait de retirer son bonnet et de se passer une main dans ses cheveux sombres et indisciplinés. Quelques ridules d'expressions marquaient le coin de ses yeux ourlés de cils gracieux. Son visage ne montrait aucun sentiment, contrairement à son regard qui captait l'objectif de manière intense. J'avais l'impression qu'il pouvait me voir à l'instant. Mes yeux glissèrent sur sa bouche aux lèvres pleines et douces que j'avais embrassées sans aucune retenue. Les images affluaient dans ma tête à toute vitesse. Ses mains sur moi, son souffle sur ma peau… Je refermai précipitamment l'écran de mon ordinateur. Ça devenait carrément une obsession. J'attendis quelques minutes avant de me remettre au travail, essayant de faire le vide. J'imprimai deux trois clichés que je ferai encadrer à l'attention de mes amies, quand mon téléphone réceptionna un message. Sébastien. Je l'ouvris, à la fois curieuse et un peu anxieuse je dois bien l'avouer, de connaître sa réaction au moment où il s'était aperçu en se levant ce matin que je n'étais plus là.

« Pardonne-moi pour hier soir, je suis un idiot »

J'hésitai à lui répondre, encore en colère contre lui, mais ma bonne éducation prit le dessus, alors je tapotai sur mon téléphone :

« Je te remercie de t'être ouvert à moi, je t'aime énormément et ton cadeau m'a beaucoup touchée »

« Mais… »

« Mais, tu as raison Seb, mon cœur n'est pas libre. Je ne sais pas où j'en suis, et pour l'instant je te considère comme un frère ».

Je lui devais au moins ma franchise, il le méritait. Bon ok ! Par SMS ce n'était pas très classe, mais c'est lui qui avait commencé et je ne me sentais pas le courage de l'appeler ni même de le voir.

« J'ai compris, je ne t'embêterai plus avec ça »

J'étais soulagée qu'il le prenne aussi bien. Sa mère et lui avaient dû avoir une sacrée discussion ce matin.

« Ton bracelet est magnifique, je le garde précieusement. Bon courage pour Nouvel An. On se voit après ? » lui envoyai-je en guise de paix.

« ok oui »

Il devait repartir en patrouille le trente et un toute la nuit, mais cette fois-ci, il restait sur *Strasbourg.* Il était au courant que je passais le Nouvel An en Bretagne en compagnie d'Anna et Shannon, et donc, que je ne serais pas disponible avant quelques jours. Cela nous laisserait le temps de digérer toute cette histoire, et de peut-être reprendre notre amitié où elle en était… Si c'était encore possible. Quand on franchissait cette frontière avec un ami, il était rare d'arriver à retrouver une relation sans ambiguïté.

***

28 Décembre 2017, Lannion, Côtes-d'Armor, France.

Après dix interminables heures de route, j'arrivai enfin devant la jolie maison bretonne de Shannon. Sa longère de plain-pied était entièrement faite de pierres granitiques. Les huisseries et les volets en bois étaient peints en un rouge vif qui contrastait magnifiquement avec les murs et le toit en ardoise gris foncé. La nuit était déjà tombée, alors je me dépêchai de tambouriner à sa porte. Anna m'ouvrit, rapidement rejointe par Shannon les mains pleines de farine :

— Hiiii ! firent-elles en sautillant sur place.

— Hiiii ! leur répondis-je dans la même danse improbable, dont seules les vraies amies ont le secret.

Dans un épanchement de cris joyeux et d'embrassades, j'entrai dans le cocon douillet de la maison.

C'était sublime, Shannon avait su allier modernité et authenticité. Le sol était un assemblage de pierres brutes, recouvert dans le salon, d'un épais tapis de laine. Le mobilier était de type breton, en bois repeint en gris et blanc, savamment disposé pour donner à la pièce une impression d'espace. Il contrastait avec le plafond tout en poutres serrées. Çà et là, des bibelots manifestement de fabrication artisanale personnalisaient la décoration. Bien entendu une cheminée ancienne équipée d'un insert moderne, conférait la touche chaleureuse à l'ambiance générale. Elle était entourée d'un canapé en velours, débordant de coussins moelleux.

— Installe-toi dans ta chambre ! me pria Shannon. On prendra ensuite un petit apéritif dans le salon.

— Je vais t'aider, proposa Anna.

Nous nous retrouvâmes une demi-heure plus tard, et quelle ne fut pas ma surprise quand je découvris que nous n'étions pas seules toutes les trois ?! Un très bel homme se tenait fièrement dans le salon, un sourire flamboyant aux lèvres. Je me retournai vers Shannon, l'air interrogateur.

— Victoria, je te présente Sean MacAlistair, l'homme que j'ai rencontré à l'Abbaye, me dit-elle tout simplement en s'approchant de lui.

Mes yeux s'écarquillèrent d'incrédulité, pendant que ma bouche s'ouvrait sans émettre un seul son tant je ne m'attendais pas à ça. Plus fort encore, il me parla dans un français presque parfait :

— Bonjour Victoria, je suis enchanté de faire enfin ta connaissance.

Consciente de mon impolitesse, je m'empressai de lui répondre :

— Enchantée, je... je suis... tellement... C'est dingue ?! Comment as-tu fait pour séduire si rapidement notre sauvageonne ?

Il partit d'un rire doux, plissant ses yeux dans une moue absolument charmante. Shannon et Anna éclatèrent de rire également, amusées de me voir si déstabilisée.

— C'est une longue histoire Vic, me dit Shannon.

Un verre à la main, vautrées dans le divan, nous gloussions comme des adolescentes quand j'eus enfin le droit à la version de l'histoire de la rencontre entre Shannon et Sean pendant leur séjour à l'Abbaye[12]. J'étais presque déçue de ne pas avoir été là pour vivre ce moment avec elles. Comme quoi, nous étions destinées à croiser l'amour en Écosse. J'appris également que Lachlan devait se joindre à notre bande le trente et un dans la journée, à la très, très, très grande joie d'Anna dont le sourire ne se fanait pas.

— Tu as l'air d'avoir maigri, me confia Shannon. Tout va bien ?

— À vrai dire, pas trop. Bah ! Rien de grave hein ! Je suis vraiment heureuse d'être ici, et ça me fait beaucoup de bien, mais depuis que je suis rentrée d'Écosse, je dors très mal. Je fais des rêves hyper réalistes, d'autres cauchemardesques, mes nuits sont chaotiques et je ne récupère pas beaucoup.

— J'imagine, dit Shannon, ça a dû être très dur d'encaisser tout ça. Tu as pu découvrir autre chose sur tes parents ?

---

[12] Découvrez leur histoire dans le tome 2 « Sur la route des Légendes » de Laëtitia Mariller.

— Non, pas grand-chose, pas plus que ce que je vous ai déjà dit en tout cas. Sébastien non plus d'ailleurs. Mais…

Je jetai un coup d'œil interrogateur à Shannon avant de continuer. Pouvais-je m'ouvrir à mes amies en présence de Sean ? Elle me comprit tout de suite.

— Vas-y Victoria, Sean est au courant, me dit-elle, une main posée sur la cuisse de son compagnon.

— Très bien. Je disais donc… mes rêves… mes parents y apparaissent, mais c'est surtout Scott qui me hante… Et il y a toujours ce contexte particulier où on est au bord de l'eau, ou dans l'eau…

Je leur expliquai plus précisément de quoi il s'agissait, et ça me fit un bien fou de pouvoir enfin en parler librement. Ils m'écoutaient avec bienveillance, et quand je leur racontai mon Noël et la déclaration de Sébastien, mes amies gloussèrent en cœur, essayant d'alléger l'ambiance que je plombai allègrement.

— Oh Vic ! Quelle histoire ! Pauvre Sébastien ! s'écria Anna, la main devant la bouche pour étouffer un rire.

— Ne vous moquez pas les filles, c'était super gênant ! Imaginez ? Comment n'ai-je pas vu venir ça ? J'espère que notre relation n'en pâtira pas trop. C'était si étrange de le voir jaloux.

— Je t'avais pourtant prévenu quand nous étions en Écosse, cru bon de me rappeler Shannon. C'était évident qu'il nourrissait des sentiments pour toi !

— Évident pour toi ! Pas pour moi ! Mais d'ailleurs, comment peux-tu le savoir, tu ne l'as jamais rencontré ?!

Elle haussa les épaules :

— De la déduction, élucida-t-elle.

Soudainement moins hilare, Shannon avait l'air perdu dans sa réflexion.

— Quand cela a-t-il commencé ? me demanda-t-elle.

— Quoi donc ?

— Tes rêves ! Avec Scott.

— Après que l'on soit parties du *Drovers*, pourquoi cette question ? Tu as une hypothèse ?

— Non pas réellement, je trouve ça juste étrange que tous tes ennuis aient démarré au même moment. Les phénomènes bizarres avec l'eau, tes rêves et toute cette histoire invraisemblable avec Scott et tes parents.

— Je sais bien, je suis quelqu'un de sensible que veux-tu. Peut-être que je devrai consulter un psy. Je ne sais pas à vrai dire, mais ça ne tourne pas rond là-dedans, dis-je en montrant mon crâne du doigt. Je pense que j'ai besoin de réponses concrètes pour passer à autre chose.

— Je suis d'accord avec ça, Victoria, et justement…

Elle parut tout à coup gênée, je crus même la voir se dandiner sur le canapé, jetant un regard à Sean puis Anna, comme pour les supplier de lui venir en aide.

— Quoi ? Qu'est-ce qu'il y a Shannon ?

— Eh bien… Je t'ai invité avec Anna pour le Nouvel An bien entendu, pour qu'on ait l'occasion de se retrouver, mais pour autre chose aussi…

Mon estomac fit un looping dans mon abdomen, de quoi voulait-elle parler ? Ce n'était pas une « surprise » puisque son air grave la confondait. Je la regardai, les oreilles grandes ouvertes.

— Bien… Je sais que tu es plutôt du genre sceptique et pragmatique, sauf qu'ici en Bretagne nous avons beaucoup de vieilles coutumes… très anciennes…

— Euh, oui Shannon, où veux-tu en venir au juste ?

Elle soupira un grand coup et se lança :

— Voilà écoute… Ici, dans les petits villages, on pratique encore beaucoup les arts… Mmmh occultes tu vois ? Les rebouteux, les coupeurs de feu…

Je clignai des yeux dans une incompréhension totale.

— Oui d'accord, mais en quoi cela me concerne ?

— Ce que Shannon essaie de te dire Victoria, reprit Anna, c'est qu'elle a une vieille tata qui fait de la magie, que ce ne sont pas des conneries, et qu'elle peut peut-être t'aider à y voir plus clair. Et au vu de ce que tu nous as raconté sur tes rêves étranges et l'espèce de malédiction de l'eau, on croit qu'il serait judicieux de lui rendre une petite visite.

— Merci Anna… grommela Shannon les dents serrées.

J'éclatai de rire :

— Donc ? Vous pensez qu'on m'a jeté un sort quelque chose comme ça ? ricanai-je.

— Oui, non... ça ne coûte rien d'essayer, me dit doucement Shannon. Elle a un don de clairvoyance.

Je la regardai, médusée.

— Et c'est quoi un don de clairvoyance ?

— Elle voit des choses... sent des choses... comme tu veux.

Silence pesant, le feu ronflait dans le poêle.

— Et il y a encore quelque chose... intervint Sean.

— Je suis tout ouïe.

— La grand-tante de Shannon connaît une femme qui a fréquenté un homme qui s'appelait Layec, enchaîna-t-il, Ewenn Layec qui avait une sœur prénommée Émilie et qui serait morte tragiquement en 2002.

Alors là, j'en tombai des nues, je m'étais si concentrée sur mes parents que je n'avais pas cherché d'autres filiations.

— Vic ? demanda Anna. Ça va ? Qu'est-ce que tu en penses ?

Après un instant, je repris mes esprits et leur répondis les yeux humides, la voix chevrotante :

— J'en pense que... Vous êtes incroyables toutes les deux ! Folles ça c'est certain, mais incroyables. Et toi aussi Sean ! Je ne te connais pas vraiment, mais tu as l'air tout aussi impliqué. Pendant tout ce temps-là vous avez cherché à m'aider ? Alors que vous auriez pu continuer vos vies tranquillement, sans vous soucier de moi.

— C'est Shannon qui a trouvé des informations la première, s'empressa de me dire Anna. De mon côté, j'ai tellement tanné ce pauvre Lachlan qu'il devrait avoir quelques révélations à te faire aussi, je l'espère du moins.

— Mais il m'a dit que je devais laisser tomber, en tout cas pour Scott.

— Oui, mais c'est sans compter sur la force de persuasion d'une jolie blonde dont il est éperdument amoureux ! se targua-t-elle, un énorme sourire aux lèvres.

— Il ne risque pas de t'en vouloir ? Il a l'air d'un homme de principes.

— Ne t'inquiète pas pour moi, je sais comment l'amadouer, me dit-elle avec un clin d'œil.

Nous rîmes toutes les trois et je repris :

— Et oui, oui ! Je veux bien rencontrer la sorcière, ajoutai-je dans un hoquet de rire tout en reniflant.

— Oh ! merci mon Dieu ! s'exclama Anna, levant les yeux au plafond ! On avait trop peur que tu le prennes mal ou que tu nous envoies promener.

— Dieu n'a rien à voir là-dedans Anna ! la sermonna Shannon en lui jetant un regard incrédule qu'Anna balaya d'un geste de la main.

— Ce que je veux dire, c'est qu'en Écosse, tu n'avais pas l'air très réceptive quand je te parlais du *Fairy flag* et des fées, enfin des légendes, mythes ou croyances populaires en général...

— Attends, tu es en train de me dire que tu crois qu'il y a un monstre dans le *Loch Ness* ? la coupai-je, moqueuse.

— Et pourquoi pas ?!

— Bon écoutez, vous avez raison je suis sceptique sur toutes ces choses, mais je ne les ai jamais expérimentées non plus... Enfin honnêtement, je ne crois pas aux farfadets ! Mais les fées pourquoi pas, je pense que j'en ai deux sous les yeux à vrai dire, dis-je avec un grand sourire. Et puis rien que pour la piste sur ma mère, je veux bien rencontrer la bonimenteuse.

— J'en suis heureuse Victoria, me dit Shannon, me serrant doucement l'avant-bras. Nous pouvons la voir dès demain si ça te va, mais promets-moi de ne pas l'appeler comme ça, pitié !

Je ris à nouveau.

— Très bien, je ferai un effort.

Shannon nous avait bien évidemment préparé des crêpes au sarrasin accompagnées d'un cidre local que nous bûmes en abondance, et je découvris à mes dépens que ce breuvage pouvait être particulièrement alcoolisé, surtout quand il était fermier. Rien à voir avec les bouteilles que l'on achetait dans nos supermarchés. Tant pis, nous étions entre nous et la soirée était loin d'être finie. Sean s'avéra on ne peut plus charmant et charismatique. Il nous faisait la conversation en français – que son accent écossais venait érailler de temps à autre –, et ne tarissait pas d'éloges pour sa dulcinée. J'étais vraiment intriguée par leur coup de foudre, mais il avait l'air sincère et Shannon rayonnait. Pourquoi pas après tout ! Et qui étais-je pour les juger ? J'étais bien tombée immédiatement sous le charme de Scott, sans parler d'Anna ?!

— Oh ! Mais j'y pense ! m'écriai-je soudain. J'ai un petit truc pour vous !

Je filai en vitesse dans ma chambre, chercher les deux paquets que j'avais minutieusement enveloppés la veille.

— Tenez les filles ! Pour toi Shannon et un pour toi Anna.

Nous nous étions installées dans le canapé et Shannon nous avait servi un verre de *Chouchen*, une boisson fermentée à base d'eau et de miel. Elles déballèrent en même temps leur cadeau. Toutes deux étaient émerveillées de découvrir leur portrait que j'avais monté dans un joli cadre avec un passe-partout pour les mettre encore plus en valeur. Je leur tendis ensuite à chacune, une clé USB contenant les photos du séjour que l'on avait fait ensemble. Anna insista pour qu'on les visionne en même temps que les leurs, et Shannon s'empressa alors d'allumer sa télévision pour les faire défiler une à une sur son écran plat.

— Elles sont superbes tes photos Vic, s'extasia Anna.

— Je suis d'accord avec Anna, ajouta Sean. Tu as un merveilleux regard sur ce qui t'entoure et tu as réussi à magnifier les paysages de mon pays, je t'en remercie.

— Oh ! Ce n'est rien de plus qu'un passe-temps, dis-je un peu gênée par tant de compliments. Je suis contente que ça vous plaise.

Vint le portrait de Scott que j'avais retravaillé en noir et blanc, parce que le contraste entre ses cheveux quasi ébènes et ses iris si clairs s'y prêtait à merveille. Comme à chaque fois que je voyais ce cliché, mon cœur se serra.

— Tu as su le cerner, me dit Shannon, il est réellement très beau.

— Oui, il a un petit côté ténébreux sur cette photo, ajouta Anna.

— C'est vrai, dis-je, laissant échapper un soupir. Dommage qu'il se soit joué de moi. J'ai été bien naïve, et si ça se trouve c'est un psychopathe.

— Un psychopathe n'aimerait pas les chats, m'assura Anna en nous rappelant le moment improbable que j'avais passé avec Scott alors qu'il tentait de sauver un chaton malnutri.

— Anna, les chats sont des psychopathes ! affirma Sean en ricanant.

Cette dernière leva les yeux au ciel.

— Au début oui, déclara Shannon, il s'est peut-être amusé avec toi, mais crois-moi son attitude a vite changé, je l'ai senti plutôt perdu en fait.

— Mmmh… Je l'ai cru sincère par moment, et c'est ce qu'il m'a dit aussi, sauf que maintenant je doute de tout.

— Victoria regarde-moi, me commanda Shannon. Je te l'accorde, il y a quelque chose chez lui qui m'interpelle. Je n'arrive pas à mettre le doigt dessus, il a comme une ombre sur son esprit. Mais pour ce qui est de ses sentiments, ils étaient authentiques. Je le sais.

— Quoi ? Toi aussi tu es une sorcière ? m'esclaffai-je.

Elle devint grave tout à coup, me dévisageant silencieusement. Anna et Sean aussi.

— Quoi ? répétai-je. Sérieusement ?

— Shannon a également un don, Vic, comme sa grand-tante, m'apprit Anna.

Mon regard sidéré allait de l'une à l'autre.

— C'est vrai, dit Shannon qui avait glissé sa main dans celle de son amant, mêlant ses doigts aux siens. Nous sommes plusieurs dans la famille à avoir un don de clairvoyance. Nona est celle qui a le don le plus développé. On venait la voir de toute la Bretagne et même de plus loin parfois. Aujourd'hui elle ne pratique plus, cependant, elle a longtemps donné des séances. Moi, j'ai découvert que je l'avais vers mes douze ans. Ils apparaissent en général quand on devient une femme. Il n'est pas très fort, mais je vois plus clairement que les autres, on peut parler d'empathie, mais poussée à l'extrême, ou d'hyper sensibilité.

Je n'en revenais pas. Heureusement que je les connaissais un peu, car en temps normal ce genre de révélation n'aurait suscité que des moqueries de ma part.

— C'est pour ça que tu m'affirmais que Sébastien avait des sentiments pour moi, et que tu me parlais des changements d'humeur de Scott. Alors, tu es comme… un mentaliste ?

— Non ! Être mentaliste c'est de l'illusion ! Ou bien des sciences comportementales au mieux ! Chez moi c'est intuitif. Je le sens c'est tout. J'évite d'en parler, car je ne suis moi-même pas à l'aise avec ça, et de toute façon peu de gens sont assez ouverts d'esprit pour l'envisager ainsi. Mais Victoria, comme tu l'as déjà dit, tu as besoin de réponses, et si je peux t'aider, je le ferai par tous les moyens.

— Ça alors ! C'est la soirée des révélations ! Tu vois ! Moi aussi je l'avais senti ! Je ne te l'avais pas dit que tu étais une sorcière quand on était en Écosse ? dis-je en la pointant du doigt. J'aurai mieux fait de venir vous voir plus tôt. Sébastien, qui a pourtant le bras long, n'a pas su découvrir le dixième de ce que vous m'avez appris ce soir.

— Il ne voulait peut-être pas que tu en saches plus Vic, me dit Anna.

— Ah ! toi aussi tu as le don ?

— Non c'est juste du bon sens. Il t'aime, il veut te garder pour lui. Que tu te découvres une vraie famille, une famille par le sang je veux dire, ne doit pas l'arranger. Il pourrait te perdre… Tu vois ?

— Je n'avais pas envisagé les choses sous cet angle-là. Tu penses qu'il m'aurait volontairement caché des informations ?

— Non, juste qu'il ne les aurait peut-être pas forcément cherchées, ou pas assez en tout cas. Mais ce n'est qu'une supposition !

— Ça s'entend… dis-je en pleine réflexion. Ce serait logique que ça ne chamboule pas que moi, d'où sa demande un peu maladroite. Nous nous connaissons depuis la petite enfance. Quelque part, nous sommes liés.

— Exactement ! Bon ! Sur ces bonnes paroles, je vais me coucher, je suis Ko, annonça Shannon. Toutes ces découvertes et ces révélations m'ont vidée, pas vous ?

— Pareil, et la route m'a tué ! Au lit tout le monde ! m'exclamai-je.

De lourds nuages gris filaient dans le ciel venteux, déversant leur trop-plein d'eau en une pluie drue. Je n'entendais que le crépitement des gouttes sur la capuche de ma veste, pendant que mes chaussures foulaient un chemin caillouteux entouré d'herbes folles. De chaque côté se dressaient de majestueuses montagnes pelées, roussies par le froid dans un camaïeu de marron et de rouge. Des torrents dévalaient leurs flancs, gonflés par les averses d'automne, et alimentaient les immenses étendues d'eau de la vallée. Je pressai le pas, espérant atteindre la petite maison blanche nichée au pied d'un versant, avant que la pluie ne s'insinue sous mes vêtements. J'arrivai enfin devant la porte, quand un cheval à la robe d'un noir charbon apparut de derrière la maisonnette. Sa longue crinière pendait, emmêlée, jusqu'à ses genoux, et sa queue traînait au sol derrière lui. Il avançait d'un pas majestueux, la tête haute, l'encolure gonflée d'arrogance. Ses flancs et sa croupe musclés tressautaient sous l'agression de la pluie cinglante. Il s'arrêta, tourna sa tête vers moi, couchant sur son crâne ses oreilles mobiles. Son regard pétrole me perçait. Il était les ténèbres, l'ombre et l'obscurité. Malgré l'effroi qu'il m'inspirait, j'avais un désir impérieux de le toucher. Je m'approchai doucement. Il renâcla tout à coup de façon bruyante, secouant sa tête de bas en haut, ses sabots grattant le sol, impétueux. Il émanait de la bête une force dangereuse, mais je continuai à avancer avec l'espoir fou d'arriver à le flatter de ma main tendue vers lui. Alors que j'allai enfin poser mes doigts sur le velouté de ses naseaux grands ouverts, exhalant des tourbillons de fumée, il émit un hennissement semblable à un grondement, à la fois strident et sourd, qui vibra dans ma cage thoracique. Puis il recula précipitamment. Ramassant ses postérieurs sous lui, il pivota et s'enfuit à toute allure. Je restai immobile, le bras en l'air. L'étalon filait droit vers un loch non loin. Il poursuivit sa course folle dans l'eau, soulevant autour de lui d'immenses gerbes blanches, puis s'enfonça dans les flots jusqu'à disparaître entièrement englouti.

Je me réveillai terrorisée par ma vision nocturne. Qu'est-ce que cela signifiait encore ? Nauséeuse, je me levai péniblement et je me dirigeai vers les toilettes. J'étais prête à tout pour que ça s'arrête, même à voir des gens dotés de pouvoirs occultes s'il le fallait. J'étais dépassée depuis longtemps et la providence avait mis Shannon sur mon chemin. J'espérai de tout cœur que sa grand-tante allait pouvoir m'aider. Je dus patienter deux heures avant de m'être suffisamment apaisée pour pouvoir me recoucher, épuisée.

Le gardien des lochs I

Chapitre 12.

Côtes-d'Armor, Bretagne, peu avant Nouvel An.

Nous roulâmes près de deux heures avant d'arriver au village de *Saint-Suliac* où Nona habitait dans un lieu-dit, à quelques kilomètres de là. Nous empruntâmes une minuscule route, puis un chemin de terre, et dépassâmes un grand portail rongé par la rouille, ne tenant debout que grâce aux ronces qui s'étaient insinuées dans les circonvolutions de métal de fer forgé. Étonnamment, la maison que je découvris un peu plus loin était plutôt bien entretenue et cossue.

— Ma tante est assez riche, nous dit Shannon, devinant notre surprise. Elle a même un jardinier et une femme de ménage qui passent deux fois par semaine.

— Incroyable en effet, dis-je. Je m'attendais à une vieille chaumière délabrée à l'image du portail.

— Nona m'a expliqué qu'il effrayait les éventuels visiteurs non désirés. Seuls les gens qui la connaissent osent s'aventurer jusqu'ici, m'apprit Sean en se tournant vers moi.

— Tu as déjà rencontré la grand-tante de Shannon ? Depuis combien de temps es-tu en France dis-moi ?

Il me répondit d'un haussement d'épaules, les sourcils relevés, accompagné d'un sourire équivoque qui voulait en dire long sur la complicité qu'il entretenait avec mon amie. Je surpris le regard enamouré de Shannon dans le rétroviseur, et ne pus m'empêcher de pouffer. Ils étaient déjà si proches tous les deux.

Les roues de la voiture crissèrent sur le gravier devant la maison. Nous n'avions pas encore coupé le moteur du véhicule que la porte d'entrée s'ouvrit en silence, les gonds manifestement bien huilés. Une femme âgée aux cheveux blancs apparut vêtue d'une élégante robe noire et d'un châle rose en crochet sur ses épaules voûtées.

— Les filles, je vous demanderais de ne pas toucher ma grand-tante pour le moment, nous prévint Shannon. Contentez-vous de la saluer. Elle est très sensible et cela risquerait de perturber notre entretien.

— Très bien, acquiesça Anna.

Je hochai la tête en même temps que cette dernière.

Comme convenu, nous la saluâmes poliment de loin, seule Shannon lui tendit la main que sa vieille tante lui serra.

— Bonjour ma grande, dit-elle à Shannon. Mesdemoiselles, Sean, entrons !

On pouvait dire qu'elle ne s'embarrassait pas de mots superflus. Nous la suivîmes à la queue leu leu dans un couloir sombre, puis elle tourna sur sa droite et s'engouffra dans un petit salon lumineux. Shannon nous demanda de nous installer autour d'une table ronde recouverte d'une nappe en tissu fleuri, quant à Nona, elle disparut par une porte pour revenir quelques instants plus tard avec un plateau de gâteaux sablés.

— Shannon, veux-tu aller chercher le thé s'il te plaît, la pria-t-elle ?

Anna et moi restions silencieuses, impressionnées par la femme qui se tenait devant nous. Nous ne savions pas trop à quoi nous attendre, et d'ailleurs je ne m'imaginai pas avoir en face de moi une telle personne. J'avais plus en tête le vieux cliché de la diseuse de bonne aventure un peu excentrique, qui nous emmenait dans son antre pour nous présenter une boule de cristal ou un jeu de cartes divinatoires. Heureusement, je m'étais bien gardée d'exprimer mes pensées toutes hautes devant Shannon, car Nona s'avérait être une charmante dame âgée, et sa maison, bien que la décoration soit d'une autre époque, était lumineuse et agréable. Sean, lui, avait l'air tout à fait à ses aises, assis dans un fauteuil à l'écart.

— Victoria ? commença-t-elle, peinant à se redresser.
— Oui ?

— Vous vouliez des informations sur Émilie Layec c'est bien ça ?

— Oui, absolument.

Shannon arriva avec le thé qu'elle posa sur la table et fit le service.

— J'ai discuté avec la vieille Erell, tu te souviens d'elle Shannon ?

— Vaguement oui. Tu parles d'Erell Legaec ? La femme du boulanger du bourg ?

— Oui c'est elle. Elle aurait fréquenté dans sa jeunesse Ewenn Layec, qui avait une petite sœur prénommée Émilie. Je me le rappelle, car Erell et moi aimions nous occuper de la petite dont le frère avait la garde pendant que ses parents travaillaient au champ.

— Vous avez connu ma mère ?

— En quelque sorte, mais faut-il encore être certain que ce soit votre génitrice.

Elle leva son regard vers moi en se redressant avec difficulté, et je fus stupéfaite de me rendre compte que Nona avait les yeux entièrement opaques, d'un blanc vitreux. Elle était aveugle et je n'avais rien remarqué.

Elle se mouvait avec une aisance si naturelle !

— Avez-vous amené la photo comme je l'avais demandé ?

— Oui la voilà, lui répondit Shannon en lui tendant le cliché que j'avais retrouvé chez Suzelle.

Qu'allait-elle en faire au juste ? Elle n'y voyait rien !

Elle la prit dans ses mains noueuses dont les doigts étaient tordus par l'arthrose. Ses pouces caressaient le devant de l'image pile sur les visages des deux jeunes filles. Il s'en suivit un long moment de silence avant qu'elle ne reprenne enfin la parole :

— C'est bien elle, oui… Émilie Layec.

Mon cœur bondit de joie. J'étais certes encore un peu dubitative, mais j'avais confiance en Shannon, et je n'avais rien à perdre de toute façon.

— Les parents d'Erell lui ont interdit de revoir l'homme, car sa famille était pauvre et le père bien malade. Il n'aurait hérité que de quelques ares de terres, mais aussi d'une mère et d'une petite fille à charge. Et l'hiver suivant, c'est ce qui arriva. Ils ont préféré vendre la ferme et partir à *Rennes*.

— Et… Vous savez ce qu'ils sont devenus ? osai-je la questionner.

— Sean mon grand, peux-tu prendre le coupon qui est plié sous le téléphone et le lire s'il te plaît.

Nona se retourna vers moi et m'expliqua :

— J'ai demandé à ma femme de ménage, qui m'aide aussi pour les papiers administratifs, d'appeler la paroisse de *Rennes*. La mère d'Ewenn était une fervente croyante, et le curé a pu consulter les registres.

Sean s'exécuta, revint avec ledit papier et lut de sa voix grave :

« *Ewenn et Madina Layec sont décédés en 1971 dans l'incendie de leur maison. Seule la jeune Émilie a survécu. Elle a rencontré un étranger de passage et s'en est allée. Plus de nouvelles depuis 1972* »

Je n'en espérai pas tant, et la suite je la connaissais à peu près. Elle avait trouvé l'amour auprès de mon père qui l'avait emmené jusque chez lui en Écosse, puis j'étais née…

— Merci, dis-je d'une voix ténue. Ça a beaucoup d'importance pour moi tout ce que vous venez de m'apprendre. Même si je ne peux pas prouver que je suis sa fille, je m'approche de la vérité et cela lève le voile sur beaucoup de questions.

— Pour le savoir ma petite, je vais vous demander de garder l'esprit ouvert et de me donner votre main. J'ai besoin de vous toucher pour ressentir votre aura et votre énergie.

Je jetai un coup d'œil anxieux à Shannon, l'interrogeant implicitement si je devais m'exécuter. Elle me fit signe que oui d'un léger hochement de la tête. Anna approuva également, pendant que Sean levait un pouce en signe d'assentiment. Nona avait posé la sienne sur la table, paume ouverte vers le ciel, attendant que j'y glisse la mienne. Je lui tendis alors ma main, fébrile. Quand mes doigts effleurèrent enfin les siens, la vieille femme poussa un cri aigu qui nous fit toutes bondir sur nos chaises, et Sean s'extraire de son fauteuil. Elle retira brusquement sa main pour l'appuyer sur son sein, la massant de l'autre. Ses yeux morts me dévisageaient comme si elle pouvait me voir. Shannon se précipita vers elle, inquiète.

— Que se passe-t-il Nona ?
— Par la déesse, haleta-t-elle.

Son visage exprimait de l'effroi. J'étais moi-même en proie aux tentacules de l'angoisse, déversant leurs brûlures acides dans mon estomac.

— Qu'y a-t-il ? la suppliai-je.
— Vous portez la marque… Il vous a marqué…
— Quoi ? Comment ça, la marque ? Qui ?
— L'esprit des eaux…

Je cillai, complètement paumée, mais le mot « eau » faisait écho à mon mal être. Aurait-elle vraiment vu ce qui me rongeait ?

— Qu'avez-vous fait ?... Malheureuse, votre destin est à présent lié à lui, et il est funeste tout comme l'a été celui de vos aïeux.

— Je ne comprends pas ce que vous me dites Nona… Aidez-moi s'il vous plaît.

— Il s'est insinué dans votre esprit et vous ne pourrez plus vous en défaire. Il vit en vous, vous appelle sans cesse, j'ai raison n'est-ce pas ?

Je regardai mes amis, cherchant de l'aide, quand tout à coup je compris. Elle me parlait de Scott. Scott qui hantait mes nuits, Scott que je pouvais sentir près de moi tel un spectre palpable. J'espérai seulement qu'elle me parlait par métaphores, et que c'était un truc de voyante pour se donner plus de panache.

— Vous parlez de Scott ? Scott Maclean ?

— Je ne sais pas qui c'est petite, mais si c'est bien lui, fuyez ! Fuyez-le de toutes vos forces, ne le laissez pas vous rappeler à lui. Oh ! par la déesse, geignit-elle en se prenant la tête dans les mains, il causera votre perte !

Nona était bouleversée et Shannon décida qu'il était temps que l'on s'en aille. Je murmurai à la vieille femme des remerciements contrits, puis m'éclipsai dehors avec Anna et Sean, pendant que Shannon restait encore quelques instants avec elle.

Je faisais les cent pas devant la maison quand mon amie réapparut. Nous grimpâmes en silence dans la voiture, chacun ruminant et décortiquant ce qu'il venait de se passer. Je demandai enfin :

— Shannon, comment va ta grand-tante ? Je ne sais pas trop comment interpréter ce qu'elle m'a dit, et je suis désolée de l'avoir chamboulée à ce point. C'était une expérience étrange.

— Je l'ai rarement vu comme ça en effet. Mais cela fait plusieurs années qu'elle n'a pas pratiqué, et son âge ne lui permet plus de supporter ses séances comme avant. Rentrons, nous en parlerons tranquillement à la maison.

***

Nous étions installés devant le feu, un verre de vin dans la main pour nous remonter le moral, quand Shannon prit la parole :

— Voilà ce que je pense de tout ça, commença-t-elle, assise sur une chaise en face de nous. Je n'ai pas des dons aussi puissants que Nona, mais elle a confirmé ce que je ressentais. Cette zone d'ombre que je percevais sur Scott. Ce que je n'arrivais pas à comprendre. À mettre des mots dessus. Ma grand-tante l'a vu, elle.

— Mais vu quoi ? demandai-je encore une fois perdue.

— Il est un esprit des eaux ! C'est cohérent maintenant ! Tes rêves de noyades, tes expériences étranges en Écosse, ta fascination pour Scott...

— Oui bien sûr, c'est tellement logique, j'en croise tous les jours c'est dire ! lançai-je sarcastique.

Je les regardai longuement, les méandres de mon cerveau tournant à toute berzingue, quand soudain, je me levai et me précipitai dans ma chambre sous les regards médusés de mes amis. Je revins avec un des livres que j'avais achetés il y a quelques semaines, celui intitulé « Créatures et légendes celtiques ». Je l'avais déjà feuilleté plusieurs fois, sauf que je ne m'y étais que vaguement intéressée, préférant le livre d'histoire bien plus concret à mes yeux. Je posai l'ouvrage sur la table basse et fis tourner les pages à toute allure jusqu'à tomber sur un dessin représentant un homme d'une grande beauté, assis au bord d'une rivière. Sur l'autre page était illustré un cheval magnifique, entièrement noir, paissant dans les hautes herbes. Le texte jouxtant les images était titré : « *Les esprits des eaux : les Kelpies* ». C'est Anna qui réagit la première en se plaquant les deux mains sur la bouche, retenant un cri.

— Les *kelpies*... comme... le nom de notre chambre au *Drovers* ! Tu penses que c'est un hasard ?

— Je ne sais pas, mais je viens de faire le lien.

— Et qu'est-ce que ça dit ?

« Les kelpies sont des esprits aquatiques d'Écosse. Ils sont les gardiens des lochs et des rivières. Ils peuvent prendre la forme d'un magnifique cheval noir broutant au bord de l'eau, charmant les humains audacieux pour qu'ils les chevauchent. Ils les entraînent alors dans l'eau pour les noyer. Mais pour mieux les tromper, ils peuvent apparaître sous la forme d'un homme ou d'une femme très séduisants, absolument irrésistibles, attirant par la ruse l'imprudent vers un cours d'eau pour les submerger.

Ce sont des esprits maléfiques qui sont capables de déclencher de dangereux courants dans les rivières, mais aussi des tourbillons et des inondations mortelles.

Cependant il serait possible de les capturer. Pour qu'ils se laissent durablement apprivoiser, le seul moyen est de leur passer un licol en écorce de bouleau en les éloignant de leurs lieux de vie, loin des points d'eau, pour qu'ils perdent leur pouvoir d'attraction. Mais attention, ils sont extrêmement rusés et tenteront de s'échapper par tous les moyens, et s'ils y parviennent, ils ont la capacité de maudire leur ancien maître. »

J'étais stupéfaite par ce que je lisais. Tout prenait son sens. Le fait que Scott m'ait séduite et que je n'ai pu résister à ses charmes, en imaginant que toute cette histoire de créatures des eaux soit vraie… J'avais encore du mal à l'envisager. La suite logique, si l'on se référait au texte, c'est qu'il devait m'appâter jusqu'à une étendue d'eau pour m'y noyer, comme dans mes songes… Mais pourquoi ? Il m'avait dit que c'était à cause d'un serment vieux de plusieurs siècles. Je ne comprenais pas. Je m'étais offerte à lui et pourtant il avait lutté, comme l'étalon de mon rêve qui avait l'air si dangereux, et dont j'étais éperdument attirée, et qui avait fui avant qu'il ne puisse m'emmener avec lui au fond des eaux du loch… Et Scott m'avait demandé de fuir… De LE fuir… De l'oublier, comme me le conseillait Nona tout à l'heure… Il s'était contenté de me servir l'histoire du serment pour me renvoyer en France, mais ça allait bien au-delà. C'est pas vrai… On nageait en plein délire. Toutefois, moi aussi j'avais eu des doutes, moi aussi j'avais trouvé le comportement de Scott étrange, et de toute évidence, mes amies en étaient parvenues aux mêmes conclusions. Nous vidâmes la bouteille de Bordeaux et Shannon nous en ouvrit une seconde. Ok, ça n'aiderait pas nos esprits embrumés à y voir plus clair, mais ça aurait au moins l'intérêt de calmer nos nerfs.

— Anna ? Quand arrive Lachlan déjà ? lui demandai-je.
— Demain après-midi. Il prend le vol *Édimbourg/Nantes*, ensuite il loue une voiture et il en a encore pour trois heures de route. Donc, il devrait arriver vers dix-huit heures.
— J'espère qu'il pourra nous en dire plus. Quand tu lui as parlé de ce qu'il s'était passé avec l'eau, il n'a pas eu l'air surpris non ?
— Non c'est vrai, comme si c'était quelque chose de banal. À vrai dire je pensais qu'il voulait juste être poli et je n'ai pas osé l'interroger plus à ce sujet.
— Et il a dit qu'il allait nous présenter quelqu'un qui pourrait nous aider… Et c'était Scott…
— Merde… jura Shannon.
— Ça veut dire que Lachlan en est un aussi ? s'écria Anna. J'ai succombé à son charme immédiatement. Oh non ! Qu'est-ce que j'ai fait ? Je ne veux pas mourir !
— Merci pour ton soutien Anna, grinçai-je, moi non plus je te ferai dire !
— Désolée Vic…
— Et puis, tu n'es pas ennuyée par le même genre de rêves que moi, ni de phénomènes étranges ?
— Non c'est vrai, tu as raison, dit-elle pensive.
— Mais il est au courant, c'est certain. Anna, je compte sur toi pour le cuisiner. À nous trois, il ne pourra rien faire d'autre que de capituler de toute façon.

Shannon était restée avec moi une bonne partie de la nuit, me soutenant moralement. Nous avions passé en revue tout notre séjour au *Drovers* et à *Dunvegan*. Elle m'affirmait que Lachlan n'avait pas l'âme corrompue et qu'elle avait confiance en lui. Pour Scott, elle était plus perplexe. Elle l'avait senti sincère sans aucun doute, mais une ombre masquait son aura et sa vraie nature. De toute évidence cela m'affectait directement, et ce qu'avait dit sa grand-tante ne la rassurait pas. Nous avions aussi fait des recherches sur internet et découvert différents récits sur les *Kelpies* qui racontaient en substance plus ou moins la même chose. Elle m'avait également fait quelques autres aveux qui me laissaient franchement perplexe et qui ne m'aidaient pas à faire la lumière sur ces énigmes. Nous n'avancerions pas plus ce soir, il fallait maintenant compter sur les éventuelles révélations de Lachlan.

***

Nous passâmes la journée du lendemain bien au chaud dans la maison douillette de Shannon, et je m'octroyai même une petite sieste salvatrice en début d'après-midi. À l'heure prévue, une voiture se gara devant la longère. Anna sortit de sa léthargie, jetant sur la table basse le magazine qu'elle était en train de feuilleter, et fila à toute vitesse à la rencontre de Lachlan.

Shannon, Sean et moi les laissâmes se retrouver et attendions à l'intérieur.

— C'est pas vrai ! Ça fait bien vingt minutes qu'ils sont là-dehors maintenant, s'exaspéra Shannon.

Je gloussai.

— Viens, on va les chercher, mais ferme les yeux, on ne sait jamais.

Nous n'eûmes pas le temps de nous chausser que la porte s'ouvrit, laissant un vent froid et humide s'engouffrer avec nos deux amoureux. Ils étaient aux anges, collés l'un à l'autre.

— Ah tout de même ! Encore un peu et nous allions envoyer les secours ! les charia Shannon.

Lachlan nous embrassa chaleureusement à la mode française, puis donna une accolade fraternelle à Sean qu'il avait déjà rencontré en Écosse pendant le séjour des filles à l'abbaye. Comme toujours, il était superbe dans ses habits décontractés, mais de bonne facture. J'étais à la fois heureuse et fébrile de le retrouver.

Nous le laissâmes s'installer dans la chambre d'Anna puis nous dînâmes. Il nous transmit quelques nouvelles de *Dunvegan* et du Noël qu'il avait passé avec sa famille en grande pompe dans le château. Aucune de nous n'osait aborder le sujet « Scott ». Nous finîmes par débarrasser et comme je m'occupai de préparer le dessert, Lachlan vint m'aider.

— Comment vas-tu Victoria ? Pardonne-moi, mais je te trouve fatiguée.

— Il n'y a rien à pardonner Lachlan. Je ne vais pas très bien en effet. Et... j'ai, enfin nous avons des choses à nous dire. J'ai besoin de réponses.

— Je le sais bien, me dit-il compatissant, mais je t'assure qu'il est dans ton intérêt de ne pas chercher à en savoir plus...

— Ne me dit pas ça, car je sais que tu es bien plus impliqué qu'il n'y paraît, lui assenai-je. Je suis à bout Lachlan, je ne dors presque plus, et quand j'arrive seulement à fermer les yeux, je suis assaillie de rêves cauchemardesques.

— Elle a raison Lachlan.

Anna et Shannon venaient d'entrer dans la cuisine. Elles arrivaient à point nommé, et c'est Shannon qui prit les commandes de la conversation. Elle avait une autorité naturelle, et nous étions sous son toit. Son ton ne souffrait aucun refus d'obtempérer. Elle lui raconta tout depuis le début sans omettre un seul détail. Anna hochait la tête de temps à autre, les bras croisés sur son ventre – Lachlan ne trouverait pas d'aide de la part de sa moitié. Il était pris au piège entre nous trois. Quand Shannon eut fini son long monologue, son visage s'était décomposé. Il se glissa nerveusement les doigts dans ses cheveux roux, soupirant avec force.

— Votre pugnacité vous honore... Très bien, j'abdique, dit-il en levant les mains devant lui. Je vais vous dire ce que je sais, mais vous risquez d'être déçues, vous en savez bien plus que la plupart des gens.

À ces mots, Anna s'approcha de lui et l'enlaça tendrement. Comme promis, elle maîtrisait parfaitement la situation. Nous nous dirigeâmes tous dans le salon pour nous installer devant le feu. Lachlan se racla la gorge, jetant un œil à sa bien-aimée avant de se lancer enfin.

— En effet, vous avez vu juste. Scott n'est pas… un humain au sens propre du terme. Il a une autre nature, et comme vous l'avez dit, il est le gardien des lochs et des rivières d'Écosse.

— Ça ressemble à un garde-pêche, s'amusa Anna.

— Il diffère d'une personne classique de par les pouvoirs qu'il a sur l'eau en général. Il peut provoquer des inondations, mais aussi tarir une rivière, ou bien même faire tomber la pluie.

— Alors c'était lui les phénomènes qui me sont arrivés ? lui demandai-je.

— Mmmh… fit-il embarrassé. Non je ne pense pas, ça, c'est plutôt dû à votre lien.

— Comment ça ?

— Vous… vous vous êtes embrassés non ?

— Euh, oui en effet, sauf que je ne vois pas le rapport.

— Je suis désolé Victoria, mais à partir du moment où il y a eu un rapprochement physique, son esprit s'est comme insinué en toi et t'a marqué comme… comme une balise. D'elle-même, l'eau va te chercher. Tu ne risques rien, car il faut être en contact direct avec celle-ci, et tu es suffisamment forte pour t'enfuir. Ce que tu as fait. Mais si tu étais restée avec Scott et que vous étiez allés plus loin…

Il me regardait d'un air interrogateur. Il insinuait quoi ? Plus loin, comme coucher ensemble ? Fallait-il que je lui réponde ? C'est un peu gênée que je murmurai :

— Je… euh… non non Scott s'est arrêté avant…

— Ah… très bien… Il a fait preuve d'une très grande force d'esprit. Tant mieux pour toi, car la situation aurait été alors irréversible.

— Que se passerait-il Lachlan ? demanda Sean.

— Vic aurait été entièrement sous son emprise, et Scott aurait pu réaliser son dessein.

— Mais encore ? le poussa-t-il à parler.

— C'est-à-dire sacrifier Victoria à la déesse des rivières et des sources. La noyer dans un loch comme une sorte d'offrande. Oh ce n'est pas possible, j'en ai déjà trop dit…

Je n'en croyais pas mes oreilles. J'avais l'impression d'être dans un scénario de film *fantasy*, que *Gandalf*[13] allait débouler dans le salon avec son bâton lumineux, et nous laver le cerveau comme dans les *Men in black*[14].

— Mais pour quelles raisons ? demanda Shannon.

---

[13] Gandalf est un personnage imaginaire appartenant au légendaire de l'écrivain britannique J. R. R. Tolkien, apparaissant dans Le Hobbit, puis dans Le Seigneur des anneaux.

[14] Adaptation cinématographique de la série de comics du même nom créée par Lowell Cunningham.

— Cela date d'il y a très longtemps...

— Le fameux massacre qui s'est passé il y a des siècles de cela... le coupai-je.

— Oui, à la bataille de *Traigh Ghruinneart* en 1598. Pour faire court, le chef Lachlan Mor Maclean a été tué au cours de ce combat par un Macdonald. Le fils de Maclean s'était vengé en massacrant les habitants Macdonald sur *Islay*[15]. La querelle entre les Maclean et les Macdonald concernait surtout, au départ, le droit d'occuper des terres de la couronne d'Angleterre, mais elle était devenue rapidement une guerre de clans, qui avait conduit à la destruction presque totale des deux camps. Les Maclean revendiquaient le droit de détenir ces terres, néanmoins, le conseil privé leur avait donné tort et avait considéré que c'était les Macdonald les véritables détenteurs de ces propriétés. En contrepartie ces derniers ont dû prêter serment et donner en offrande le premier né de chaque nouveau chef à la déesse *Adsullata*, la déesse des rivières et des sources donc, pour alimenter son propre clan à des fins de servitude. Je pensais que tout ça c'était des histoires, des légendes contées au coin du feu, jusqu'au jour où je devais avoir dans les cinq ans, et où je jouais au bord d'un loch avec Scott qui avait le même âge. Ce jour-là, je l'ai mis en colère pour une stupide histoire de jalousie d'enfant et l'eau du loch s'est soudainement agitée, si bien que des vagues

---

[15] Islay est l'île de l'archipel des Hébrides, en Écosse.

énormes se sont mises à s'écraser sur la berge manquant de me noyer. Je n'ai dû mon salut qu'à sa tutrice qui s'était assoupie non loin de là et qui, découvrant ce que son protégé avait déclenché, lui avait ordonné d'arrêter. Il a été salement battu pour avoir montré sa véritable nature, et j'ai été contraint de prêter serment moi aussi. Serment que je suis en train de rompre...

L'image des cicatrices barrant le dos de Scott me revint brusquement. Il avait dû souffrir le martyre, il n'était qu'un enfant à cette époque-là.

— ... Personne ne doit savoir la vérité. Depuis toujours, on les camoufle sous couvert d'histoires et de légendes. Ça fait frissonner les touristes et tourner l'économie du pays, mais si les gens venaient à découvrir que ces contes sont réels... Cela créerait indubitablement une chasse à l'homme.

— Tu es en train de nous dire que tout est vrai ? lui demandai-je, effarée.

— Plus ou moins. Certains êtres sont authentiques, le reste a été inventé pour noyer le poisson, faire en sorte que ce soit trop gros pour être vrai.

Il s'en suivit un long silence. Chacun de nous digérant ces dernières informations.

— Alors mon père et ma mère n'ont pas voulu que je sois sacrifiée, ils m'ont donc cachée en France... dis-je tout bas, plus pour moi-même.

— C'est ça... Le reste de l'histoire tu la connais.

— Et ?!...Dans mon livre, il est écrit que l'on peut capturer un *Kelpie* et annihiler son pouvoir d'attraction en les éloignant des points d'eau ou en utilisant une corde en écorce de bouleau… Est-ce vrai ?

Lachlan secoua la tête, l'air navré.

— Je n'en sais rien Victoria. J'ai été tellement terrorisé enfant, quand j'ai découvert ce qu'était Scott, que je n'ai jamais cherché à comprendre ou à en savoir plus. Tout ce que je t'ai confié, je le tiens de conversations que j'ai entendues. Je n'ai jamais eu sa version. Mais Victoria, reprit-il gravement, je te supplie d'écouter les conseils de Scott et de la grand-tante de Shannon. Elle a raison, tu es en danger si jamais tu retournes là-bas.

— J'ai bien saisi cette partie de l'histoire merci, rétorquai-je sèchement. J'espère juste que maintenant que j'ai eu mes réponses, je vais enfin retrouver la paix. Tout ça m'épuise totalement.

Je me gardai bien de leur dire que Liam était venu me menacer chez moi. Était-il un esprit des eaux lui aussi ? Pouvais-je être tombée sous son influence également ? Pas en étant si éloignée de l'Écosse de toute évidence.

Shannon me pressa doucement le bras en guise de compassion. Je lui rendis sa marque d'affection en la remerciant avec effusion. Sans elle, je ne serais pas capable de tenir. Je remerciai aussi Anna, et Lachlan qui avait sacrifié son honneur de gentleman et rompu son serment pour tout nous avouer. J'espérai qu'il n'en voudrait pas à sa chère et tendre de l'avoir contraint à parler enfin.

Il était très tard et nous décidâmes qu'il était temps d'aller se coucher.

— Veux-tu que je dorme avec toi cette nuit ? me proposa Shannon au moment où j'allai entrer dans ma chambre. Sean ne m'en voudra pas, me devança-t-elle.

J'acceptai avec soulagement. Elle me sourit tendrement et se joignit à moi. Rassurée, je m'assoupis rapidement.

Je poussai de tout mon poids sur l'étroite porte en bois de la petite maison blanche, lorsque celle-ci céda enfin dans un craquement sinistre. La seule pièce dont elle était pourvue était plongée dans le noir que la lucarne n'arrivait pas à éclairer. Je me redressai et attendis de m'accoutumer à la faible luminosité avant d'aller plus loin. La pluie crépitait sur le toit, et le vent gémissait dans le conduit de cheminée et entre les tuiles descellées de la toiture abîmée, quand soudain, j'entendis des sanglots. Ils provenaient du fond la pièce. Je cherchai alors frénétiquement le briquet que j'avais dans ma poche, et je dus m'y reprendre à plusieurs fois avant d'arriver à l'allumer tant mes doigts étaient gourds. La petite flamme vacilla dans les courants d'air, mais tint bon. Son halo me permit de distinguer une silhouette recroquevillée dans un coin. C'était un enfant, assis par terre, le visage posé contre ses genoux repliés, ses bras les entourant. Il pleurait à fendre l'âme. Mon cœur qui n'avait pourtant pas connu les joies de la maternité se serra, et je m'accroupis alors auprès de lui, cherchant à le réconforter. Il leva la tête au moment où je lui touchai l'épaule. Ses yeux étaient aussi clairs qu'un glacier de montagne, et ses cheveux ébouriffés, aussi noirs que la suie. Des larmes dévalaient ses joues, et quand il me vit, il me sauta dans les bras. Je lâchai le briquet qui s'éteignit et le pressai tout contre moi. Le pauvre enfant était à moitié nu et mort de froid. Je voulus lui frictionner le dos, lorsque mes mains rencontrèrent un liquide poisseux et chaud. Aussitôt, le gamin hurla. Prise de panique, je nous retournai vers la porte pour mieux voir, et il hurla de plus belle quand mes doigts entrèrent en contact avec de fins lambeaux de chair qui se décollaient des deux plaies béantes qui striaient son échine.

Je hurlai aussi.

Une lumière vive me brûla les rétines, puis Shannon m'apparut.

— VIC ? Vic ? Ça va ? C'est moi Shannon ! Je suis là, je suis là ma belle, chuuuttt, chuuttt…

Je sentis ses bras s'enrouler autour de moi et me bercer en me caressant les cheveux lentement, à la manière d'une maman voulant apaiser son enfant. Quand je repris mes esprits au bout de quelques minutes, je m'écartai doucement d'elle, essuyant mes larmes du revers de la main.

— Je... j'ai vu Scott, murmurai-je. C'était un enfant, il était couvert du sang des blessures qu'il a eues quand il a été puni pour avoir utilisé son don.

— Oh ma pauvre Vic... Je suis désolée que tu vives ça...

— Je les ai vraiment vu Shannon, ses cicatrices dans son dos. Elles sont immondes, elles ont été faites par quelqu'un de mauvais ! Comment un enfant a-t-il pu supporter ça, survivre à ça ? Comment peut-on faire seulement subir cela à un enfant ? Il a tellement souffert...

— Victoria, je sais que tes rêves sont extrêmement réalistes, mais Scott est bien vivant et il va bien ok ? Il est adulte maintenant, et toi, tu es ici avec nous. Tout va bien se passer. J'ai une idée, on va sortir de cette chambre et aller dans la cuisine. Je vais nous faire un chocolat chaud antillais. Avec une bonne dose de rhum, tu vas voir y a rien de mieux.

Docile, je la suivis.

Le gardien des lochs I

Chapitre 13.

— Elle a encore rêvé de lui cette nuit, elle était complètement épouvantée.

— Ça ne s'arrêtera donc jamais, mais qu'est-ce qu'on peut faire ? Lachlan, tu n'as vraiment aucune idée ? Quelqu'un à contacter ?

— Non hélas, je te l'ai dit, personne n'osera interférer. Scott a déjà désobéi en l'épargnant…

— En l'épargnant, tu parles ! Elle n'est plus que l'ombre d'elle-même. Et toi Shannon ? Nona ? Elle ne peut pas rompre le sort ?

— Ça ne marche pas comme ça Anna, Nona peut voir des choses, mais ne peut rien défaire…

Je me dirigeai vers la cuisine, quand je surpris leur conversation après m'être réveillée seule dans mon lit à onze heures passées. Ils s'inquiétaient tous pour moi, et je ne faisais que les affoler encore plus avec mon sommeil tourmenté. Me composant un visage serein à défaut d'être lumineux, je décidai de feindre la gaieté avant d'entrer. Nous étions le trente et un, et je ne voulais pas gâcher la fête ni les retrouvailles d'Anna et Lachlan.

— Coucou tout le monde! Quelle nuit! Ton chocolat antillais a fait des merveilles Shannon, j'ai dormi comme un loir.

— Salut Vic!

— Contente que ça t'ait été utile, je t'en ferai un autre ce soir si tu veux.

— Avec plaisir! Quel est le programme pour aujourd'hui?

Mon entrain eut l'effet escompté. Les épaules de Lachlan se détendirent, Anna et Sean me lancèrent un grand sourire, et Shannon, bah c'était Shannon quoi, elle ne se laissait pas berner aussi facilement.

On déjeuna sur le pouce, espérant garder de la place pour le repas pantagruélique prévu pour la fête, puis passâmes l'après-midi à préparer des petits fours, des toasts et autres réjouissances. Les garçons étaient les plus euphoriques de nous tous, trépignant d'impatience de pouvoir goûter les très bonnes bouteilles de vin français que Shannon nous avait remontées de sa cave. Ils en avaient carafé deux pour que le précieux nectar soit aéré convenablement, et prêt pour la dégustation. Pour des étrangers, ils s'en sortaient pas mal en us et coutumes du pays.

Anna et Lachlan passaient leur temps à se frôler, se dévorer du regard, tandis que Shannon et Sean se comportaient déjà comme un couple établi. Qu'est-ce que je les enviai tous. Peut-être aurais-je dû envisager la proposition de Sébastien plus sérieusement, après tout je n'étais pas dans mon état normal quand il me l'avait faite. Si je n'avais pas rencontré Scott, comment aurais-je réagi ? Encore une fois, l'image de son visage dansa devant mes yeux, s'imposant dans mon esprit, balayant mes doutes sur ce que ressentait véritablement mon cœur. Je le chassai bien vite de ma tête et me collai un sourire enjoué aux lèvres.

Nous travaillâmes encore une heure sous la direction de Shannon, dans la gaieté et la bonne humeur. Pour nous donner de l'entrain, Shannon nous avait gratifiés de sa sublime voix en nous chantant des airs typiques bretons, ainsi que quelques chansons plus modernes. Je n'en revenais pas de son talent. Sean me glissa même à l'oreille, alors qu'il s'était aperçu de ma fascination pour son organe vocal (mon immobilité et ma mine pantoise l'avaient certainement interpellé), que c'était une des facettes de mon amie qui l'avait particulièrement touché lorsqu'il avait fait sa connaissance. Quand enfin celle-ci nous libéra :

— Je propose que nous allions nous reposer un peu, puis que nous nous changions, et que l'on se retrouve pour vingt heures dans le salon, ça vous va à tous ?

Nous filâmes, tels des rats sautant du navire avant qu'il ne coule, trop heureux d'échapper à son autorité. Je me jetai sur mon lit et en profitai pour appeler Sébastien qui devait se préparer à aller patrouiller au centre-ville de *Strasbourg*.

— Allô Seb ?

— Eh ! ma puce ! Je suis content de ton coup de fil ! Comment ça va ?

— C'est génial, Shannon a une superbe maison et elle est aux petits soins pour nous. J'ai même pu faire la connaissance de son petit ami qu'elle a rencontré en Écosse après que je sois rentrée. Le chéri d'Anna nous a rejoint également hier, et nous sommes au complet pour ce soir.

— J'aurais aussi aimé être là... Mais bon ! Boulot boulot ! Je suis payé double et j'ai en plus le droit à une prime de risque ! Je vais pouvoir rembourser ton cadeau qui était hors de prix !

— Oh ! On ne se dit pas ça Seb ! lui criai-je horrifiée, et lui, il éclata de rire.

Il me taquinait comme à son habitude.

— Tu le portes j'espère ! Que ça en vaille le coup !

— Évidemment banane ! Et sinon tu es affecté dans quel quartier de *Strasbourg* ?

— *La petite France* ! Ça va, c'est loin d'être le pire, mais depuis les attentats, on a quand même beaucoup plus de pression.

— J'imagine oui. Tu finis à quelle heure ?

— Les collègues prennent notre tour pour six heures.

— Holala, ça va être long ! Je t'envoie plein de courage.

— Merci ma puce, amuse-toi bien aussi. Je t'appellerai demain matin.

— Ok, ça marche. Je t'embrasse, bye, à demain !

Quel soulagement d'entendre le Sébastien que je connaissais depuis toujours, c'était vraiment trop bizarre de le voir jaloux. Oh, je ne me faisais pas d'illusion, sa petite réflexion quand j'avais parlé de Sean et Lachlan ne m'avait pas échappé, néanmoins, j'espérais qu'avec le temps il passerait à autre chose. Je repensai à ses conditions de travail et son métier très exigeant. Il risquait sa vie et était souvent aux premiers rangs à chaque fois que ça tournait au vinaigre. Il avait déjà été blessé à plusieurs reprises, et dès que je voyais aux actualités qu'un gendarme avait été pris sous les feux pendant une intervention musclée ou d'une manifestation tendue, je ne pouvais m'empêcher d'avoir peur pour lui. Ces pensées eurent le bénéfice de dédramatiser ma propre situation. Franchement de quoi je me plaignais ? De quelques cauchemars et d'un cœur brisé ? Je me secouai mentalement et je reprendrais le dessus à partir de maintenant. J'enfilai un pantalon noir *slim* ainsi qu'un caraco vert canard bordé d'une fine dentelle. Une large ceinture en cuir finissait ma tenue. Je relevai pour une fois mes cheveux sur ma tête, laissant échapper quelques mèches çà et là. Un trait de crayon, du mascara, un rouge à lèvres pourpre pour l'occasion, et une touche de blush pour donner à mon teint cireux un coup d'éclat. Oh ! J'oubliai mes boucles d'oreilles pailletées, spéciales « sorties festives » ; le tour était joué. Je rejoignis mes comparses comme convenu à vingt heures pétantes dans le salon.

— Anna ! Tu es sublime ! Cette petite robe noire te va à merveille.

— Pas mal non plus dis donc ! Tu es resplendissante Vic.

Lachlan avait revêtu un kilt plus moderne que sa tenue d'apparat traditionnelle. Il était plus sobre, mais magnifique. Le gris/vert du lainage faisait ressortir le roux sombre de ses cheveux. Il avait vraiment de l'allure. Je comprenais qu'Anna se soit éprise de lui au premier coup d'œil. On est d'accord que ça ne faisait pas tout, mais quand même, on ne va pas se mentir, il était vraiment plaisant à regarder. Sean avait lui aussi enfilé un kilt qu'il portait avec élégance, et Shannon avait passé une combinaison rouge qui mettait en valeur ses cheveux flamboyants, et sa ligne était allongée par des escarpins noirs. Le décolleté montrait tout juste ce qu'il fallait de sa poitrine généreuse (qu'est-ce que je lui enviai, moi qui n'avais que des petites pommes !).

Nous trinquâmes avec un champagne millésimé *Dom Pérignon* que Lachlan avait acheté à l'aéroport avant d'arriver. Au prix de la bouteille, je le dégustai avec adoration. Le buffet apéritif fut englouti en moins d'une heure. Peut-être que nous affamer toute la journée n'avait pas été la meilleure des idées qui soit, sauf qu'au moins, il n'y aurait pas de restes. S'en suivit, une assiette chaude de cassolette de saumon d'Écosse bien entendu, accompagnée d'une salade verte pour un peu de légèreté. Anna nous parlait de sa librairie, qui bien qu'elle soit petite, avait un succès fou. Elle ne comptait pas ses heures, mais aimait son métier de tout son cœur. Je lui promis de venir la voir au printemps, car je ne connaissais pas la *Corse* et l'occasion serait parfaite. Shannon bossait pour l'office du tourisme de la région, et s'occupait notamment des locations saisonnières labélisées.

— Bon avant de passer notre temps à discuter boulot et que cela devienne ennuyeux, commença Shannon, je préfère mettre de la musique et que nous nous amusions ! J'ai une playlist spéciale Nouvel An, vous allez m'en dire des nouvelles !

— Lachlan ? appela Anna, guillerette. Ce soir Sean et toi allez devoir vous démener pour faire danser trois des plus belles femmes du coin. Je compte sur vous ! Et mon chéri, sache que je saurai te récompenser, lui dit-elle, en lançant une œillade explicite à l'intéressé.

— À vos ordres mademoiselle ! lâcha, Lachlan nullement effrayé en se levant et en nous gratifiant d'une superbe révérence.

Nous rîmes tous en cœur et c'est Shannon qui eut le privilège d'ouvrir le bal avec lui, parce qu'elle était notre hôte de marque, et qu'il fallait toujours les choyer, nous dit ce dernier avec sa galanterie habituelle. Nous virevoltâmes donc dans les bras des garçons pendant un bon moment sans que ceux-ci donnent des signes de fatigue. Heureusement pour eux, nous abdiquâmes avant qu'ils ne nous supplient de faire une pause.

— Stop, tout le monde, cria Anna. Il va être minuit dans deux minutes !

Nous fîmes tous le décompte des quelques dernières secondes avant l'heure fatidique, et c'est dans une effusion d'embrassades que nous passâmes à l'année suivante. Shannon nous ouvrit une autre bouteille de champagne et nous trinquâmes encore une fois joyeusement. Je me sentais tellement bien à ce moment-là, entourée de mes amis, le cœur léger ! J'étais prête à enfin passer à autre chose, sans me douter que le pire restait à venir...

La soirée continua jusqu'à trois heures du matin, quand nous décidâmes après un dernier verre de whisky, avachis dans le canapé, qu'il était temps de rejoindre les bras de Morphée. Anna et Lachlan, enlacés, se dépêchèrent de filer dans leur chambre – et par bonheur elle n'était pas mitoyenne à la mienne –, pendant que Shannon traînait encore quelques minutes avec moi, alors que Sean s'était éclipsé dans la salle de bain.

— Je te prépare un chocolat antillais ?

Je ricanai, déjà suffisamment alcoolisée comme ça, même si je tournai à l'eau depuis un moment.

— Non merci Shannon, t'es un amour, mais je n'en aurai pas besoin. Je sens, je ne sais pas... C'est différent ce soir, j'ai l'impression de m'être débarrassée d'un poids. Je crois que je vais bien dormir.

— J'en suis heureuse ! Car demain je compte sur toi pour m'aider à ranger tout ce bazar. Je pense bien que ces deux-là, me dit-elle en jetant un regard en biais vers la chambre d'Anna... ne sont pas prêts de réapparaître.

Je gloussai. C'était fort probable.

— Et pas toi peut-être ? la questionnai-je les sourcils levés, moqueuse.

— Pour qui me prends-tu Victoria ?! Je suis une hôte bien élevée, je serai sur le pont à la première heure, me lança-t-elle avec un sourire de connivence.

Nous nous séparâmes en riant, regagnant nos pénates pour le reste de la nuit.

Je pris tout mon temps pour me déshabiller. Je m'apprêtai à me coucher quand je cherchai mon téléphone. Mince ! Il était resté dans la salle. Je filai en douce le récupérer. Je n'avais pas envoyé de messages sachant bien que le réseau serait saturé et qu'il était vain d'essayer de joindre quelqu'un, mais à cette heure avancée de la nuit j'avais mes chances. Je pensais surtout à Sébastien qui devait être dans le feu de l'action. La tradition voulait qu'en *Alsace*, à minuit pile, tout le monde sort dans les rues tirer un feu d'artifice et des pétards pour fêter en fanfare la nouvelle année. J'adorais cette coutume, car elle rassemblait les gens et c'était l'occasion de rencontrer ses voisins, mais hélas, elle amenait son lot de blessures parce que ces derniers étaient souvent trop alcoolisés et ne maîtrisaient plus leurs engins pyrotechniques, et parfois même, de violences, surtout dans les quartiers chauds des villes. Demain, nous aurions aux infos le compte précis du nombre de voitures incendiées, comme chaque année. Je trouvai ça complètement idiot de le mettre en avant, cela incitait les fauteurs de troubles à faire mieux l'année suivante. Je cherchai mon portable partout avant de l'apercevoir, posé à côté de celui de Lachlan sur le buffet du salon. Lui aussi l'avait oublié dans sa précipitation à aller se coucher. Je récupérai mon appareil, quand tout à coup, l'autre s'illumina, attirant mon attention. Ce fut comme recevoir un coup dans le ventre lorsque je lus le nom s'afficher sur l'écran : Scott Maclean.

Scott était en train de téléphoner à Lachlan.

Je restai figée un instant, écoutant la vibration rythmée du mobile… J'avais du mal à respirer et tout mon corps tremblait. Sans pouvoir m'en empêcher, tel un automate, je tendis la main vers le smartphone délaissé, puis appuyai sur le bouton « décrocher ». Je l'approchai de mon oreille, et l'entendis. Sa voix rauque et virile se déversant dans mes veines, réchauffant mon sang, faisant battre mon cœur à toute allure.

— Allô ? Lachlan ? … Allô ? dit-il.

J'eus enfin le courage de lui répondre.

— Scott ?... c'est bien toi ? demandai-je dans un souffle à peine audible.

— ... Victoria ?... Mais ? Qu'est-ce que tu ....? Où est Lachlan ?

— Victoria ! Rends-moi ce téléphone !

Lachlan, qui se tenait derrière moi, m'arracha le téléphone des mains. Je ne l'avais pas vu arriver et j'étais mortifiée d'avoir été prise en flagrant délit. Les traits déformés par la colère, les sourcils froncés, il s'éloigna de moi d'un pas rapide afin de conserver un peu d'intimité. Lachlan m'avait dit qu'il n'avait plus eu de nouvelles de Scott et voilà que ce dernier cherchait à le joindre. Je l'entendais grommeler dans la cuisine et répondre par monosyllabes, rien qui puisse me donner une idée de la teneur de leurs propos, c'en était extrêmement frustrant. Je brûlai de savoir ce qu'ils se disaient. Il raccrocha et réapparut dans le salon.

— Qu'y a-t-il ? lui demandai-je, prête à affronter son courroux.

Il avait l'air inquiet et se frottait nerveusement la nuque, le regard dans le vide. Quand il leva les yeux sur moi, son visage se durcit :

— Tu sais quoi Victoria ? Ne te mêle plus de ça. Il n'a pu se décider à t'éliminer, j'en suis heureux pour toi, mais maintenant c'est à toi de veiller à ce que son sacrifice n'ait pas été vain, ok ?

La rancœur avait repris le dessus, et il m'avait asséné ces paroles acides si brusquement que j'en cillai.

— Sacrifice... Pourquoi parles-tu de sacrifice ? Que se passe-t-il Lachlan, je dois le savoir, s'il te plaît.

Il soupira bruyamment en faisant les cent pas, quand enfin il s'immobilisa devant moi.

— Je suis sincèrement désolé Victoria, mais cette situation dépasse tout le monde. Je ne t'en veux pas personnellement, c'est la fatalité...

— Quelle fatalité ?...

— Scott est... Si tu veux vraiment connaître la vérité ; il m'appelait pour me dire adieu, car la situation est critique, il n'arrivera pas à se cacher plus longtemps. Il a désobéi, il t'a sauvé, mais en paie les conséquences.

Ses paroles me coupèrent les jambes. Je n'avais pas pensé aux répercussions que mon sauvetage aurait pour lui.

— Que vont-ils lui faire ? Liam l'a retrouvé ?

J'étais maintenant complètement affolée.

— Je n'en sais rien Vic, il m'a simplement dit qu'il n'en avait plus pour longtemps. Il m'a également dit de... de prendre soin de toi.

Ses derniers mots eurent raison de moi, des larmes jaillirent de mes yeux, dévalant mes joues. Lachlan ouvrit les bras et m'étreignit, compatissant, toute trace de colère évanouie. Il ne cessait de me murmurer qu'il était désolé, et je l'étais tout autant. Nous restâmes un long moment comme ça, assommés par cette nouvelle, nous imaginant l'un et l'autre le pire, visualisant Scott seul face à ses responsabilités. Il n'était pas question de réprimande ou de séjour en prison, on touchait au surnaturel, et au vu de tout ce que j'avais appris ces jours-ci, tout était possible. Quand je quittai son giron, c'est avec un dernier regard lourd pour lui que je regagnai ma chambre. La porte à peine fermée, je collai mon oreille à celle-ci et l'écoutai marcher jusqu'à la sienne. Pendant que je me liquéfiai de tristesse dans ses bras, j'eus la certitude que je devais agir. Peut-être que j'arriverais trop tard, mais je ne pourrais de toute façon plus vivre si je n'essayais pas. Je me rhabillai à toute vitesse et remballai mes affaires dans ma valise. Par chance j'avais tout ce qu'il me fallait, le climat breton étant proche de celui de l'Écosse. Mon cœur battait à mille à l'heure, mais je devais cependant rester discrète et ne pas réveiller les autres. Je sortis à la dérobée de la maison, puis m'engouffrai dans ma voiture. Le terrain était légèrement en pente, et je n'eus qu'à desserrer le frein à main pour que celle-ci descende sur la route silencieusement avant que je ne doive démarrer le moteur. Je jetai un dernier coup d'œil à la longère, quand j'aperçus une silhouette se découpant dans l'encadrement de la fenêtre de la chambre d'Anna. Lachlan sans doute. Il me laissait partir et je lui en étais reconnaissante. J'en avais assez que l'on me demande de rester inactive. J'enclenchai la seconde, puis la troisième jusqu'à ce que la maison disparaisse dans mon rétroviseur.

Lachlan

Quand il découvrit que Victoria avait décroché son téléphone, il sut tout de suite que Scott était au bout du fil, et si ce dernier avait pris le risque de l'appeler, cela voulait dire que c'était grave. Il n'avait pu s'empêcher de lui arracher des mains, tremblant lui aussi pour son ami, et hélas, il avait vu juste. Scott était aux abois, et malgré tout, sa fierté excluait qu'il se plaigne. Il lui avait simplement signifié qu'il ne lui restait plus beaucoup de temps et que leur amitié avait été la plus précieuse de sa vie. Lachlan avait vacillé à cet aveu, il ne pouvait s'imaginer ne plus revoir Scott. Au moment de raccrocher, la colère et l'impuissance le ravageaient. Il en voulait à Victoria, mais se reprit bien vite, réalisant qu'elle n'y était pour rien et que c'était Scott qui s'était sciemment mis dans cette situation. C'était si injuste... Pour son ami, pour lui et pour elle. Après avoir eu des mots durs envers Victoria, il n'avait pu s'empêcher de la prendre dans ses bras, ayant besoin l'un et l'autre d'être réconfortés. Bien sûr, l'idée lui avait traversé la tête de lui demander de partir le rejoindre. Elle l'aurait sans doute fait sur le champ. Cela la mènerait à sa perte, mais au moins Scott serait sauvé ! Au moins un des deux... Car au vu de ce que Victoria vivait, elle non plus ne survivrait pas bien longtemps à ses tourments. Shannon leur avait fait part de ses craintes, et le corps ravagé de Victoria parlait de lui-même. Ils jouaient tous le jeu, essayant de lui faire remonter la pente, et ce soir Victoria avait donné le change, mais pour combien de temps ? Il allait se recoucher auprès d'Anna qui dormait paisiblement, inconsciente de ce qu'il se passait, quand il aperçut une ombre se mouvant dehors. S'approchant de la fenêtre, il distingua la silhouette de Victoria se glissant dans sa voiture. Son cœur se serra ; elle allait rejoindre Scott comme il l'avait secrètement espéré. Il se figea un instant ne sachant quoi faire. Devait-il l'en empêcher comme le lui avait ordonné son ami ? Les secondes s'engrenèrent et le véhicule descendit lentement vers la route, la nuit l'engloutissant. Il n'avait rien fait pour la retenir, il en supporterait les conséquences lui aussi.

Le gardien des lochs I

Chapitre 14.

J'avais plus de chance d'avoir un vol pour l'Écosse en partant de l'aéroport *Charles de Gaulle,* au nord de *Paris*, c'est pourquoi je choisis de rouler plus de cinq heures plutôt que t'attendre bêtement un hypothétique avion à *Nantes*, surtout un lendemain de fête. Mon téléphone était éteint pour ne pas être dérangée par les appels de mes amies, ce qui allait inéluctablement arriver quand elles se rendront compte que je leur avais faussé compagnie. Lachlan, toujours droit dans ses chaussures, ne manquerait pas de leur expliquer ce qu'il s'était passé cette nuit.

Comme je l'espérai, je trouvai un vol pour *Glasgow* dans la matinée. Je profitai du temps que j'avais avant le départ pour manger un peu malgré une boule d'angoisse qui m'empêchait de déglutir correctement. Je n'avais pas de plan à proprement parler et je ne savais même pas où le chercher. Je pensais louer une voiture – tant pis pour mon compte en banque –, et rouler vers le *Drovers Inn*. J'avais dans l'idée de trouver Ivy. Elle pourrait peut-être m'aider, puisqu'elle avait l'air d'être une bonne amie de Scott. Je m'en tiendrai à ça et c'était déjà pas mal.

J'embarquai à l'heure prévue. La fatigue me cueillit pendant le vol et je dormis tout du long. Arrivée à *Glasgow*, je n'eus aucun mal à louer un véhicule, les voyageurs étant peu nombreux en ce premier jour de l'année. Je pris le temps d'acheter de quoi manger sur le pouce, et roulai jusqu'au *loch Lomond*. Le problème avec les jours fériés, c'est que tout était fermé, je craignais de devoir coucher dans ma voiture cette nuit. Sur internet, j'avais repéré un gîte rural non loin du *Drovers*, mais bien entendu personne ne répondit quand j'essayai de les joindre.

Malgré tout, revoir les paysages qui m'étaient chers me fit un bien fou. Je me sentais rassérénée d'être ici. Tout avait changé depuis que nous étions venues en novembre dernier. Les montagnes étaient maintenant entièrement marrons, recouvertes çà et là d'une fine couche de neige, et des nuages étaient accrochés à leurs sommets. Les quelques arbres qui restaient dans la vallée avaient totalement perdu leur feuillage, donnant à l'ensemble un air mélancolique.

Les ténèbres avaient déjà envahi le paysage quand je passai devant l'énorme bâtisse lugubre du *Drovers*. La lumière du porche éclairait faiblement l'entrée et il semblait que l'établissement soit ouvert. Je filai avant au gîte, mais évidemment personne ne vint m'accueillir. Tout était fermé. Merde ! J'étais bonne pour me les cailler toute la nuit. Je retournai au *Drovers*, cependant je pris soin de garer ma voiture sur un petit parking un peu plus haut sur la route et continuai à pied, l'obscurité me dissimulant parfaitement. Je jetai d'abord un coup d'œil par une des fenêtres à guillotine. Il y avait de la lumière au bar, mais il n'y avait personne dans la pièce qui était entièrement plongée dans le noir, du moins de ce que je pouvais en voir. La porte de la cuisine était ouverte, je vis une ombre passer, toutefois, impossible de savoir qui. Mon problème était que je ne pouvais pas me permettre de croiser Liam. Je n'avais aucune idée d'où il pouvait être, et je n'avais pas l'intention de lui faire le plaisir de tomber dans ses bras. Il n'était que dix-huit heures, il faisait un froid de canard, et malgré ma grosse doudoune, j'avais les pieds et les mains gelés. Je ne pourrais pas rester bien longtemps ici. Alors, je fis le tour de la maison en passant par-derrière pour rejoindre la porte de service, et si j'arrivais à me trouver une cachette, je pourrais épier les allées et venues des…

— Qu'est-ce que vous faites là ?! Le *Drovers* n'est pas ouvert ce soir, aboya une voix dans mon dos.

Je fis un bon de côté en poussant un cri, effrayée par cette soudaine apparition.

Bravo pour la discrétion Vic.

— Victoria ?

Je clignai des yeux, Ivy se tenait devant moi, son sac à main sur l'épaule, ses cheveux dissimulés sous un bonnet. Tel un poisson laissé hors de l'eau, j'ouvrai et je fermai la bouche sans qu'aucun son n'en sorte. C'est elle qui réagit en premier en me tirant par le bras vers la petite entrée faiblement éclairée, cachée derrière les énormes poubelles de l'auberge.

— Merde c'est bien toi ! Qu'est-ce que tu fous ici ?

Je repris contenance et me donnai l'air le plus assuré possible. Autant jouer franc-jeu, je n'avais pas une minute à perdre.

— Je cherche Scott.

Elle me dévisagea comme si elle essayait de comprendre ce que je tramai et me répondit sur un ton aussi sec qu'un blanc de dinde de Noël trop cuit :

— Il n'est pas ici, va-t'en !

— Non Ivy ! Je ne rentrerai pas tant que je ne l'aurai pas vu. Je sais tout, tu saisis ?

Je restai vague et bluffai un peu pour la sonder, car rien ne me disait qu'elle était au courant de la vraie nature de Scott. Son visage exprima d'abord l'étonnement, puis une profonde réflexion. Elle savait ! Elle savait où il était, et elle se demandait si elle allait me le dire. Je commençai à devenir forte en communication non verbale.

— Viens, suis-moi, lâcha-t-elle laconique.

— Attends Ivy?! Est-ce que Liam est ici ?

— Non pas ce soir, tu peux entrer sans crainte.

Je ne savais pas trop si je devais me méfier d'elle ou non. Son attitude froide et ses regards en coin n'étaient pas amicaux, mais de toute façon, c'était ça ou mourir gelée dehors. Elle m'emmena jusque dans la cuisine. Une fois dans la pièce éclairée par des néons qui diffusaient une lumière crue, elle se retourna et s'appuya contre un plan de travail en inox, croisant les bras devant elle.

— T'as une sale tête dis donc ! Qu'est-ce que tu lui veux ? Et qu'est-ce que tu sais au juste ?

Ça, c'était de l'entrée en matière ! Elle ne m'aidait pas là. Je jouai le tout pour le tout et lui répondis le plus tranquillement possible pour ne pas trahir mes émotions qui faisaient un numéro de contorsionnistes dans mon estomac. Choisissant mes mots avec précaution, je me lançai :

— Je sais qu'il m'a épargné, mais qu'il en paie aujourd'hui les conséquences, et qu'il risque sa vie.

Ivy continuait à me percer de ses yeux en amande emplis de méfiance.

— Et comment sais-tu ça ?

— Ça ne te regarde pas Ivy ! Ce n'est pas toi qui m'intéresses. Je dois absolument le retrouver et…

Flûte ! Cette partie du plan, je ne l'avais pas anticipée. Si je le rejoignais, il se passerait quoi ? J'étais exténuée et j'arrivais à peine à réfléchir. Heureusement pour moi, elle ne m'en demanda pas plus.

— Tu ne peux pas rester ici Victoria. Si Liam te trouve, il se servira de toi pour atteindre Scott et le faire plier, ou pire encore, il s'occupera lui-même de ton cas. Quoique tu saches ou que tu en penses, Liam apprécie Scott, et il fera tout ce qui doit être fait pour qu'il retrouve sa vie d'avant.

— Et toi ? Tu es son amie non ? Et tu n'en as rien à faire de moi, pourquoi ne pas me dire où il est ? Ça arrangerait tout le monde.

— Oui je suis son amie, et depuis bien longtemps.... Si Scott t'a fait rentrer en France, c'est son choix et je le respecterai.

— Mais… C'est invraisemblable, je suis là maintenant ! Tu risques de le perdre pour toujours, c'est ce que tu veux ?

— Bien sûr que non !

— Alors, laisse-moi le faire avant que Liam n'apprenne que je suis de retour. Ivy, la suppliai-je, car ce n'était plus le moment de jouer à la plus forte. Je sais que tu sais où il se trouve. Aide-moi… Aide-nous !

Je voyais bien qu'elle hésitait, mes arguments avaient fait mouche. Ivy poussa un soupir, dépliant enfin ses bras.

— Très bien. Reviens après-demain matin, je verrai ce que je peux faire pour toi. Tu loges où ?

Je me raidis subrepticement, reportant mon poids d'un pied sur l'autre.

— Dans ma voiture, avouai-je gênée.

— Je vois… Attends-moi là.

J'opinai du chef, mais elle n'eut pas le temps de voir ma réponse, car elle avait déjà disparu dans la salle du pub. Une porte grinça, puis plus rien. Elle revint au bout de quelques minutes en me lançant une clé que j'attrapai au vol.

— C'est la clé de la chambre de Scott, tu peux rester ici ce soir, mais demain tu pars. Suis-moi.

Nous passâmes par l'entrée remplie d'animaux empaillés, puis par une porte réservée au personnel. Elle donnait sur un long couloir dans une autre partie du *Drovers*. Nous montâmes un vieil escalier en colimaçon dont le bois craquait sous nos pas, et nous débouchâmes enfin sur un petit palier desservant deux pièces. Ivy me pointa celle de droite :

— C'est celle-là, dit-elle. Demain matin, retrouve-moi au pub pour neuf heures. Bonne nuit.

— Très bien. Merci.

Finalement ça se passait bien mieux que je ne le pensais. Je filai chercher quelques affaires dans ma voiture, puis remontai à la chambre en empruntant cette fois l'entrée. La main sur la poignée, j'insérai la clé dans la serrure. Après un instant d'hésitation, j'ouvris et pénétrai dans la pièce en tâtonnant le mur du bout des doigts à la recherche de l'interrupteur. Je le trouvai, et la chambre s'illumina. Une moquette beige recouvrait tout le sol. Un grand lit ancien à baldaquin était poussé contre un mur au papier peint vieillot, et dans un coin, il y avait un petit canapé défraîchi. Une étagère remplie de livres était accrochée au mur au-dessus d'une antique commode, et en face, une télévision était posée sur un meuble bas. Il n'y avait pas de bibelots et l'atmosphère était bien plus froide que ce à quoi je m'étais attendue – bien loin, même de ce que mon esprit avait idéalement imaginé quelques semaines plus tôt (pas de peaux de bêtes donc). Une porte près du canapé donnait sur une minuscule salle d'eau équipée d'une douche, d'un lavabo, et de toilettes. Je refermai à clé derrière moi, déballai mes affaires, et je me détendis en grignotant une pomme et quelques gâteaux. Peu importe ce qu'il devait se passer à présent, je ne pensai qu'à revoir Scott. J'espérai juste qu'Ivy ne me fasse pas faux bond.

Curieuse, je fouillai dans la commode et trouvai sa tenue de serveur ainsi que quelques tee-shirts et jeans soigneusement pliés. Dans le tiroir du dessous, des sous-vêtements. Les autres étaient vides. Le petit meuble à miroir au-dessus de la vasque de la salle de bain contenait un rasoir à main, quelques cotons-tiges et un peigne.

Sur l'étagère de la chambre, parmi quelques ouvrages anciens, dépassait une vieille édition de « Tristan et Iseult » que je feuilletai rapidement. C'était l'histoire tragique d'un amour inconditionnel qui se renforçait malgré les obstacles, sauf qu'il s'avouerait fatal pour les deux protagonistes. La gravure à l'intérieur représentait les deux amants enlacés, éperdus d'amour et de tristesse, face au sort qui s'acharnait contre eux. Je refermai bien vite le livre et le replaçai là où je l'avais trouvé.

Lorsque je me décidai à rallumer mon téléphone, il sonna sans discontinuer pendant une bonne minute, m'indiquant qu'une multitude de messages vocaux, d'appels manqués et de SMS étaient arrivés et non consultés. Je n'en lus ni n'écoutai aucun. Je devais me concentrer sur ce que j'avais à faire et ne pas me laisser influencer. Éreintée, je me glissai finalement sous l'épaisse couette dont était pourvu le lit, et je le sentis… Mes narines palpitèrent littéralement. Les draps étaient encore imprégnés de son odeur. Une vague énorme de mélancolie déferla en moi, et je dus serrer les dents pour ne pas fondre en larmes. La fatigue, ajouté à toute cette histoire me rendaient bien trop émotive. J'inspirai profondément, m'enivrant de ses effluves virils, puis fermai les yeux, m'exhortant à me calmer.

Je dormis d'une traite jusqu'au lever du soleil qui vint illuminer la pièce de ses rayons froids hivernaux, passant par la petite fenêtre dont elle était pourvue. J'étais groggy, comme étourdie par ce sommeil enfin réparateur. La bouche pâteuse et les paupières lourdes, je me dirigeai vers la salle d'eau à l'allure d'un escargot comateux. La douche me requinqua et j'enfilai en vitesse des affaires propres. Il était presque neuf heures quand je quittai à regret la chambre de Scott, même si visiblement, elle ne servait qu'à l'occasion.

Comme convenu, je retrouvai Ivy au bar. Elle me toisa de la tête aux pieds, comme pour s'assurer que c'était bien moi qui étais vraiment là.

— Bonjour Vic.

— Bonjour Ivy.

Elle me tendit une assiette croulante d'un petit déjeuner écossais tel qu'on en avait commandé le premier matin que nous avions passé ici.

— Mange, m'ordonna-t-elle, tu en as sacrément besoin.

Je ne me fis pas prier et me jetai sur mon repas.

— Pourquoi dois-je attendre demain pour avoir ton aide ? lui demandai-je de but en blanc.

Elle leva les yeux vers moi, poussant un soupir :

— Je dois m'assurer que la voie est libre et vérifier deux trois choses.

— Tu n'es pas en train de me tendre un piège n'est-ce pas ?

Elle aurait très bien pu gagner un peu de temps pour faire revenir Liam où qu'il soit, et non vouloir m'aider comme elle le prétendait. Moi aussi j'étais méfiante.

— Non. Je... Scott, je tiens beaucoup à lui. Nous nous connaissons depuis de nombreuses années, je me soucie de lui bien plus que tu n'as l'air de le penser. Je prends mes précautions c'est tout.

Waouh ! Je n'en revenais pas, Ivy venait d'enchaîner deux phrases d'affilée, et même de se confier. On commençait à bien s'entendre.

— Finis de manger et ne reviens que demain compris ?

— Je ne peux pas dormir encore cette nuit ? demandai-je à tout hasard.

— Non, je ne peux pas t'assurer que Liam ne passera pas dans la journée ou la soirée. Je préférerais qu'il ne te croise pas ici.

— Très bien je ne te mettrai pas dans l'embarras, promis-je, comprenant qu'elle ne voulait pas faire partie de l'équation si Liam venait à me surprendre. Tu sais si le gîte qui est plus loin est ouvert aujourd'hui ?

— Oui il me semble qu'il rouvre dès ce matin.

— Ok, je pense y aller pour cette nuit. On se voit demain alors.

— À demain Victoria.

Elle me laissa seule. Je tâchai de finir mon assiette.

Par chance, le gîte était effectivement ouvert, et je pus louer une chambre pour plusieurs nuits ne sachant pas combien de temps allait durer mon séjour. Comme je ne voulais pas rester enfermée à ruminer, je décidai d'occuper ma journée en allant flâner à *Oban,* une très jolie ville portuaire sur la côte ouest à une heure de route. J'y étais passée qu'en coup de vent l'été dernier, car Manu avait eu envie de rentrer au plus vite dans notre *bed and breakfast* pour soi-disant se reposer, mais une fois arrivés, il m'avait sautée dessus pour une sieste crapuleuse plus que pour une sieste réparatrice. Je chassai ce souvenir décevant et grimpai dans ma voiture.

À quelques encablures de là, se dressait sur son petit promontoire au milieu du *loch Awe,* le château *de Kilchurn*, l'un des plus photographiés d'Écosse. La météo s'y prêtait merveilleusement bien, alors je m'arrêtai sur le parking qui offrait un point de vue immanquable au bord du lac. Les ruines émergeaient au milieu de bancs de brouillard rampants sur l'eau. Au loin, derrière, le mont *Cruachan* était illuminé par quelques faibles rayons de soleil, figé dans une couche de gel. Je pris tout mon temps pour faire mes clichés, attendant parfois que la brume s'envole dans un tourbillon et donne un effet encore plus mystérieux à ma photo. L'eau du loch était d'huile, pas une once de vent ne venait troubler sa surface, mais lorsque je m'étais aventurée plus en avant, cherchant une prise de vue plus originale, elle avait subitement clapoté sur la berge caillouteuse, se dirigeant curieusement vers moi. Je pris rapidement mes distances pour ne pas réitérer l'expérience étrange de *Glencoe,* et continuai ma route.

Il était déjà midi lorsque j'arrivai à *Oban*. Je flânai un moment sur les hauteurs de la ville dans les jardins de la *McCaig's Tower* – un énorme monument en forme de tour ajourée, par lequel on pouvait admirer un superbe panorama de la baie –, quand soudain j'éprouvai une pesanteur au creux de mon estomac. Je m'arrêtai un instant, la main sur mon ventre, et regardai autour de moi. Rien... J'avançai encore, avec la sensation d'être épiée... Je me retournai cette fois vivement, un frisson dévalant mon échine, mais il n'y avait toujours personne. Mon front luisait maintenant d'une fine pellicule de sueur glacée, et je refoulai une montée acide dans ma gorge. Jamais je n'avais ressenti un pareil malaise. Je continuai d'arpenter le chemin circulaire qui faisait le tour de l'édifice, puis j'empruntai l'allée principale qui redescendait vers le centre-ville. Je ne cessai de jeter des œillades en arrière, cependant je ne vis rien d'autre que deux corneilles se disputant un reste de sandwich à côté d'une poubelle. Dans les méandres de mes pensées agitées, l'image de Liam se dessina. Ivy m'avait peut-être finalement trahi, ou Liam m'avait suivi… La panique termina de s'insinuer en moi, alors je finis par me réfugier au pas de course dans une chocolaterie renommée du port. L'ambiance chaleureuse du petit établissement et la proximité des familles et amis qui s'y étaient retrouvés, me détendirent un peu. Je scrutai nerveusement la rue et les quais devant moi, mais je ne perçus rien d'étrange, et ma sensation d'inconfort s'était envolée. Encore des vues de mon esprit tourmenté, je suppose. Il était vraiment temps que je retrouve Scott ou j'allais devenir folle pour de bon. L'échoppe faisait salon de thé et vendait de merveilleux chocolats chauds surmontés d'une montagne de chantilly. Je m'installai confortablement face à la baie vitrée qui donnait sur les embarcadères et les bateaux arrimés, et commandai une part de *sticky toffee pudding* – un gâteau assez dense à la datte, recouvert d'une sauce au caramel –, en plus de la boisson chocolatée. De quoi me gaver de calories et peut-être me remplumer un peu. Je retirai le mode avion de mon téléphone et m'apprêtai à affronter une pluie de messages. Sébastien avait cherché à me joindre plusieurs fois. Merde ! Il n'était pas au courant de ma fuite, lui. La culpabilité me rongeait, j'hésitai longuement à lui répondre, le doigt en suspens au-dessus du clavier tactile. Je finis par lui envoyer un petit SMS pour le rassurer :

« *Coucou ! Tout va bien, mais je ne peux pas t'appeler pour le moment, désolée.* »

Mon téléphone se mit à vibrer et sonner dans les secondes qui suivirent, re-merde ! Je réactivai le mode avion immédiatement. Hors de question de devoir encore me justifier ou de me faire seriner. Si j'arrivai à voir Scott, peut-être que je le contacterai. Quoi que non, vu les sentiments qu'il nourrissait à mon égard, je devrais peut-être éviter. Mais je pourrai prévenir Anna et Shannon. Oui, voilà, je ferai ça. Je finis tranquillement ma boisson et décidai de regagner ma voiture garée non loin de là. Pour éventuellement dissuader mon « fantôme » de s'en prendre à moi, je collai de près un petit groupe de jeunes gens qui remontait la rue où j'avais laissé mon véhicule. Arrivée à sa hauteur, je jetai un rapide coup d'œil à l'intérieur, histoire de m'assurer que personne ne m'attendait dedans, avant de m'y engouffrer et de rentrer au gîte. Non, je ne virai pas parano !

Alors que je me détendais sur mon lit après être rentrée d'*Oban*, je m'assoupis, et pour ne pas changer, un rêve me happa. Scott était assis par terre, appuyé contre un canapé. Blotti entre ses jambes, mon dos contre son torse, il m'entourait de ses bras musclés, me picorant la nuque de légers baisers. Devant nous, les braises mourantes d'un feu de cheminée dégageaient une douce chaleur et nous enveloppaient d'un halo rougeoyant. Je me laissai faire, alanguie. Une de ses mains vint se glisser dans mon cou, m'obligeant à lever le visage vers lui pour mieux m'embrasser. L'autre me caressait le dessus de ma poitrine, enflammant instantanément mes reins. Le souffle court, je me retournai pour lui faire face. Je lui pris alors ses mâchoires en coupe et lui donnai un baiser fiévreux. Il réagit sur le champ, et dans un seul mouvement fluide et puissant, il m'allongea sur le tapis, me couvrant de son corps chaud et tendu. Mes mains jouaient dans ses cheveux tandis que sa bouche ne me laissait aucun répit.

Je me réveillai en sursaut assise dans mon lit, un frisson dévalant entre mes omoplates. Quelqu'un frappait de façon pressante à la porte de ma chambre.

Chapitre 15.

Région du Loch Lomond, Écosse, 3 janvier 2018.

La panique m'envahit en un instant. Tétanisée, je regardai fixement devant moi, comme si avec un peu de chance, j'allais réussir à voir au travers. Les coups reprirent et j'entendis appeler :

— Victoria ? Victoria ? C'est Ivy, ouvre s'il te plaît.

L'urgence que je perçus dans sa voix me fit bondir du lit. Je me précipitai pour lui ouvrir, elle s'engouffra dans la petite chambre. Je refermai rapidement la porte derrière elle.

— Qu'y a-t-il Ivy ?

— Liam est rentré cette nuit, dit-elle essoufflée.

Merde ! Il était effectivement dans le coin alors ! Et mon pressentiment à *Oban*... Elle me tendit un morceau de papier plié que j'attrapai du bout des doigts.

— Tu dois partir. Maintenant. Retrouve-le, et Victoria...

Elle devint grave tout à coup, vrillant ses yeux verts et sombres aux miens :

— Promets-moi de tout faire pour le sortir de là.

Elle avait donc décidé de me dire où il était. Je lui rendis son regard, mon cœur se serrant à ses mots qui étaient ceux de quelqu'un qui parlait d'un amour perdu. Ils avaient été amants, j'en mettrai ma main à couper.

— Jure-le Victoria, me dit-elle le regard suppliant.

— Je ne peux rien promettre Ivy, toutefois, je ferai tout ce qui est en mon pouvoir pour arranger les choses.

— Je ralentirai Liam le plus possible, mais il vous rejoindra tôt ou tard, et si tu n'as rien fait c'est lui qui s'en chargera crois-moi. Je dois m'en aller avant qu'il ne s'aperçoive que je suis sortie. Oh ! Et débarrasse-toi de la voiture. Une location qui traîne longtemps au même endroit à cette époque de l'année ça attire trop l'attention.

Elle s'apprêtait à partir quand elle se figea dans l'encadrement de la porte. Dans un dernier regard, elle me lança sur un ton autoritaire et désespéré à la fois :

— Fais-le !

Puis elle disparut.

Je restai plantée là un moment, à contempler le vide au-delà de la porte ouverte, le bout de papier dans ma main.

« Fais-le »…

J'avais ma petite idée de ce que je devais faire, mais je préférai la reléguer au fond de ma mémoire. On verrait en temps voulu. Ivy avait l'air si affligée que je n'osai pas imaginer ce que Scott risquait pour qu'elle le trahisse, si tant est que ma réapparition change quelque chose à son sort. J'espérai qu'il se confierait à moi quand je le retrouverai enfin. Sur cette pensée, je dépliai fébrilement le billet et lus :

« *Achnambeithach cottage*, tu viens de la part de *Aibell* ».

Encore un nom imprononçable en Gaélique ! Encore heureux qu'aujourd'hui il y avait internet, car sans ça, j'en aurais eu pour une éternité à trouver ce nom sur ma carte. J'entrai le lieu dans le moteur de recherche et validai. En moins d'un quart de seconde, une liste de résultats apparut sur mon écran. Il s'agissait d'un cottage situé au bord *du Loch Achtriochtan*... Dans la vallée de *Glencoe*... Toute proche. Je pouvais y être dans une heure tout au plus en voiture. Il était six heures du matin. J'avalai le reste de mes provisions en guise de petit déjeuner, puis rassemblai mes affaires.

La nuit était d'encre, il commençait à neigeoter et le capteur thermique indiquait qu'il ne faisait qu'un tout petit degré dehors. Je bénis l'inventeur du GPS, car c'est à peine si je distinguai la route devant moi.

Il me fallut bien plus d'une heure pour dénicher ce foutu chemin de terre qui menait au cottage, parce que bien entendu la maison n'était pas répertoriée dans le système de navigation, et que je n'avais que l'emplacement du lac. Je l'avais repérée sur l'image satellite, mais l'habitation était supposée se voir de la route. En plein jour, oui, mais par une nuit d'hiver c'était une autre paire de manches. Après avoir effectué plusieurs allers-retours, je trouvai enfin la bifurcation recouverte de neige. Ça me bouffait de perdre autant de temps si près du but, sauf que je ne pouvais guère rouler à plus de dix kilomètres à l'heure tant je ne voyais pas où j'allais. Il me fallut bien quinze minutes de plus pour distinguer une faible lueur provenant des fenêtres de la maison, et me garer non loin d'un 4x4 noir. Ça y est, on y était. Mon cœur tambourinait sous ma poitrine.

Je m'approchai de l'entrée, levai une main et frappai à la porte. Aussitôt, j'entendis le raclement d'une chaise sur le sol, des murmures puis une voix s'élever toute proche.

— Qui est là ?

— Bonjour, dis-je poliment histoire de montrer que j'étais une amie, je viens de la part de *Aibell*.

Il y eut quelques longues secondes de flottement, quand le bruit d'une serrure que l'on déverrouille retentit. La porte s'entrouvrit lentement dans un grincement sinistre. Un œil inquisiteur surmonté d'un sourcil froncé m'apparut dans l'entrebâillement.

— Je viens de la part de *Aibell*, répétai-je d'une toute petite voix.

Cette fois la porte s'ouvrit totalement.

— Entrez, m'enjoignit l'homme de l'autre côté.

Je m'engouffrai dans la maison, accueillant sa chaleur avec gratitude, et restai plantée sur le seuil.

— Refermez derrière vous ! aboya-t-il.

Je m'exécutai en vitesse. Devant moi s'étirait un couloir étroit, desservant une montée d'escalier. De part et d'autre, ainsi qu'au fond, il y avait des portes closes. Manifestement, je devais encore montrer patte blanche avant d'aller plus loin. L'homme, d'une quarantaine d'années, me jaugeait de la tête aux pieds. Il dut décréter que j'étais inoffensive, car il finit par m'ouvrir celle de gauche, et je m'engageai dans un petit salon. Je ne m'attendais pas à voir ça, on se serait cru dans un magazine de décoration d'intérieur. C'était presque improbable quand on se rendait compte de l'isolement de la maison. Chaleureux et cosy tout le mobilier était savamment arrangé et accordé. Tout en bois clair, blanc, beige et marron. Deux tasses de thé encore fumantes étaient posées sur un coin de table. Il y avait donc quelqu'un d'autre. N'y tenant plus je pris la parole et demandai :

— Je suis venue pour voir Scott, Scott Maclean, est-il ici ?

— Non, lâcha abruptement l'homme.

Mon cœur tomba comme une masse sur mon estomac.

— Mais… On m'a dit… Je suis V…

— Ne me dites pas qui vous êtes mademoiselle, je ne veux rien savoir, me coupa-t-il sèchement. Il n'est pas ici, nous l'avons déplacé pour plus de sécurité. Mais je peux vous amener à lui.

Je repris une goulée d'air, m'intimant à me calmer. Il était donc encore vivant et quelqu'un allait me montrer le chemin.

— Très bien, j'accepte votre proposition. Je dois le voir le plus rapidement possible. Pouvons-nous y aller tout de suite ?

— Une tempête de neige se prépare, il faut attendre.

— Attendre ? Mais ? Vous pensez que l'on pourra y aller quand alors ?

— D'ici deux, trois jours.

— Quoi ?! Non c'est impossible, c'est très urgent. Écoutez, tout porte à croire que je suis suivie, je dois absolument arriver la première. Je vous en supplie dites-moi où il est, et j'irai par moi-même.

L'homme regarda par la fenêtre.

— Vous n'y parviendrez pas avec votre petite citadine, la route est quasi impraticable.

Il poussa un long soupir tout en se grattant le bas du menton.

— Très bien, ajouta-t-il, sauf qu'il va falloir se dépêcher, et vous devrez finir à pied. C'est dangereux !

— Ça me va ! Je vous remercie.

Il sortit de la pièce, grimpa quelques marches de l'escalier, et cria :

— Lorna ! Eliott !

Quelques secondes plus tard, une femme brune aux cheveux courts descendit accompagnée d'un adolescent qui la dépassait d'une bonne tête. L'homme leur marmonna tout bas quelques mots. Ils me dévisagèrent un moment, puis la femme s'approcha et me tendit la main.

— Lorna, se présenta-t-elle.

— Vi..., je me tus immédiatement, me rappelant que l'on m'avait interdit de me nommer un peu plus tôt, certainement pour éviter de trop s'impliquer.

— Eliott, démarre la voiture. Lorna, donne à la demoiselle de quoi s'habiller chaudement et quelques provisions. Le matériel de randonnée aussi.

En moins de trente minutes, j'étais harnachée d'un pantalon doublé et imperméable, ainsi que d'une doudoune surmontée d'une veste en Gore-Tex. Je gardai mon bonnet, mes gants et mes chaussures de marche. Eliott m'avait préparé un énorme sac à dos, et nous prîmes la route aussitôt. Le 4x4 s'avéra nettement plus pratique et sécuritaire que ma petite voiture, nous roulions bien plus vite que je n'aurais pu le faire autrement. Il reprit l'A82 dans le sens inverse par lequel j'étais arrivée. Au bout de quelques kilomètres, il tourna à droite, puis s'engagea sur une minuscule « *Single road* » qui mesurait à peine plus de la largeur du véhicule. Nous nous dirigions dans le *Glen Etive*, une vallée aux airs du bout du monde qui menait au *Loch Etive*, entourée de majestueuses montagnes. L'aube pointait à l'horizon, je pus enfin distinguer le panorama à couper le souffle malgré les nuages bas et la neige qui se faisait de plus en plus drue.

— Comment vous appelez-vous ? osai-je demander à mon compagnon taciturne.

— James.

Et puis plus rien. Ok... On va en rester là alors. De toute façon, il était concentré sur sa conduite et je devais avouer que je commençai à me dire que j'aurai effectivement mieux fait d'attendre avant de partir. Le vent s'était levé, entraînant avec lui d'énormes bourrasques de neige. Les essuie-glaces s'élevaient et s'abaissaient à leur pleine vitesse dans un chuintement agaçant sur le pare-brise, sans qu'ils semblent plus efficaces qu'un coup de balayette sommaire. On n'y voyait rien et James dut à plusieurs reprises sortir du véhicule pour vérifier si nous étions encore sur la route.

Nous longions la rivière *Etive* depuis plus de quarante minutes, quand il s'arrêta sans couper le moteur.

— C'est ici que nos chemins se séparent. Couvrez-vous bien, marchez lentement. C'est tout droit, vous ne pouvez pas vous tromper. Tout au bout, il y a le *loch Etive*, mais avant, il y aura un pont, et juste derrière, des bâtiments dont une maison blanche. Il sera là-bas. Vous devriez y arriver en une demi-heure maximum.

Je hochai la tête, murmurai un remerciement et sortis du 4x4 en endossant le sac de randonnée qui devait au moins peser la moitié d'un âne mort. Je pris le temps de regarder disparaître les feux arrière du véhicule dans le rideau de neige avant de me lancer dans la dernière partie de mon voyage. Impossible de faire machine arrière désormais, la voiture de James venait de disparaître pour de bon.

Un vent cinglant et glacial me fouettait le visage. Il rugissait dans la vallée. J'avançai lentement, très lentement, la tête basse, essayant de me protéger les yeux du mieux que je pouvais. J'avais noué mon écharpe sur mon nez et descendu mon bonnet surmonté de la capuche de ma veste le plus possible sur mon front. Il avait dit «tout droit». Heureusement, car j'aurai été bien incapable de trouver un autre passage. Des congères s'accumulaient ici et là, trompeuses, et il fallut que je rebrousse chemin plusieurs fois de quelques pas pour reprendre ce qui me semblait être la route goudronnée sous l'épaisseur de neige. De temps à autre j'étais même obligée de la gratter du bout du pied pour vérifier que j'étais encore dessus.

Je commençai à désespérer, quand enfin, je repérai les parapets d'un pont en pierre. Je faillis sauter de joie, mais mon sac me sciait les épaules et j'étais épuisée. Comme promis, juste après, il y avait un bâtiment qui devait servir de remise. Je longeai le mur, et de l'autre côté, sur un petit promontoire, se dressait une maison dont la cheminée fumait. Des larmes de soulagement effleurèrent mes cils. En m'avançant encore un peu, je découvris un portillon menant à l'habitation. Bien entendu une montagne de neige s'était formée devant, et je dus creuser avec mes mains et mes pieds pour la dégager de là.

La poisse !

Je secouai rageusement la porte en bois d'avant en arrière, perdant patience, quand soudain tout devint blanc.

Je gisais sur le dos, mon énorme sac me tordant douloureusement la colonne vertébrale. Le choc avait été si violent qu'il m'avait coupé la respiration. Je ne voyais qu'une multitude de flocons danser devant mes yeux, pendant que mes oreilles sifflaient furieusement. C'est alors qu'une ombre floue apparut dans mon champ de vision. Je clignai des paupières, mais ce fut pire. La neige m'assaillait sans discontinuer, et quant au bout de ce qui me sembla être une éternité, je repris finalement mon souffle, l'ombre me parla, mais je ne compris rien. J'essayai de tourner la tête pour mieux la distinguer, sauf que je ne rencontrai que le rebord de ma capuche. Mon cerveau à nouveau oxygéné se remit en route et une bouffée d'adrénaline se déversa dans mes veines. Liam m'avait retrouvée, je devais absolument réagir. Dans un dernier effort désespéré, je roulai sur le côté en grognant, me redressai face à mon agresseur et lui envoyai dans la foulée mon poing serré dans la figure. J'atteignis ma cible, mais si faiblement qu'il ne broncha pas.

C'est pas vrai ! Il n'allait pas m'avoir si près du but ! Non !

J'étais agenouillée, les bras ballants le long du corps, exténuée, incapable de bouger le moindre muscle. Je n'avais même plus la force de pleurer. Il approcha alors une main de mon visage pour défaire sans douceur mon cache-nez. Je me rebellai mollement quand il releva mon menton.

— Victoria ?!

Oui !

Oui, c'était bien moi, Victoria, me jetant dans la gueule du loup. Victoria, l'idiote qui s'était laissée berner par le beau gosse du coin, qui en était tombée bêtement amoureuse et qui se retrouvait au centre d'une histoire complément burlesque. Celle qui n'avait pas écouté les conseils de ses amis. Celle qui avait dit non à une vie bien rangée auprès d'un homme bon et aimant.

— Oui, c'est moi, répondis-je, vaincue.

— Bordel de merde !... Mais qu'est-ce que tu fais là ?

Quoi, ce que je fais là ? Je suis là pour Scott pauvre idiot !

— Je suis là pour Scott ! lui criai-je les yeux plissés en essayant de le distinguer. Et tu ne m'en empêcheras pas ! Laisse-moi régler ça avec lui Liam !

C'était courageux de ma part parce que franchement, à part l'injurier, je n'avais aucune chance ni la force de lui échapper. Alors que je lui crachai mes paroles, ses yeux s'arrondirent de surprise. Il ouvrit précipitamment le haut de sa veste, retira sa capuche.

— Victoria, mais c'est moi, Scott !

Je beuguai… au sens strict du terme… Je suis même certaine que si l'on s'approchait suffisamment, on pouvait voir un petit rectangle noir clignoter au fond de mes prunelles, comme l'avait fait mon ordinateur la fois où un orage avait fait sauter les plombs.

Scott se tenait accroupi face à moi, un mur de flocons et de vent nous séparant. Mon cœur se remit à battre à toute allure, réchauffant peu à peu mes joues malmenées par le froid et la peur.

Je devais rêver non ? Ce n'était pas lui ? Je transposai simplement mon désir de retrouver Scott sur le visage de Liam. Il dut comprendre ma confusion, car il répéta en s'approchant encore :

— Vic ! C'est moi Scott !

Sans plus réfléchir, je me jetai dans ses bras – ou à vrai dire « me laissai tomber », mais la finalité était la même. Il me rattrapa et me serra fort, son souffle chaud s'insinuant dans mon cou.

— Viens, ne restons pas là, dit-il au bout de quelques instants.

Il m'aida à me redresser tout en défaisant les sangles de mon sac pour le prendre sur son épaule comme s'il ne pesait rien. Il me saisit ensuite la main et me tira jusqu'à la maison.

Chapitre 16.

Loch Etive, Ballachulish, 3 janvier 2018.

Il entra en premier, jeta le sac par terre, claqua la porte et se retourna vers moi. De l'incrédulité se lisait sur son visage.

— Victoria, je n'arrive pas à croire que tu sois là.

Moi non plus.

Il s'approcha et entreprit de me déshabiller en enlevant un à un mes vêtements lourds de neige mouillée. D'abord mon bonnet, faisant s'échapper ma queue de cheval, puis mes gants, ma veste, ma doudoune…

J'observai sans rien dire, ses cheveux en bataille sur sa tête, quelques flocons encore accrochés dans ses mèches folles. Ses yeux cristallins m'avaient tellement manqué. Il était si beau. Je ne pouvais m'empêcher de le dévisager. Je tendis une main pour lui caresser sa tempe, et lorsque mes doigts le touchèrent, il ferma immédiatement les paupières en se laissant aller contre ma paume. Puis, il me la saisit et déposa un doux baiser dans le creux de mon poignet.

— *Mo chridhe*[16]… souffla-t-il dans un gaélique guttural.

Sans me lâcher, il m'attira à lui et je me blottis contre son torse chaud. Il me respira profondément, massant lentement mon dos de ses mains, et je sentis des larmes mouiller mes joues.

— Pourquoi as-tu fait ça… laissa-t-il échapper dans un murmure. Pourquoi…

Il prit mon visage et posa son front contre le mien, frottant doucement son nez contre mon nez, mêlant nos respirations.

— Tu es gelée…

Cette constatation eut l'air de le sortir de sa torpeur, car il finit de me retirer mes chaussures, mes chaussettes humides, et enfin mon pantalon, puis me tira jusque dans la pièce d'à côté où un feu de cheminée ronronnait dans l'âtre en pierre brute. Il m'obligea à m'asseoir dans le sofa qui lui faisait face, et ressortit en vitesse.

— Ne bouge pas, me lança-t-il.

J'essuyai mes larmes du revers de la main, puis me frottai vigoureusement ces dernières devant la flambée crépitante. Il revint quelques minutes plus tard avec une énorme tasse de thé noir fumant qu'il me tendit. Pendant que je dégustai mon breuvage, il m'attrapa un pied qu'il massa avec force,

---

[16] Mon cœur en Gaélique Écossais.

réactivant ma circulation sanguine. Quand il fut satisfait, il continua avec l'autre. Je me laissai faire, encore sous le choc de l'avoir retrouvé. Une fois entièrement réchauffée, il me quitta encore un instant. Je l'entendis faire craquer un escalier en bois, montant les marches quatre à quatre, les redescendant presque aussi vite, et il réapparut avec dans les bras, un énorme pull en laine noir et une grosse paire de chaussettes qu'il me tendit. J'enfilai les vêtements chauds bien trop grands pour moi, et me pelotonnai dedans. Scott s'assit sur le fauteuil en velours usé jusqu'à la trame, à côté de moi. Il appuya ses coudes sur ses genoux et joignit ses mains. L'interrogatoire allait débuter, je n'y échapperai pas.

— Comment… Comment es-tu arrivée jusqu'ici ? commença-t-il.

— James m'a conduit. Mais avant ça, j'ai retrouvé Ivy et je l'ai convaincue que je pouvais t'aider.

Il était perdu dans ses pensées, et finit par continuer :

— Tu as maigri…

— Oui… J'ai traversé une sale période, lui répondis-je en me détournant légèrement.

— Pourquoi es-tu revenue ? Je t'avais demandé d'oublier tout ça.

— Ça n'est pas aussi simple Scott…

— C'est Lachlan qui t'a parlé ? demanda-t-il sur un ton suspicieux.

— Non ! Non... écoute-moi. Depuis que l'on a échangé notre premier baiser, il s'est passé... comment dire... des choses bizarres.

J'espérai qu'il allait se livrer à moi avant que je n'aie pu lui avouer ce que je savais. Je voulais qu'il me donne cette preuve de confiance, et être certaine de ne pas avoir été qu'un pion dans son jeu. Je distillai donc mes paroles :

— Des phénomènes étranges avec l'eau, et puis les rêves sont arrivés...

— Les rêves ? De quoi parles-tu ?

Je lui décrivis ce que j'avais vécu tout le temps de mon séjour en Écosse, et plus tard en France, omettant volontairement de raconter l'entrevue avec la grand-tante de Shannon, nos découvertes, et les aveux de Lachlan dans un premier temps.

Scott se passa une main dans les cheveux en soupirant, et j'ajoutai :

— Il y a une corrélation avec mes rêves, toi et l'eau, Scott...

— Je sais... Victoria, je dois te dire quelque chose.

Nous y étions enfin.

— Je t'écoute.

— Tu as raison, il y a effectivement un lien entre ce qu'il t'arrive et moi. Et c'est pour cela que j'ai voulu que tu retournes en France au plus vite. Je... C'est pas vrai... Comment te confier ça...

Il se tut un long moment, les yeux dans le vide, menant certainement un combat intérieur pour trouver les mots justes.

— Tu es un gardien des lochs, lâchai-je finalement pour lui. Un *kelpie*.

Il releva soudainement la tête, interloqué.

— Je ne t'ai pas tout dit non plus, avouai-je.

Et je lui racontai l'épisode chez Nona, ainsi que nos découvertes et nos déductions grâce au livre que j'avais acheté des semaines plus tôt.

Scott me fixait sans ciller, comme sous le choc.

— Alors tu sais…

— Oui, et ce n'est pas tout… lui dis-je avec un sourire contrit. Nous avons forcé la main à Lachlan pour qu'il nous dise ce qu'il savait, car quand Anna s'était confiée à lui au sujet de ce qui m'était arrivé avec l'eau, il n'a pas paru surpris et nous a proposé de nous aider. On était alors convaincues qu'il était au courant de quelque chose. Après ça, il t'a fait venir au bal et tu connais la suite.

Les sourcils de Scott s'étaient froncés en une moue colérique.

— Oh ! Ne lui en veux pas, je t'en prie, on ne lui a pas vraiment laissé le choix et Anna lui a fait du chantage. Il nous a simplement confirmé ce que l'on savait déjà, et je dois avouer que j'étais sidérée, et je reste très dubitative Scott… C'est complètement dingue cette histoire, mais je sais ce que j'ai vu… et ça n'était pas… naturel…

Il se laissa glisser du fauteuil pour m'attraper les mains.

— Je suis si désolé que tu aies eu à vivre tout ça… Je pensais qu'il était encore temps, que les baisers que nous avions échangés n'auraient pas d'incidences, mais il faut croire que je suis allé trop loin.

— Non le coupai-je, c'est moi qui t'ai embrassé la première fois, et moi qui t'ai attiré dans ma chambre.

— Non tu te trompes, tu étais sous l'influence de notre lien…

— Tout ça n'est que du vent ? Tout ce que je ressens pour toi malgré ce que je sais ?

— C'est dans ma nature d'ensorceler les gens, de me rendre attractif pour prendre au piège les âmes faibles… Mais tu ne l'as pas été Vic, au contraire c'est moi qui ai dû lutter contre mes sentiments pour toi. Je n'ai pas pu aller jusqu'au bout…

Je secouai la tête. Cette fascination absolue que j'avais eue pour lui dès les premiers instants où nous l'avions rencontré mes amies et moi, mon envie irrépressible de glisser mes mains dans ses cheveux, mon émoi quasi incontrôlable à chacun de ses regards… Je ne pouvais pas croire que ce n'était dû qu'à son pouvoir, non… non, c'était bien plus puissant que ça, je le savais.

— Lachlan m'a dit que tu t'étais sacrifié pour moi. Que voulait-il dire par là ?

— C'est compliqué... j'ai aussi beaucoup de choses à te raconter. Tout d'abord vous vous trompez, je ne suis pas un *Kelpie*, mais ce qu'on appelle un *Each Uisge*. C'est similaire au *Kelpie*, mais je suis bien plus fort et dangereux. Et Adsullata, la déesse des rivières et des sources, est celle qui m'a créé. Je suis un de ses fils, envoyé ici pour veiller à ce que le serment soit accompli. En temps normal ce sont les *Kelpies* qui se chargent de prélever les futurs sujets d'Adsullata, car ce sont des nourrissons faibles et sans défense qui lui sont offerts depuis le serment de la bataille de *Traigh Ghruinneart*. Toi, tes parents t'ont cachée et tu es devenue une femme, c'est pour cela que la déesse a fait appel à mes services. Une personne adulte réfléchit, a de l'instinct, ne se laisse pas faire, pas comme un bébé. Il fallait quelqu'un de plus puissant pour t'amener à elle sans que tu opposes de résistance. Si l'offrande se fait dans la violence, le sujet décède et par conséquent, n'est plus serviable.

— Alors ça veut dire que si tu vas au bout de ton dessein, je vais... vivre ailleurs ?

— Ton enveloppe corporelle se vide de ton âme, mais cette dernière est réintégrée dans quelque chose d'autre, un être qui peuple les eaux... C'est le cas pour les nourrissons, les adultes c'est différent, peu d'entre eux survivent au passage. C'est une façon pour la Déesse de rétablir l'équilibre entre milieu aquatique et milieu terrestre.

Je clignai des yeux, abasourdie par ce que j'entendais. Comment était-ce possible ?

— Bien avant le massacre et le serment, les *Kelpies* attaquaient les humains aléatoirement en leur apparaissant sous la forme d'un splendide cheval noir. À cette époque, posséder une monture était synonyme de grande richesse, il était donc facile de les berner. Mais plus le temps passait, plus les humains devenaient méfiants, interdisant à leurs enfants de s'approcher des lochs, et encore plus des chevaux qui pouvaient y errer. L'harmonie entre l'eau et la terre était compromise. Il a fallu trouver un autre moyen. Les *Kelpies* se transformèrent alors en des créatures humaines extrêmement attirantes. Cela ne fonctionna qu'un temps, car les hommes étaient malins, ils se racontaient des histoires effrayantes de père en fils pour que ceux-ci ne se laissent jamais attraper. Avec le temps, l'histoire est devenue une légende. Et quand la querelle entre le clan Maclean et Macdonald éclata, Adsullata en profita pour envoyer un émissaire afin d'imposer le serment aux Macdonald lors du conseil privé, en contrepartie des terres offertes et du préjudice subi par leurs ennemis.

Je commençai doucement à emboîter toutes les pièces du puzzle. Quelle histoire ! En l'écoutant, un vieux souvenir de vacances en Bretagne me revint. Suzelle m'avait emmenée entendre un conteur de légendes celtiques au cœur de la célèbre forêt de *Brocéliande*. Je ne pouvais m'empêcher d'avoir la même sensation d'incrédulité que cette fois-là, entre l'envie d'applaudir pour féliciter son imagination débordante de fabulateur, et l'envie coupable d'y croire sans oser l'avouer. Je continuai :

— Et Liam ? Ivy m'a dit qu'il t'était proche. Pourquoi le craindre ?

— Liam est mon frère.

J'écarquillai les yeux de stupéfaction, ne m'attendant pas à cette révélation. Voilà d'où me venait ce petit air de déjà vu alors.

— Il est également un *Each Uisge*, mais il a été rétrogradé, il est condamné à errer ici sans pouvoirs, comme un humain normal. Il a été nommé pour m'aider à te chercher et à sceller ton sort. Et lorsque ce sera fait, il pourra retrouver sa condition de gardien. Il est prêt à tout pour que j'aille jusqu'au bout, ce que je n'ai pu faire, je n'ai pas pu te tuer. Quand il a compris que j'en serai incapable, il m'a menacé de s'en occuper lui-même.

— Mais ? Liam reste déchu et toi ? Pourquoi serait-ce si horrible que tu le sois également, car c'est ce que tu risques non ?

— Non. Pour moi c'est la fin.

— Comment ça ? Pourquoi ? m'écriai-je.

— Liam est plus âgé, il a déjà démontré son allégeance plusieurs fois. Il a été déclassé pour une faute mineure qui le met sur la touche pendant un moment. Moi j'ai longtemps délaissé mon rôle, je n'ai toujours pas prouvé ma valeur. C'est un peu comme une initiation. Si j'échoue au test, on m'élimine comme un objet qui serait non conforme.

— Mais c'est injuste ! m'insurgeai-je.

— Ce sont les lois de la nature, on ne peut pas se permettre d'être faible.

— Tu dis que tu as été influencé par tes sentiments pour moi. Pourtant tu es bien plus fort et je m'étais offerte sans rébellion. Tu avais atteint ton but.

— Victoria, je peux choisir d'exercer mon pouvoir d'attraction sur toi ou non. J'ai quasiment cessé de l'utiliser après notre discussion au pub au moment où tu triais tes photos. Quand j'ai découvert l'emprise qu'avait ton ami Sébastien sur toi, ça m'a mis dans une rage folle. Tu te souviens de l'orage violent qu'il y a eu ce soir-là ?

— Oui ! Mais tu as dit que c'était fréquent dans cette vallée...

— C'est moi qui l'ai provoqué, me coupa-t-il. Je ne supportai pas que cet homme t'accapare autant, et qu'il ait réussi à te détourner de moi malgré mes dons. Je ne suis pas censé réagir de cette façon... J'ai réalisé que c'était toi qui m'avais pris dans tes filets, et non l'inverse. À partir de là, Ivy m'a poussé pour que j'aille jusqu'au bout. J'ai essayé par deux fois, mais tu connais l'histoire.

Je le regardai, pensive, me rejouant les scènes du *Drovers* dans la tête, mais également dans le petit bureau à *Dunvegan* où j'avais ressenti une puissante attraction, presque magnétique.

— Lachlan a dit que si nous avions… Mmmmh… couché ensemble, ton emprise sur moi serait irréversible.

— Tu serais liée entièrement à moi, et quoi que tu fasses, tu serais à ma merci. Pour le moment, tu ne l'es que partiellement et tu as encore la force en toi de partir. C'est pour cela que nous allons attendre que cette tempête s'arrête pour te renvoyer en France.

Je me levai précipitamment.

— Il en est hors de question ! criai-je avec véhémence. Je l'ai fait et j'ai souffert mille tourments, tu ne comprends donc pas ? C'est déjà trop tard ! Si je retourne en France, je vais devenir folle et je ne veux pas revivre tout ça. Je dois rester auprès de toi, Scott, peu importe ce qui doit se passer.

— Vic… gronda-t-il.

— Écoute ! le coupai-je d'emblée. Shannon et Anna ont tenté de m'aider, vraiment ! Moi aussi j'ai fait beaucoup d'efforts pour t'oublier et passer à autre chose, mais tu n'imagines même pas ce que j'ai enduré. Tu es déjà en moi Scott… Plus j'essayai de te sortir de ma tête, plus tu t'imposais. Je te le répète, je ne partirai pas d'ici !

Il me regarda d'un coup avec un mélange d'admiration et d'amour, n'osant probablement pas me contredire encore une fois.

— À vos ordres, petite mangeuse de grenouilles, me répondit-il avec un sourire malin.

Je le scrutai, effarée qu'il puisse aller dans mon sens, alors que j'étais persuadée que j'allais devoir me battre pour le faire changer d'avis. Il se leva finalement à son tour, et fondit sur moi sans que j'aie le temps de comprendre ce qu'il se passait.

Emprisonnant ma nuque d'une main ferme, Scott posa ses lèvres sur les miennes et m'embrassa avec passion, intransigeant. Je me laissai alors emporter par le tourbillon d'émotions que ce baiser me procurait, lui rendant avec avidité. Quand il se décolla enfin de moi, essoufflé, il murmura avec espièglerie dans mon oreille :

— Le troisième, c'est moi qui te l'ai donné.

Je pouffai.

— J'ai faim ! réclamai-je, péremptoire.

— Moi aussi j'ai faim, roucoula-t-il dans mon cou, m'infligeant d'insupportables frissons.

Je le repoussai des deux mains.

— Je trouve que tu as abdiqué bien vite !

— Je ne peux pas résister aux charmes d'une petite Française autoritaire. C'est très excitant à vrai dire.

— Je vois ça. Eh bien je testerai mon autorité sur toi après avoir mangé. J'espère que tu as prévu quelque chose de bon pour le déjeuner.

Le regard pétillant, Scott me tendit la main et m'emmena jusqu'à la cuisine.

Nous déjeunâmes d'une boîte de *Haggis* et d'une purée en sachet, un vrai festin ! La tension des dernières heures retombante, je baillai à m'en décocher la mâchoire.

— Tu devrais aller faire une sieste, me suggéra Scott.

— Tu as raison, je ne tiens plus debout. Tu me montres la chambre ?

Nous quittâmes la cuisine et gagnâmes l'étage. Il m'avait expliqué pendant le repas que la maison appartenait à une association de randonneurs qui était louée à l'occasion de programmations sportives dans le coin. C'était James qui en avait la responsabilité.

Scott ouvrit une porte, et j'entrai dans une chambre spacieuse. Elle était meublée d'un grand lit double recouvert d'un édredon, le sol, de tapis en peau de mouton (les voilà enfin mes peaux de bêtes !), d'une armoire imposante adossée sur le mur du fond, d'une commode, et possédait une fenêtre à rideaux de velours retombant jusque sur le parquet.

— La salle de bain est juste à côté. Je vais te sortir des serviettes si tu souhaites prendre une douche avant.

— Oui bonne idée. Ce serait parfait, merci.

Je réprimai un nouveau bâillement, mais m'engouffrai tout de même dans la salle d'eau. Il me fallait me laver, plus pour passer à autre chose que pour me sentir propre, c'était entièrement psychologique comme démarche. Je me déshabillai et me glissai sous le jet brûlant. La vapeur envahit toute la pièce en quelques minutes, donnant à l'air une atmosphère lourde et humide. J'avais l'impression de dormir debout, si lasse et si apaisée à la fois d'être arrivée jusqu'ici. Je me séchai rapidement, puis enfilai le tee-shirt à manches longues que Scott m'avait déposé sur le petit meuble bas à l'entrée de la salle de bain. Je ne sus même pas comment je réussis l'exploit de me glisser sous l'édredon, car j'eus à peine posé ma tête, que je m'endormis aussitôt, l'odeur de mon gardien flottant dans l'air. Il m'avait donc proposé sa chambre et non pas celle d'un invité. Ce fut la dernière pensée qui me traversa l'esprit avant que je ne sombre.

Quand j'ouvris un œil, il faisait nuit. Déboussolée et sentant une présence à côté de moi, je me retournai précipitamment et la percutai avec mon coude dans un geste maladroit et ensommeillé. Le corps grogna, puis leva la tête. J'entrevis ses yeux clairs ressortir dans l'obscurité relative de la pièce. Mon cœur galopa dans ma poitrine à l'idée qu'il ait pu me rejoindre dans ce cocon si intime.

— Salut toi, me dit la voix somnolente de Scott.
— Salut, lui répondis-je en chuchotant, n'osant pas briser le voile de quiétude qui nous enveloppait. J'ai beaucoup dormi ?

Il jeta un œil sur sa montre posée sur sa table de chevet.

— Il est deux heures du matin ma petite marmotte. Tu as dormi pas loin de douze heures d'affilée.

Je n'en revenais pas ! Ça faisait des semaines que je n'avais pas récupéré comme ça. Je me sentais merveilleusement bien malgré mon engourdissement.

— Viens par-là, *Mo chridhe*, commanda Scott tout bas en ouvrant la couette dans un geste d'invitation. Tu fais entrer les courants d'air et je n'ai pas fini ma nuit moi.

Je papillonnai des yeux, réalisant la proximité que cela induirait pour nous deux, mais ne me fis pas prier plus longtemps et me glissai dans le creux de son épaule. Il m'entoura de son autre bras, embrassant le haut de mon crâne au passage. Il se rendormit aussi vite, soupirant d'aise. Mon nez niché dans sa clavicule, je le respirai profondément avant de sombrer moi aussi à nouveau, tellement à ma place.

C'est Scott qui me réveilla en bougeant. Une faible luminosité entrait par la fenêtre, éclairant à peine la pièce. Il roula sur le dos tout en me libérant de son emprise, puis glissa son avant-bras sous sa tête en fixant le plafond, l'air pensif. De son autre main, il jouait avec quelques-unes de mes mèches de cheveux emmêlées. Je profitai d'avoir le champ libre pour poser ma main sur ses pectoraux en acier, et les caressai paresseusement. Je continuai mes effleurements lancinants pendant un moment, puis descendis sur son ventre parfaitement plat, m'enhardissant à faire courir mes doigts sous l'ourlet de son tee-shirt. Ils entrèrent en contact avec son épiderme et les quelques poils qu'il avait sous son nombril qui traçaient une ligne sombre jusque sous l'élastique de son pantalon en flanelle. Sa peau était brûlante, et quand je m'insinuai sous le tissu tendu de son haut, Scott se contracta imperceptiblement. Sa réaction me poussa à explorer son corps encore plus loin. Ses abdominaux se soulevaient et s'affaissaient rapidement, trahissant sa respiration erratique. Je souris pour moi seule, savourant l'effet que je lui faisais. Remontant plus haut, j'atteignis le creux de la naissance de sa gorge, puis je décrivis des petits ronds du bout de mes doigts sur le velouté de sa peau.

— Victoria..., expira fébrilement Scott dans mes cheveux. Es-tu certaine que c'est ce que tu veux ? Il n'y aura plus de retour en arrière après ça. Es-tu consciente de ce qu'il va se passer ensuite ?

Je me redressai sur un coude pour pouvoir le regarder dans les yeux, et lui répondre d'une voix assurée :

— Oui Scott, dis-je avec emphase, je sais, et c'est ce que je veux, ma décision est prise et définitive et HAAaaaa !...

Je n'avais même pas eu le temps de finir ma phrase que d'un geste ample et puissant de Scott, je me retrouvai écrasée sous lui.

— Ok ça tombe bien, car j'aurai eu beaucoup de mal à sortir de ce lit sans t'avoir honoré de mon corps d'athlète, dit-il d'une voix rauque, le sourire carnassier.

Je levai les yeux au ciel avec un soupir faussement choqué, mais me laissai volontiers faire.

— Vas-tu encore te dérober ? lui demandai-je, échaudée par mes précédentes expériences avec lui.

— Que si tu me supplies d'arrêter, me promit-il, une lueur de pénitence traversant ses prunelles.

Il effleura l'arrière de mon oreille de ses lèvres et mon cœur se mit à galoper derrière mes côtes.

— Très bien alors... continue comme ça... lui commandai-je dans un souffle.

Il descendit dans mon cou, me procurant d'indéfinissables frissons.

— Tu veux que j'arrête ? chuchota-t-il mutin.

Je secouai vivement la tête. Il eut un petit rire de gorge caverneux.

Il attrapa une poignée de mes cheveux, qu'il tira doucement pour m'inviter à m'offrir davantage, pendant que son autre main flattait mon ventre. C'était à mon tour d'être fébrile sous ses doigts experts.

Quand il m'embrassa, je ne pus retenir un petit gémissement, et m'abandonnai à la caresse de sa langue. J'ondulai sous lui, mes hanches frottant les siennes, mes mains pétrissant ses fesses dures, son érection pressant mon bas-ventre. Ça y est, j'étais perdue, si cette fois encore il m'abandonnait, je jure que je le tuerai ! Il s'arracha à moi dans un grognement tout à fait charmant et se redressa entièrement pour se libérer de son tee-shirt. Il entreprit ensuite d'enlever le mien, qui s'envola comme par magie au milieu de la pièce. Le souffle court, je ne pus m'empêcher d'admirer sa beauté, son corps de guerrier, dont les muscles développés roulaient sous sa peau au moindre de ses mouvements... D'une torsion adroite, il retira son pantalon, offrant à mes yeux la vision de sa virilité palpitante. Il était magnifique. Seule ma culotte en coton faisait encore rempart entre nos épidermes. De ses yeux prédateurs, il me scruta longuement avant qu'il ne me reprenne enfin d'assaut, affamé. Il mordilla ma lèvre et mon menton, pendant qu'il prenait possession d'un de mes seins qu'il massait en douceur, pinçant de temps à autre mon mamelon dressé. Il continua son voyage en me butinant çà et là, enflammant ma peau réactive jusqu'à la lisière de mon sous-vêtement. Je me tortillai de plaisir et d'impatience, le pouls saccadé, mes mains fourrageant dans ses cheveux. Il semblait apprécier le spectacle et se délectait de me voir à sa merci. Je pouvais même sentir le souffle chaud de sa respiration au travers du fin tissu de ma lingerie. J'étais précisément au bord du gouffre.

— Arrête de gigoter comme ça, petite mangeuse de grenouilles, je ne vais jamais y arriver, me lança-t-il, enjôleur.

Pour toute réponse, je soupirai bruyamment. Quel enfoiré ! Il adorait me rendre dingue, mais tant pis pour mon ego, je cédai tout de même, m'immobilisant. Ses mains quittèrent alors mes hanches pour attraper l'élastique de ma culotte, qui disparut dans un courant d'air furtif. On y était. J'étais entièrement offerte à lui, pleinement consentante. Je feulai quand il déposa un baiser sur mon intimité prête à l'accueillir, décuplant l'impétuosité de mon amant, si bien qu'au bout de quelques secondes, je le suppliai d'en finir entre deux hoquets de plaisir. Il arrêta sa danse érotique et je le sentis sourire tout contre moi ! Oh bon sang ! Il ne perdait rien pour attendre. Étonnamment, il m'obéit et vint se placer entre mes jambes. Il encra son regard brûlant et plein de promesses au mien, et me posséda d'un seul coup de reins. Instantanément, je perdis pied dans un râle de pure extase. Nous fîmes l'amour comme jamais je ne l'avais expérimenté. Manu ne m'avait gratifié que d'étreintes rapides et souvent frustrantes, rien à voir avec ce que je ressentais là. Tous mes sens étaient sollicités et sensibles à l'extrême.

Mon sang vrombissait littéralement de plaisir dans mes veines. Il me cajolait comme un épicurien, tantôt voluptueux et attentionné, tantôt impudent et débauché. Il ne me laissait que peu de répit et mes gémissements trahissaient son habileté. Je ne pourrais pas dire combien de temps cela dura, mais quand enfin arriva la délivrance, je sentis avec une acuité quasi surnaturelle son âme se lier à la mienne, me marquant à jamais.

Nous restâmes un long moment front contre front, essoufflés et encore palpitants, avant de rouler sur le côté pour profiter un peu de cette intimité, nous câlinant lascivement.

— *Mo ghràidh*[17], murmura Scott à mon oreille. J'ai une proposition à te faire ; demeurons toute la vie dans ce lit, c'est le plus bel endroit de la terre.

Je ricanai, c'était bien un homme tiens !

— Que signifient les mots en gaélique dont tu m'affubles depuis peu ? Ce n'est pas très poli de parler dans une langue que l'autre ne comprend pas.

Scott avait posé sa tête sur mon épaule et caressait mon ventre nu en un va-et-vient hypnotique.

— Ils veulent dire que tu es à moi et à moi seule ma petite mangeuse de grenouilles.

À ces paroles, je ne pus m'empêcher d'effectuer une danse de la joie intérieure. Tout était si évident avec lui ! Mais à la place, je m'exclamai :

— J'ai faim !

— Encore ?! se plaignit-il en soulevant la tête pour me regarder, faussement étonné. Je peux arranger ça, ajouta-t-il, une lueur lubrique dans les yeux.

Comme pour venir illustrer mes mots, mon estomac émit un long borborygme. Scott rampa alors sur moi pour déposer un baiser rapide sur mes lèvres, puis sauta du lit. C'est à ce moment-là que j'eus une parfaite vision de son dos mutilé, et mon cœur se serra aux souvenirs de l'enfant en pleurs de mon rêve. Il disparut dans la salle bain quand je l'entendis me crier :

---

[17] « Ma chérie » en gaélique écossais.

— Je t'attends, *mo chridhe* ! Viens te laver et après je te nourrirai convenablement.

Il faisait vraiment ce qu'il voulait de moi, c'était exaspérant. Je sortis du lit chaud et courus le rejoindre en vitesse. La lumière crue de la pièce ne dépréciait en rien son corps musclé et parfaitement ciselé, mais il n'était pas vraiment humain non ? C'en était peut-être la plus belle preuve jusqu'à maintenant. De mon côté, j'étais un peu troublée d'exposer ma nudité sans fard, et mon embarras augmenta d'un cran quand il me détailla des pieds à la tête.

— Ne rougis pas comme ça Vic, tu es magnifique.

Il fit couler l'eau de la douche, puis s'approcha pour m'enlacer avec tendresse. Je l'accueillis dans mes bras pour lui rendre son étreinte. Il sentait la transpiration et le sexe, mais cette puissante odeur charnelle, loin de me dégoûter, raviva le feu brûlant dans mes entrailles. Instinctivement, je répondis à cette pulsion en glissant ma main sur son intimité déjà disponible. Apparemment, je n'étais pas la seule à être réactive. Scott émit un grondement sonore et me plaqua sans douceur contre le carrelage froid et humide de buée de la salle de bain. Il colla son avant-bras contre le mur à côté de ma tête, et posa son autre main à plat dans le bas de mon dos, me laissant les pleins pouvoirs, sa bouche agaçant la mienne à petits coups de langues et de morsures. C'est avec plaisir que je lui rendis toute l'attention dont il m'avait gratifié un peu plus tôt.

Juste avant de défaillir, il défit mes doigts agiles pour les emprisonner au-dessus de moi en m'embrassant avec fougue cette fois, nos dents s'entrechoquant. D'un geste habile, il me retourna, de sorte qu'il eut une parfaite vision de mes fesses. Il me refit alors l'amour dans une étreinte rapide, mais ô combien comblante, m'infligeant mille délicieux tourments à chacun de ses vigoureux coups de reins. Au sommet de l'excitation, c'est dans un râle puissant qu'il se déversa en moi en un orgasme salutaire, qui déclencha aussitôt le mien, me laissant tremblante sur mes jambes. Scott déposa un dernier baiser sur mon épaule et me rendit enfin ma liberté. Ensuite, nous nous glissâmes sous la douche.

Chapitre 17.

Loch Etive, Ballachulish, 4 janvier 2018.

Dehors, la tempête n'avait pas faibli et les quantités de neige accumulées étaient impressionnantes. Je m'en réjouissais, parce que cela voulait dire que nous demeurerions tranquilles un bon moment. Je ressentais une plénitude incroyable, comme si ces dernières semaines n'avaient pas existé. Était-ce dû au lien spécial que j'avais avec Scott, ou simplement les effets euphorisants que l'on éprouve lorsqu'on est amoureux ? Je ne le saurai probablement jamais, mais je profitai de chaque instant qu'il me restait.

Tout en sirotant un thé devant la fenêtre du salon, je me décidai à envoyer un texto à Shannon et Anna pour les rassurer. Mon téléphone chanta la sérénade pendant au moins une bonne minute quand je l'allumai, et les nombreux nouveaux messages commençaient tous de la même façon : « *Victoria, où es-tu ?* », « *Vic, rappelle-nous* », « *Vic, je t'en prie…* »

et assurément, une multitude de messages vocaux. Impossible de tout écouter et lire, j'allai devoir prendre mon courage à deux mains et appeler. Je composai donc le numéro, attendant fébrilement que Shannon décroche. Ce ne fut pas long :

— VICTORIA ! cria cette dernière dans le haut-parleur.

— Shannon ! Je suis contente de t'entendre…

— Vic c'est pas vrai ?! Mais on a eu trop peur pour toi ! Où es-tu ?

— Je suis vraiment désolée, je suis avec Scott, tout va bien, rassure-toi.

— Oh merde Vic, non, t'as pas fait ça…

— Je te le répète Shannon, tout va bien ! Je me sens à ma place ici, et je suis en pleine forme.

— Où ? Où vous êtes tous les deux ? me pressa-t-elle soudain.

— Dans une maison au bord du *Loch Etive* et…

— Ok, on arrive ma belle ! Surtout, ne fais rien de stupide, reste à l'intérieur ! Tu m'entends ?

— Je ne risque pas de sortir, t'inquiète, il y a une tempête de neige incroyable ici… Mais pourquoi veux-tu venir ? Shannon, je ne rentrerai pas en France. Vous avez été merveilleux avec moi, mais j'ai pris ma décision !

— Je sais bien qu'il neige, nous sommes au *Drovers* Vic, on arrive dès que possible, ok ?

Au *Drovers* ? Ils m'avaient cherchée alors ? Merde… merde… merde… Il était hors de question que je reparte avec eux, et je venais de lui dire où j'étais…

— « Nous » ? demandai-je.

— Anna, Lachlan, Sébastien, Sean et moi.

— Sébastien ? Mais qu'est-ce qu'il fait là ?

Je commençai à paniquer.

— Parce qu'il était le seul à pouvoir remuer ciel et terre pour te retrouver rapidement avec l'appui de son chef de brigade. Tu ne nous as pas laissé le choix Vic ! Tu nous as quittés sans nouvelles. On a réussi à le contacter et on lui a tout raconté. Il était fou d'inquiétude tu sais, il n'a pas hésité une seconde à nous aider. Je… je vais te le passer, attends une seconde…

Mon cœur battait à tout rompre. Je sautai des deux pieds en un instant dans la réalité. Dans cette maison isolée, hors du temps, je n'avais même pas essayé d'imaginer ce que vivaient mes amis que j'avais lâchement abandonnés.

— Allô Victoria ? fit une voix masculine dans le téléphone.

— Seb ?...Je suis tellement désolée…

Décidément, j'en aurais pour une vie entière à m'excuser à ce rythme-là.

— Vic, ma puce, tiens bon, on arrive ok ? Ne bouge pas de la maison. Ne le laisse pas te toucher ! Surtout pas ! Quoi que tu ressentes pour lui Vic, on peut te sortir de là, tout va bien se passer…

— Mais… Je ne veux pas que vous veniez, dis-je tout bas, vous ne comprenez pas… Je vous aime, seulement j'ai fait mon choix.

— … la tempête doit s'arrêter en fin de journée et les routes seront à nouveau praticables d'ici demain après-midi, on va venir te chercher !

Il ne m'écoutait même pas. Comment leur expliquer ?

— Je t'aime ma puce, sois forte, on arrive.

Je décidai d'aller dans son sens, puisque rien n'avait l'air de les faire changer d'avis.

— Ok, à très bientôt, Seb, promis-je. Je serai prudente.

Je raccrochai, les yeux dans le vague, mes pensées tournant à toute allure dans ma tête.

— Que se passe-t-il ? me demanda Scott qui venait d'entrer dans le salon.

Mes émotions devaient se lire clairement sur mon visage, car il fronça les sourcils, contrarié.

— Ils arrivent c'est ça ?

Je hochai la tête lentement, croisant son regard perçant.

— Ils sont au *Drovers*… Ils partent dès que ce sera à nouveau praticable, dis-je dans un souffle.

— Très bien. La route du *Glen Etive* sera plus compliquée à emprunter malgré le redoux annoncé. Je dirai qu'ils n'arriveront pas avant après-demain au mieux. Ça nous laisse un peu de temps.

Il m'enlaça et embrassa le haut de mon crâne avant de poser son menton dessus en soupirant.

— J'aurais tant aimé en profiter encore…, dis-je en me pelotonnant un peu plus contre lui.

— Je le sais bien… Il nous reste deux nuits et une journée entière, ce n'est pas rien.

— Mmmmmh… gémis-je dans son cou.

Dans le sac à dos que James nous avait fait préparer, nous trouvions quelques ravitaillements, des vêtements chauds et des boîtes de conserve, mais aussi du chocolat et des fruits secs. Ça nous changerait des fruits au sirop, mais la cerise sur le gâteau fut de déballer une petite bouteille de champagne cachée tout au fond. Scott sourit en la découvrant.

— Il voulait certainement que l'on passe du bon temps.

— Oh regarde ! Génial ! m'écriai-je.

Je venais de dénicher un minuscule pot en verre de mousse de foie gras, mais tout de même du foie gras français !

— Bon eh bien, on aura de quoi se faire un festin demain. Ce soir, je nous ai prévus… hummm… Attends voir, dit-il en attrapant la brique en carton rouge et vert posée devant lui. Un velouté de champignons ! Merveilleux !

Je lui jetai un regard faussement boudeur, et il m'envoya un clin d'œil.

— Scott ? l'appelai-je tout en reposant le foie gras sur la table de la cuisine. Ivy …

— Oui ? Quoi Ivy ?

Ok ! Ce n'était pas forcément le bon moment pour aborder le sujet, mais je me lançai tout de même :

— Vous… vous avez été amant ?

— Qu'est-ce qui te fait dire ça ? Ce sont les champignons qui t'inspirent ?

— L'attitude qu'elle a eue avec moi quand je l'ai retrouvé au *Drovers*, lâchai-je finalement dans un petit haussement d'épaules.

Pendant qu'il me sondait, j'avais grand-peine à le regarder dans les yeux tant je n'assumai pas ma question. Sauf que depuis le temps que je me la posais ! Il m'avait bien répondu dans la voiture, il y a quelques semaines sur la route pour l'aéroport d'*Inverness*, mais il avait été plutôt vague et j'étais bien trop curieuse.

— Oui, me dit-il simplement. Il y a très longtemps de cela, quand nous étions plus jeunes. Nous étions deux adolescents qui expérimentions de nouvelles choses. Mais nous n'avons jamais été amoureux, par contre, elle reste une amie très chère.

Sa franchise me plut.

— Et… Elle est aussi… comme toi ?

— Non Ivy est une *Banshee*.

Mes yeux s'arrondirent de stupeur !

Une quoi ?

— T'es sérieux là ? Comme dans les légendes irlandaises ?

— Oui je suis sérieux, elle est gardienne des âmes. Elle annonce une mort imminente par un cri assez particulier. Mais ça fait très longtemps qu'elle n'utilise plus son don, il est assez impopulaire à notre époque et elle ne manquerait pas de se faire rejeter, même auprès de ceux qui y croient. Elle préfère vivre parmi nous anonymement. Son vrai prénom est Aibell, celui que tu as dû donner à James pour qu'il te laisse entrer.

Je restai un moment fascinée. Je n'arrivais pas à me faire à ces histoires d'esprits, de fées et je ne sais quoi d'autre.

— Et le monstre du *Loch Ness*…? Ne rigole pas! m'empressai-je de dire en apercevant ses lèvres se soulever d'un air moqueur.

— C'est un *Kelpie* également.

— Quoi?! Ce n'est pas une blague alors? … Non! Tu te fous de moi!

Il éclata de rire.

Bon sang, qu'il était beau quand il faisait ça! J'eus immédiatement envie de l'embrasser, mais je me repris rapidement, chassant les images sulfureuses qui dansaient devant mes yeux.

— Je te jure que c'est vrai. Mais il ne ressemble pas à un plésiosaure comme tout le monde le pense. Il a gardé sa forme chevaline, cependant elle est déformée à cause du temps qu'il passe dans l'eau.

— Mais tu le connais? m'exclamai-je complètement ahurie par notre conversation.

— Non pas personnellement, il habitait déjà le loch avant ma naissance.

Je me faisais l'impression de quelqu'un qui se réveillait après un long coma et qui avait tout à redécouvrir. C'était franchement perturbant.

— Et...

— Encore une question ?

— Mais oui ! couinai-je. Tu ne te rends pas compte du choc que c'est pour moi ! *Nessie* existe vraiment !

— Oh ! Ne l'appelle jamais comme ça, il déteste !

Je lui jetai un regard incrédule et il partit dans un fou rire.

— Non, je plaisante cette fois, hoqueta-t-il, les yeux larmoyants.

Je lui envoyai mon poing dans son biceps et me fit mal.

Bien fait Victoria.

— Bon, pose-moi ta question, me dit-il une fois un peu plus calme.

— Tu... tes dons... montre-moi.

Il me regarda alors si sérieusement que j'eus peur d'être allée trop loin, pourtant, il se contenta de m'attraper la main et de me tirer jusque dans l'entrée.

— Habille-toi, m'ordonna-t-il.

Je l'écoutai, et quand nous fûmes prêts, il m'entraîna dehors à sa suite, avançant lentement dans l'épaisse couche de neige lourde et collante. Nous fîmes le tour de la maison, descendîmes un petit dévers, puis nous arrêtâmes devant un ruisseau encore épargné par le gel.

— Observe bien.

Je me concentrai donc sur le courant d'eau qui dévalait joyeusement entre les pierres. Lorsque je lançai un coup d'œil à Scott, il avait le regard perdu au loin comme tourné vers l'intérieur. Je posai derechef mon regard sur le ruisseau, quand tout à coup, je lâchai un cri, plaquant mes deux mains sur ma bouche. Je n'en crus pas mes yeux... L'eau s'était figée ! Elle ne bougeait plus du tout, comme glacée instantanément. Plus fort encore ! Elle semblait... Non ça ne pouvait pas être possible. Je me jetai à genoux, me penchant pour la scruter de plus près. Le courant était en train de s'inverser... Si j'avais encore un doute sur la vraie nature de Scott, il s'envola à cet instant précis.

— Scott, murmurai-je, c'est incroyable...

Je ne pouvais plus me détacher de ce spectacle. Les histoires de *Scully* et *Mulder* à l'époque où je regardais la série *X-Files*[18] étaient peut-être toutes véridiques finalement. Un frisson glacé dévala mon dos. Puis, le courant reprit son cours normal et Scott me tendit la main pour m'aider à me relever, je la saisis et lui demandai :

---

[18] La série décrit les différentes enquêtes des agents spéciaux du FBI Fox Mulder et Dana Scully sur des dossiers classés X (« X-Files »), des affaires non résolues impliquant des phénomènes paranormaux.

— J'y pense maintenant... Notre accident, quand tu nous as trouvées au bord de la route, c'était toi ?

— Oui, j'ai créé de la brume, ainsi qu'une plaque de glace pour vous prendre au piège. Ce n'est qu'une petite partie de mes pouvoirs, mais je préfère me préserver et garder toute mon énergie pour toi, parce que pour le moment, j'ai d'autres idées en tête que de jouer avec l'eau.

Je rougis jusqu'aux oreilles, et nous rentrâmes. Il tint sa promesse. Nous étions à peine débarrassés de nos affaires, qu'il me jeta littéralement sur son épaule et grimpa l'escalier. Bien entendu, j'essayai de me libérer pour la forme, mais en vérité, j'étais au comble de l'excitation. Il me fit glisser sur le lit encore en désordre de notre précédent ébat, et entreprit de me déshabiller. Il était vraiment habile pour faire ça. Je me demandai si c'était à cause de ses nombreuses années d'expérience ou de par sa nature. Peu importe, de toute façon j'étais là, avec lui, et c'est tout ce que je souhaitai. Entièrement nue, je l'aidai à mon tour à retirer ses vêtements et en profitai pour capturer ses lèvres, le coupant dans son élan dans un baiser profond. Alors que je me frottai lascivement sur son torse, il grogna contre ma bouche.

— *Mo chridhe*, tu me rends fou...

Joueur, il me restitua mon baiser au centuple et je dus reculer la première pour pouvoir reprendre mon souffle. Il en profita pour m'allonger et s'installer à l'orée de mon intimité.

Nous fîmes l'amour lentement, intensément, passant le reste de l'après-midi dans les bras l'un de l'autre.

Nous redescendîmes bien plus tard pour manger un peu, et remontâmes presque aussi vite, une autre faim nous taraudant. Il m'épuisait, mais j'étais au comble du bonheur.

Il était treize heures quand je sortis de la salle de bain. Cette fois, j'avais interdit à Scott de me suivre, pour pouvoir prendre un repos mérité dans un bain moussant bien chaud, mais cet idiot s'amusait à m'éclabousser avec l'eau, m'arrachant de petits cris aigus, alors qu'il n'était pas dans la pièce. Il riait depuis notre chambre et le feu se rallumait en moi.

Satané esprit des eaux !

***

La neige avait cessé de tomber depuis un bon moment, et déjà, un soleil vif prenait sa place dans un ciel dégagé de tous nuages. Le redoux annoncé commençait son lent travail de dégel et cette vision m'arracha un soupir de nostalgie, car notre bulle de quiétude allait éclater et bientôt nous serions rattrapés par le temps. J'avais reçu ce matin-là, un message de Shannon qui m'encourageait à être patiente, que les routes étaient en train d'être nettoyées et que ce n'était plus qu'une question d'heures avant qu'ils n'arrivent à ma rescousse. D'après Scott, comme j'étais auprès de lui, Liam ne viendrait pas interférer, mais essaierait peut-être au contraire de ralentir la progression de mes amis.

C'était notre dernière soirée, notre dernier dîner en tête à tête. Scott avait bien fait les choses. Nous nous étions installés par terre sur le tapis, devant la cheminée ; impossible de faire plus romantique. Nous commençâmes par un verre de champagne accompagné de foie gras sur de petits biscuits à l'avoine, faute de mieux. Nous continuâmes avec du bœuf mijoté aux carottes en conserve, et terminâmes avec tout l'assortiment de sucreries que l'on possédait. Repue, je me blottis dans ses bras. Il me caressa les cheveux doucement, observant en silence le feu mourant. Chacun de nous pensait au lendemain.

— J'ai une petite surprise pour toi, me dit-il, souriant.

Je me redressai, intéressée. Il se leva, disparut dans une pièce attenante au salon et revint avec une boîte rectangulaire, s'asseyant à nouveau auprès de moi.

— James la cache pour que les personnes qui viennent ici ne puissent se servir, mais j'ai eu des jours entiers pour la trouver.

Il ouvrit le couvercle et en sortie une bouteille de whisky à moitié pleine. Un *Lagavulin* 16 ans d'âge de l'île d'*Islay*. Au fond de la boîte était nichés deux minuscules verres de dégustation en forme de tulipe.

— On va voir si tu es toujours aussi douée, me défia-t-il tout en nous versant un peu du liquide ambré.

Il me tendit mon verre, je m'en saisis et recommençai mon manège comme la première fois au *Drovers*. Scott me scrutait, disséquant chacun de mes mouvements. Je humai le whisky, le faisais tourner, l'inspectai puis le goûtai.

— Mmmh…, exprimai-je extatique après un petit moment. Il est fumé, à la fois suave et intense.

— Tu parles de moi là, je me trompe ?

Je levai les yeux au ciel, puis rebus une gorgée du précieux breuvage.

— Il est long en bouche, c'est merveilleux ! On pourra en avoir un deuxième verre ? demandai-je goguenarde.

— Certainement pas ma petite mangeuse de grenouilles. Je te veux sobre cette nuit, dit-il avec un sourire sans équivoque.

Finalement, Sébastien avait peut-être raison, je jouai avec ma vie auprès de Scott qui s'évertuait à m'épuiser.

— Scott ?

— Oui ? Qu'y a-t-il ?

— Tes cicatrices… Lachlan nous a raconté que tu les avais eues parce que tu lui avais révélé qui tu étais…

Ses paupières se fermèrent une seconde, comme s'il regrettait ce moment douloureux de sa vie.

— Je suis désolée de faire remonter ce mauvais souvenir. J'en ai rêvé, tu sais. Tu n'étais qu'un enfant et tu hurlais de douleur dans mes bras… Scott, ce cauchemar a été le pire de tous, c'était si réel, tu as dû tellement souffrir…

Il s'approcha de moi pour m'étreindre.

— C'est le passé Victoria, me souffla-t-il dans les cheveux. Je savais ce que je risquai en me dévoilant à Lachlan. J'étais loin d'être un enfant facile tu sais, et j'ai reçu d'autres raclées crois-moi, mais celle-là fut la pire c'est une certitude.

Il me cajola un long moment en silence, puis nous allâmes nous coucher, abandonnant les restes de nos victuailles sur le tapis. Scott se contenta de me caresser impunément, me laissant pantoise en quelques minutes. Il refusa que je lui rende la politesse prétextant vouloir garder ses forces. Aurait-il besoin de ses dons demain ? Le sommeil nous cueillit, enlacés l'un contre l'autre pour le reste de la nuit.

***

— Victoria, *Mo ghràidh*… réveille-toi.

— Mmmh, qu'est-ce qu'il y a…, baragouinai-je d'une voix pâteuse.

J'adorais quand il me parlait en Gaélique, je me sentais terriblement spéciale. Déjà que son accent écossais était à tomber, mais là c'était la cerise sur le gâteau… Soudain, je me redressai dans le lit, rattrapée par la réalité.

— Ça y est ? Ils arrivent ?!

— Chuuut calme toi. Tu as reçu un message de Sébastien. Ils partent du *Drovers*.

— Déjà… dis-je tout bas, enveloppée par l'obscurité de la nuit.

— Ça nous laisse encore deux heures environ, la neige va les ralentir.

— Tu ne peux pas faire un truc avec tes pouvoirs, comme inonder la route ? suggérai-je d'un geste du bras.

— Non, il faudrait que je sois plus proche. Nous sommes bien trop isolés ici, m'expliqua-t-il tout en me caressant les cheveux.

Nous restâmes quelques instants sans bouger, puis sa main s'aventura sur mon décolleté, mes seins et mon ventre nu – car nous n'avions pas pris la peine d'enfiler nos vêtements de nuit, préférant le contact chaud de nos peaux. Je ne pus retenir un gémissement tant mon corps anticipait les plaisirs à venir malgré l'arrivée imminente de mes amis. Il continua son cheminement. La pulpe de ses doigts effleurait mon épiderme sensible. J'ondoyai sous ses caresses, avide de plus. Finalement, j'attrapai sa main et la glissai sur mon entre-jambes, gonflé par le désir brûlant qui me pressait, amplifié par l'urgence de la situation. Scott émit un grondement profond, capturant ma bouche, me mettant au supplice. Nous fîmes une dernière fois l'amour, buvant l'aura de l'autre, mêlant nos fluides, nous liant à jamais, corps et âmes, jusqu'à la jouissance libératrice.

— Il est temps, me souffla-t-il.

Alors nous nous levâmes.

Chapitre 18.

Loch Etive, Ballachulish, 6 janvier 2018.

[« Oh, Ms Believer » – Twenty One Pilots]

L'aube naissante illuminait le ciel d'un dégradé de bleu grisé, chassant l'obscurité garante de notre tranquillité, invitant une nouvelle journée à s'épanouir sur les eaux dormantes du *Loch Etive*. Aucun bruit ne venait déranger la quiétude de l'endroit, comme si la nature elle-même avait suspendu le temps, attendant fébrilement l'offrande qui allait lui être concédée. Un froid piquant dardait nos peaux à peine couvertes du strict minimum. Là où nous allions, nous n'en avions pas besoin, et c'est main dans la main que nous cheminions d'un pas paisible vers notre destinée, jusqu'aux berges glacées du lac. C'est pour cela que j'avais fait le choix de rejoindre Scott, là où je me sentais enfin entière, complète et heureuse.

Nous nous dirigeâmes vers l'immense étendue d'eau, traversâmes à gué un petit ruisseau, et marchâmes encore quelques minutes pour finalement nous arrêter sur une large langue de terre sableuse recouverte de neige.

— C'est ici ? demandai-je, rompant le silence.

Scott acquiesça. Le soleil prenait de plus en plus le pas sur les ténèbres, et ses premiers rayons pâles vinrent doucement éclairer les eaux noires du loch derrière moi.

— Tu as peur ? chuchota-t-il à mon oreille.

— Un peu...

Il me prit le visage dans le creux de ses mains, enfouissant ses doigts dans mes cheveux que j'avais gardés lâchés sur mes épaules. Son regard clair et perçant m'avalait toute entière. Je ne pouvais plus me détacher de lui. Il n'était plus question de faire machine arrière maintenant. Il posa alors doucement ses lèvres pleines sur ma bouche pour me donner un dernier baiser, m'insufflant une onde apaisante qui me réchauffa le cœur.

— Aie confiance d'accord ? Tout se passera bien.

J'opinai et glissai mon nez dans son cou, m'enivrant encore et encore de son odeur, quand soudain son attention fut détournée. Il tourna la tête vers la maison cachée derrière un bosquet d'arbres.

— Qu'y a-t-il ? Je n'y vois rien.

— J'entends le bruit d'un moteur...

— C'est déjà eux ?

— Oui certainement, allons-y, nous ne pouvons plus traîner.

À peine avait-il fini sa phrase que j'entendis moi aussi le ronronnement caractéristique d'un moteur de voiture. Puis soudain, la lumière de deux phares nous balaya. Nous avaient-ils vus ? Je ne voulais pas d'eux maintenant, j'espérais prendre mon temps, je pensais... avoir le temps... Hier soir nous avions longuement discuté de la façon dont ça allait se passer. Il m'avait tout détaillé pour que je comprenne le processus. Je ne devrai pas souffrir, ni même craindre la morsure de l'eau glacée sur ma peau, car il serait là pour m'accompagner. Ensuite nous devions nous retrouver, ailleurs... Une petite partie de moi me hurlait d'arrêter tout de suite, de reprendre ma vie où elle en était, que tout ça n'était que des vues de mon imagination débordante, voire de la folie profonde, mais l'autre, bien plus conséquente, m'assurait du bien fondé de ma décision, de l'évidence de mes actes. Tout palpitait en moi au même rythme que celui de Scott. Nos respirations, les pulsations de nos sangs dans nos veines, nos auras...

Il m'attrapa la main et nous avançâmes à l'unisson dans l'eau, nos chaussures et nos manteaux abandonnés sur la rive. Ni froide ni chaude, elle était tout simplement accueillante. Elle n'était pas sombre comme je la voyais quand je me tenais au bord du loch, mais pure et limpide, d'un vert bleuté cristallin, semblable aux yeux de Scott, c'était incroyable. Alors que nous n'avions presque plus pied, il me fit face et m'enlaça.

Je m'accrochai naturellement à lui, ceignant ses hanches de mes jambes. Au loin, j'eus vaguement conscience d'entendre un bruit de course, des cris, certainement ceux de mes amis qui accouraient pour moi.

— Maintenant Victoria, regarde-moi et ne lâche plus tes yeux des miens, tu m'entends ? Ne lutte pas, laisse-toi aller.

J'obtempérai, plongeant dans la profondeur de ses iris envoûtants. J'étais à présent enveloppée de coton, atténuant les sons, ralentissant les battements de mon cœur.

— Je t'aime, me souffla-t-il.
— Je t'aime.

Il m'entraîna un peu plus loin. Seules nos têtes émergeaient encore, quand soudain, ses yeux se plissèrent dans un froncement douloureux, la lueur surnaturelle de son regard vacilla, clignotant comme lorsqu'une ampoule est sur le point de rendre l'âme. Pendant ce court instant, tous les bruits environnants me revinrent de plein fouet dans un volume assourdissant, entrecoupés à la manière d'une mauvaise communication téléphonique. Un hurlement inhumain, rauque et strident à la fois me parvint, me glaçant le sang, faisant monter en flèche mon rythme cardiaque.

Mais que se passait-il ?

— Victoria... REGARDE-MOI ! me cria Scott.

Et le coton m'enveloppa à nouveau, apaisant et doux.

Dans une ultime poussée, Scott plongea. Ce fut extraordinaire. Sous l'eau, les rayons du soleil nous éclairaient comme en plein jour, je pus même distinguer le ciel habillé de nuages dans ma vision périphérique. Ces derniers rapetissaient au fur et à mesure que nous descendions. Puis tout se troubla. Scott était maintenant auréolé d'une brume marronnasse, bien moins enchanteresse que ma vision précédente. Obéissante, je m'accrochai à ses yeux tel un naufragé à sa bouée, mais ils n'étaient plus que de minces fentes et je peinai à maintenir notre lien. Nous coulions à pic, toujours plus profondément, toujours plus loin, tout s'éteignant autour de nous, et brusquement, le froid me saisit, cruel, aigu, tétanisant mes muscles, écrasant mes poumons restés trop longtemps inactifs. J'eus une envie irrépressible de respirer. Je pris violemment conscience de ce qu'il se passait, comme lorsqu'on se réveille soudainement d'un cauchemar. Paniquée, je secouai Scott qui n'était plus qu'une poupée de chiffon dans mes bras. Ça ne devait pas se dérouler comme ça, non, non... Je manquai d'air, je suffoquai, je souffrais... Scott ? Scott ? Je le secouai encore et encore, mais mes gestes étaient de plus en plus gourds, ralentis, et mon amant demeurait inerte... Il m'avait abandonné...

Alors je hurlai... Expirant le peu d'oxygène qu'il me restait, me condamnant par la même occasion. Je hurlai toute mon incompréhension, ma peur, mon désespoir, dans une volute de bulles d'air qui remontèrent pour exploser à la surface du loch...

Et fatalement, j'inspirai.

L'eau s'engouffra à toute allure dans ma bouche, dévalant mon œsophage, ma trachée, mes bronches, remplissant les alvéoles de mes poumons. La douleur fut atroce, me déchirant de l'intérieur. Rapidement, je convulsai, toujours agrippée à Scott, mon sang réclamant l'oxygène que je ne pouvais lui donner... Puis tout s'arrêta.

Lachlan

Les routes étaient à peine praticables après la tempête de neige qui sévissait depuis deux jours en Écosse, quand Anna, Shannon, Sean, Sébastien, Ivy et lui-même s'engouffrèrent dans le SUV qu'ils avaient loué à l'aéroport. Après que les amies de Victoria eurent compris que cette dernière les avait quitté pour rejoindre Scott, ils avaient remué ciel et terre pour essayer de la stopper, mais en vain. Et au moment où Victoria avait enfin daigné donner de ses nouvelles, elle était déjà dans les bras de son meilleur ami. Lachlan ne savait pas s'il en était soulagé ou attristé. Il avait beaucoup d'affection pour Victoria, mais plus encore pour Scott. « *On ne peut rien contre sa destinée* », lui avait dit un jour ce dernier lorsque qu'ils n'avaient pas six ans et que Lachlan et lui se disputaient au sujet de leur avenir à tous les deux. L'un hériterait d'un château flamboyant et d'un domaine fertile, l'autre, de ruines et de terres incultivables. L'injustice avait échauffé leurs esprits naïfs d'enfants et Scott avait alors dévoilé sa nature dans un accès de colère. « *On n'échappe pas à sa destinée* », lui avait crié son ami encore et encore alors qu'il venait d'être sauvé de la noyade. Il avait menti à Anna ce matin-là, quand ils s'étaient aperçus que Victoria était partie et il s'était senti pitoyable. Espérant bien se rattraper, il avait découvert le numéro de téléphone de Sébastien, qui grâce à ses contacts plus ou moins officiels, avait réussi à localiser Victoria à sa carte bancaire qu'elle avait utilisée à plusieurs reprises, puis à leur faire prendre le premier vol pour Glasgow. Ensuite, ils avaient retrouvé Ivy et Liam au *Drovers* qui avaient bien tenté de les envoyer sur une fausse piste, laissant une chance à Scott de remplir sa mission, mais c'était sans compter sur la détermination de Sébastien.

Après une sortie de route et plusieurs glissades qui leur values une belle engueulade, ils arrivèrent à la maison indiquée par Victoria deux jours plus tôt, et quand les phares de la voiture éclairèrent furtivement son ami et Victoria, son cœur s'était mis à cogner à toute vitesse sous ses côtes. Sébastien arrêta le véhicule le plus loin possible sur le chemin menant au *Loch Etive*. Il bondit le premier de son siège, courant à perdre haleine après celle qu'il aimait depuis toujours et que Scott lui volait. Lachlan le talonna de près, mais déjà, Scott et Victoria entraient dans l'eau... Sébastien qui était arrivé sur la langue sablonneuse où les amants avaient abandonné une partie de leurs vêtements, pénétra lui-même dans le loch, sauf qu'à mi-mollet, celle-ci se figea, entravant son avancée. C'est alors qu'il se passa quelque chose que le destin n'avait peut-être pas écrit. Fou de rage, Sébastien glissa sa main dans son manteau ouvert, et lorsqu'il la ressortit, il tenait fermement une arme à feu, sans doute celle qu'il portait en service, qu'il pointa d'un geste sûr dans le dos de Scott. Ensuite tout se déroula très vite. Lachlan, dont tous les muscles étaient au supplice, accéléra encore, espérant l'intercepter, mais c'est à cet instant qu'il l'entendit... Un cri horrible, un cri qui vous glace le sang, un cri prédicteur de morts, celui de la *Banshee*. Ivy se tenait non loin derrière, à genoux dans la neige collante, les mains contre ses oreilles, ses cheveux roux lévitant autour de sa tête, sa bouche tordue dans un hurlement inhumain. Anna et Shannon étaient tétanisées tout près d'elle, n'osant aller plus en avant. Au moment où Lachlan arriva enfin sur Sébastien, celui-ci appuya sur la gâchette. La balle fit mouche, touchant dans un soubresaut le corps de Scott. Puis une deuxième... et une troisième.

Geste désespéré d'un homme aux abois.

Lachlan ne pouvait plus détacher les yeux de la mare de sang qui s'étendait autour de son ami qui venait de sombrer dans les eaux sombres du loch. Sébastien, libéré de sa prison glacée, tenta de plonger à leur suite, mais fut sorti de force par Sean après qu'il eut risqué de se noyer, à deux doigts de l'hypothermie.

***

Les pompiers avaient dragué le loch pendant trois jours sans résultats. Tous pleuraient la perte de leur ami, et Sébastien plus encore, dévasté par son geste, accablé de tristesse. Il avait été mis en garde à vue le temps de faire la lumière sur toute l'affaire. Évidemment, il n'avait pas été question, d'esprits, de gardiens ou de légendes. Encore moins de *Kelpies* ou de *Each uisge*, ni même de *Banshee*. La police supposait à un crime passionnel, une funeste histoire disaient-ils, un fait divers. « Les amants maudits », titraient les journaux locaux. On devrait attendre le printemps pour que les pompiers sondent à nouveau le lac ou que les dépouilles remontent d'elles-mêmes.

Complètement assommés, les amis de Victoria pansaient leurs plaies comme ils le pouvaient, chacun trouvant auprès de l'autre le courage d'aller de l'avant. Sans corps, il était impossible de faire leur deuil et ainsi d'envisager un « après ». Malgré tout, et rattrapés par la réalité, après quelques semaines passées dans un brouillard de douleur, ils durent rentrer en France, continuer leur vie, marquée à jamais par ce drame inimaginable.

Ivy était inconsolable elle aussi. Avec Lachlan, elle était la plus proche amie de Scott. Son don qui s'était manifesté malgré elle pendant le terrible évènement avait prédit la mort, ne laissant aucun doute planer sur ce qu'il était advenu de son plus cher complice. Traînant son affliction, elle continuait faute de mieux, à s'occuper du *Drovers*. Liam s'était évaporé dans la nature et ils n'eurent plus aucune nouvelle de lui. Scott lui avait confié à *Dunvegan*, que son frère espérait bien retrouver ses droits et ses pouvoirs lorsque leur mission serait enfin achevée. Était-ce le cas maintenant qu'il avait obtenu ce qu'il voulait ?

Un matin, Lachlan passa récupérer les quelques affaires de Scott au *Drovers* afin de libérer la chambre pour la saison touristique, Ivy n'ayant pu s'y résoudre. Lorsqu'il ouvrit la porte, rien n'avait bougé depuis que Victoria y avait passé une nuit. Tout était figé sous une pellicule de poussière. Il avança alors silencieusement dans la petite pièce, comme s'il avait peur de réveiller un vieux fantôme, quand soudain, un livre tomba de l'étagère. Lachlan sursauta, surpris. Il n'avait pourtant rien touché, mais peut-être avait-il marché sur une latte de parquet mal enchâssée sous la moquette et fait trembler le mur ? C'était tout de même peu probable. Il se baissa, s'en saisit, et le retourna afin d'en connaître le titre. Son cœur tressaillit au moment où il lut : « Tristan et Iseult »… les amants maudits.

Épilogue.

Je me réveillai en sursaut, happant goulûment l'air, dépliant mes poumons sous mes côtes. Bon sang ! J'avais l'impression d'avoir couru un semi-marathon sur la lune ! La main sur le cœur, je me forçai à reprendre une respiration normale. Quand enfin je récupérai un peu d'aplomb, je levai les yeux pour observer autour de moi. J'étais allongée sur un énorme lit à courtines, dont les colonnes en bois étaient finement travaillées, et les rideaux de brocart ouverts. Hébétée, je ne compris pas ce que je faisais ici, et surtout, je ne savais pas du tout où je me trouvais. Une faible lumière éclairait la pièce, mais je ne distinguai presque rien. Soudain, j'entendis un frottement, puis des pas. Une enfant d'environ quatre ans, aux cheveux blonds vénitiens et bouclés, venait d'apparaître au pied de mon lit. Elle me regardait avec des yeux ronds et l'air de ne pas trop savoir quoi faire.

— Bonjour, dis-je doucement pour ne pas l'effrayer.

Et elle fila à toute allure, passant par une porte grande ouverte que je n'avais pas remarquée. S'en suivirent des bruits de chuchotements et de courses étouffés par un tapis. Dans l'expectative, je me redressai lentement et poussai d'abord les lourdes couvertures, avant de glisser mes jambes en dehors du lit. On m'avait vêtu d'une longue chemise de nuit en lin et je ne trouvai aucune trace de mes habits autour de moi, quand quelqu'un entra dans la chambre.

— Mademoiselle Macdonald, commença l'étrangère. Je m'appelle Alanis et je suis à votre disposition.

— Euh... Très bien...

Ma mémoire me faisait complètement défaut, et la femme qui se tenait devant moi avait tout l'air de sortir d'un film d'époque, mis à part qu'elle venait d'allumer une lampe électrique et moderne, posée sur la commode près de l'entrée.

— Je... Où sommes-nous ?

— Au Château d'Attibroise.

— Attibroise ?... Ça ne me dit rien, où est-ce ?

— Dans le nord de l'Écosse mademoiselle.

Elle parut hésiter un instant avant d'enchaîner d'une petite voix :

— Vous avez eu un accident au Loch *Etive*.

Loch Etive...

Ce mot percuta mon cerveau comme on percuterait un camion lancé à toute allure. Ce fut le déclic et tout me revint sous forme d'un gigantesque tsunami de souvenirs. Anna,

Shannon, le voyage en Écosse, Scott... Mon cœur se serra, Scott le gardien des lochs, *l'Each Uisge*, le Loch *Etive*, la noyade.... Je devais être au bord du malaise, car Alanis accourut près de moi pour me soutenir.

— Où... où est Scott ?

— Ma maîtresse m'a demandé de vous amener à elle quand vous vous réveillerez.

— Mais Scott ? Il est...

Alanis se renfrogna.

— Venez, mademoiselle Macdonald, je vais vous aider à vous habiller, ensuite nous irons voir ma Dame.

Je me laissai faire, comprenant bien que je ne tirerai rien de plus d'elle. J'enlevai ma chemise et enfilai docilement les sous-vêtements qu'elle me tendait, puis un pantalon simple en toile et un pull de laine douce. J'osai tout de même lui demander :

— Je suis ici depuis combien de temps ?

— Oh ! Cela fait presque six jours maintenant. On a eu peur de vous perdre, néanmoins vous êtes de bonne constitution malgré les quelques kilos qu'il vous manque.

Je l'écoutai ahurie. Alors je m'étais bien noyée dans le loch... Et on m'avait... sauvé... Où étaient mes amis dans ce cas ? Pourquoi n'étais-je pas dans un hôpital ?

— Où sont Anna et Shannon ?

— Suivez-moi à présent mademoiselle Macdonald, ma maîtresse répondra à vos questions.

Elle tournait en boucle. Alanis était une femme d'environ soixante ans, petite, replète, mais d'une force surprenante. Elle se glissa sous mon bras pour que je prenne appui sur elle, ma faiblesse m'empêchant de marcher seule, puis m'emmena dans le couloir. Nous descendîmes un escalier étroit et pénétrâmes dans une sorte d'antichambre recouverte de panneaux de bois clair. Elle toqua discrètement à l'unique porte de la pièce. Une voix douce et féminine résonna derrière, nous enjoignant d'entrer.

C'était stupéfiant... Je ne sais pas à quoi je m'attendais, mais sans doute pas à ça. Nous étions sans conteste dans un château aux murs épais, aux sols de pierres et au plafond en poutres massives, sauf que toute la décoration détonnait avec la rusticité du lieu. Un tapis gigantesque recouvrait le sol. Il représentait ce qui semblait être le fond d'un lac avec ses algues mouvantes et toutes ses nuances de couleurs, comme un énorme trompe-l'œil tissé en soie brillante. Partout où se posait mon regard, l'ornementation était d'un style « Art nouveau ». S'inspirant de la nature, tout en courbes, tout en nuances, cassant les lignes et les angles droits. On se serait presque cru... à *Fondcombe* chez les Elfes de *Tolkien*[19].

La femme qui se tenait debout au milieu de la pièce à côté d'un feu ronflant, avait un port de tête altier. Il dégageait d'elle une autorité naturelle et écrasante. Grande, mince, elle portait

---

[19] Écrivain, poète et professeur, principalement connu pour ses romans « Le Hobbit » et « Le Seigneur des anneaux ».

ses cheveux de jais striés de fils d'argent, attachés dans son dos en une natte complexe à la manière des guerrières vikings. Ses yeux étaient en tous points similaires à ceux de Scott, d'un vert d'eau sans fond, hypnotisants si l'on s'attardait trop longuement sur eux. Sa peau était lisse et pâle, son nez droit et petit, et sa mâchoire douce et étroite. Elle arborait une longue robe rouge foncé en soie sauvage, moulant parfaitement ses formes longilignes.

— Mademoiselle Macdonald, commença-t-elle. Je suis contente de vous voir debout. Vous venez de traverser des jours sombres. Je suis même étonnée de votre résistance. À croire que le sang écossais de votre père vous aura donné la force de surmonter cette épreuve.

Elle s'approcha de moi à pas mesurés en me scrutant de bas en haut, sa robe bruissant légèrement derrière elle.

Je repris contenance et osai l'affronter du regard cette fois.

— Où est Scott ? demandai-je anxieuse de sa réponse.

Je l'avais vu s'éteindre dans mes bras, mais mes souvenirs étaient vagues et mon esprit brouillé.

— Il était mort quand nous vous avons récupéré...

Mes poumons se vidèrent à nouveau complètement de leur air, j'avais l'impression qu'on m'enfonçait un couteau dans l'estomac. Il était bien mort alors...

— ... votre compagnon lui a tiré dans le dos, trois balles qui lui ont été fatales...

Mes oreilles bourdonnaient, des petits points noirs dansaient devant mes yeux. Ça n'était pas possible, Sébastien n'aurait jamais fait ça ?! Il avait un caractère pondéré et mesuré en toutes circonstances, ce qui faisait de lui une recrue reconnue au sein de la gendarmerie. Mais il y avait eu la scène de jalousie à Noël... Et sa déclaration... Il aurait été aveuglé par ses sentiments pour moi... Scott, mon amour, mon amant était... mort par sa main. La dernière lueur d'espoir de le voir vivant s'éteignit, je n'aurais jamais dû survivre...

— Victoria, reprenez-vous ! Il est en vie !

Je hoquetai de surprise, les yeux grands ouverts, cherchant la moindre trace de mensonge dans son regard.

— Suivez-moi, nous allons lui rendre visite. Il n'a cessé de vous réclamer depuis son réveil.

Toujours aidée par la vaillante Alanis, nous traversâmes l'immense pièce pour nous retrouver devant un mur plein. La femme en rouge tendit sa main et appuya sur un petit bouton en forme de feuille qui actionna un mécanisme, ouvrant dans un déclic, une porte dissimulée dans le décor. Nous entrâmes alors dans une chambre similaire à la mienne. C'est là que je le vis, allongé sur le côté dans un grand lit, soutenu par des coussins moelleux, laissant son dos meurtri à l'air libre. Mon cœur rata un battement et je me précipitai tant bien que mal à son chevet, quand il ouvrit ses beaux yeux verts.

— Victoria... *Mo Ghràidh*... J'ai cru te perdre...

Agenouillée par terre, je posai mon front sur le sien, ma main sur sa joue.

— Je l'ai cru aussi, lui répondis-je dans un souffle.

— Nous avons réussi Vic…

— Réussi quoi ?… Nous devrions être morts et tu m'avais dit que…

— Victoria ! Nous avons réussi, tu as passé l'offrande. Nous sommes dans mon royaume.

La femme en rouge posa alors une main sur mon épaule, et s'approchant de mon oreille, elle murmura :

— Je ne suis pas une déesse celtique sans pouvoirs, mademoiselle Macdonald. Il m'en a coûté, mais j'ai réparé le corps de mon fils et réveillé le dernier fil de vitalité qui vibrait en lui.

Je me retournai vivement vers elle, plongeant mes yeux dans les siens. Comment ne l'avais-je pas deviné plus tôt ? Son regard, sa prestance, nos résurrections à Scott et à moi…

— Vous êtes… Adsullata…

Et je perdis connaissance.

******

Tous droits réservés, y compris le droit de reproduction de tout ou partie de l'ouvrage, sous quelque forme que ce soit.

Cette œuvre est une œuvre de fiction. Les noms propres, les personnages, les lieux, les intrigues sont soit le fruit de l'imagination de l'auteur, soit utilisés dans le cadre d'une œuvre de fiction. Toute ressemblance avec des personnes réelles, vivantes ou décédées, des entreprises, des événements ou des lieux, serait une pure coïncidence.

Remerciements.

Quelle aventure ! Toute cette histoire découle d'un rêve, mais aussi de vécus, de passions, d'amitiés, de rigolades... Mes premiers remerciements vont à Laëtitia et Anne-cha, mes deux véritables comparses dans la vie. Sans leur soutien et leur aide, Vic, Anna et Shannon n'auraient pas envisagé un seul instant de se rencontrer et n'auraient pas vécu autant de rebondissements.

Ensuite, je dédie une mention spéciale à Peggy avec qui j'ai débattu des heures durant sur la psychologie de mes personnages, ainsi que de leurs émois amoureux. Elle a été ma première lectrice et fan totalement objective.

Un énorme merci à Mélanie qui a travaillé aussi intensément que Laëtitia et moi sur nos histoires, Jenny, Amandine, Elsa, Florence ; mes bêta-lectrices de choc. Votre enthousiasme et vos avis constructifs m'ont été d'une aide extrêmement précieuse.

Merci à mon mari, qui a cru en moi sans l'ombre d'une hésitation et qui m'a laissé user son ordinateur pendant de longues heures.

Merci à ma fille, qui sans le savoir, m'a donné le fil conducteur de mon intrigue grâce à son livre sur les créatures extraordinaires qu'elle avait laissé traîner. Dedans, une double page était consacrée aux *Kelpies*.

Merci à ceux qui m'ont inspirée pour créer mes personnages et leur donner une personnalité. Il y a un petit bout de vous tous dans cette histoire (sauf pour Liam! Rassurez-vous).

Et surtout, surtout, un énorme merci à mes auteures préférées, qui, en tant que lectrice assidue, m'ont transportée dans leurs récits avec une totale fascination: Anna Briac, Valérie Langlois, Bettina Nordet, Natacha J. Collins, Sophie Jomain, Karen Marie Moning, Françoise Bourdin, Sonia Marmen, Diana Gabaldon, Sarah J. Mass... Vous m'avez donné l'envie de me lancer dans cette aventure.

Petite dédicace spéciale à la personne qui se reconnaîtra dans ce dessin probablement incompréhensible pour vous, mais qui le sera pour elle. J'en ris encore!

Le gardien des lochs I

Printed in Great Britain
by Amazon